반여령

별자리: 천칭자리
혈액형: A형

유천영

별자리: 양자리
혈액형: O형

인소의 법칙

인소의 법칙 2

1판 1쇄 발행 2015년 2월 13일
1판 14쇄 발행 2023년 5월 19일

지은이 ｜ 유한려
발행인 ｜ 신현호
편집장 ｜ 예숙영
편집 ｜ 최은지
편집디자인 ｜ 한방울
영업 ｜ 김민원
물류 ｜ 이순우 박찬수

펴낸곳 ㈜디앤씨미디어
출판등록 2002년 5월 1일 제117-90-51792호
주소 서울시 구로구 디지털로 26길 111 JnK디지털타워 503호
대표전화 (02)333-2513 팩스 (02)333-2514
전자우편 dncbooks@dncmedia.co.kr
디앤씨북스 블로그 http://blog.naver.com/dncbooks

ISBN 978-89-267-1821-6 04810
ISBN 978-89-267-1819-3 (SET)

인소의 법칙

유한려 지음   녹시 그림

iQ
BOOK

제5조. 남장 여자는 남자도 홀리고, 여자도 홀리고,
그래요, 다 홀리세요

남장 여자는 남자도 홀리고, 여자도 홀리고, 그래요, 다 홀리세요

어째서인지, 돌아온 교실 안에는 불온한 기류가 흘렀다.
나는 몸을 조금 움직였다.

옆에서 이루다가 내 움직임에 따라 고개를 움직였다. 그
녀의 시선은 여전히 내 뒤통수에 철썩 달라붙어 있었다.

음, 속으로 신음한 나는 다시 옆으로 몸을 움직였다. 또
이루다의 시선이 졸졸 따라왔다.

아니, 그만 좀! 고개를 휙 돌렸더니 어째서인지 사방에
서 나를 보고 있는 수십 개의 눈동자가 보였다.

우리 반 아이들 전체는 이런 나와 이루다의 행태를 아주
흥미진진하게 지켜보고 있었다. 그 말은, 다시 말해서 우
리 반 모두가 나와 이루다 사이의 이상한 기류, 아니, 이루
다의 나를 향한 일방적인 이상 기류를 눈치챘다는 말이었

다. 이런 시벌탱! 나는 책상을 꾹 움켜쥐었다.

몇몇 아이들은 얼굴을 붉힌 채 이쪽을 보고 있었다. 무슨 생각을 하고 있을지는 뻔했다.

'루다가 저 여자애를 좋아하나 봐!'

아니라고! 나는 책상을 꾹 붙든 채 속으로만 외쳤다. 계속 시선이 느껴지는 것이, 아무래도 계속 아무 반응이 없으면 끝까지 쳐다볼 기세라서 나는 다시 옆을 보았다.

이마를 감싼 곱슬거리는 머리카락, 아무것도 바르지 않았는데도 윤기가 도는 듯한 예쁜 입술, 동그란 코끝, 가까이에서 보고 있으려니 탄성이 나올 징도로 예쁜 얼굴이었다.

나는 속으로 반여령과 이루다를 무심코 비교해 보았다. 누가 더 예쁘지? 사실, 반여령과 비교해서 오징어가 되지 않는다는 것만으로도 이루다의 미모는 굉장한 것이었다.

절대로 남자로 보이지는 않는 얼굴이지만.

이루다보다는 차라리 내가 더 남성적으로 생겼다. 그것을 스스로 인정한 나는 허탈하게 웃었다. 하, 이놈의 세상. 여주인공 차별 좀 그만해라, 아무리 그래도 애를 남장시킬 거면 나보다는 남자답게 생기게 만들어 놓고 나서 좀 남장을 시키든가 해야 하는 거 아니야?

몰라, 나는 입속으로 중얼거렸다. 뭐든지 포기하면 편하다. 반여령과 사대천왕의 행태를 3년 동안이나 가까이에서 보고도 이 세상에 상식을 기대한 내가 잘못이지.

내가 혼자 분노하고 다시 절망하고 또 분노하고를 반복하는 동안, 이루다는 그 새파랗고 예쁜 눈동자를 한시도 내게서 떼지 않았다. 그러다가, 나와 눈이 마주치자 그녀가 빙긋 웃었다. 그녀의 빙긋 웃는 얼굴에, 어째서인지 얼굴이 붉어지는 것은 그녀 주변의 남학생들이었다.

아니, 그래도 그 애들이 봐서는 이루다는 분명히 남학생일 텐데, 같은 남자끼리 얼굴은 왜 붉히고 그래.

저렇게 계속 쳐다보고 있으려니 아무 말도 안 하는 것도 여의치 않았다. 당연히, 무슨 사정에 의해 남장을 하고 있는지 모르는 이루다와 가까워지는 것은 싫지만, 그래도 적당한 일상 대화 정도는 괜찮겠지. 가까스로 마음을 추스른 나는 입술을 떼었다.

사실, 반여령과 사대천왕과 함께한 세월 동안 그들과 떨어지고 싶어서 머릿속으로 온갖 계획을 세웠던 나는 위기 대처 능력이 매우 뛰어났다. 비록 검증되지는 않았지만, 그래도 자부할 만큼은 되었다.

나는 벌써부터 이루다와의 대화 시뮬레이션을 끝내 놓고 있었다. 내가 예상한 대화는 다음과 같다.

함단이(평범한 여자 주인공 친구, 찌끄레기) : 루다야, 너 혹시 지존 중학교 사대천왕이라고 들어 봤니?

이루다 : 어머, 사대천왕? 한 번도 들어 본 적 없는걸?

그게 뭐니?

　함단이 : 응, 아아주 잘생긴 네 명의 남자애들이란다.

　이루다 : 어머, 그래? 어떤 애들인지 궁금한걸?

　물론 지금까지 본 바로 이루다는 남자아이들에게 흥미를 갖는 기색이 전혀 아니었다. 하지만 과연, 인터넷 소설의 여주인공으로 태어난 이상 그녀가 사대천왕까지 거부할 수 있을까?

　아니지, 분명히 어떤 숙명 같은 이끌림을 느낄걸? 이렇게 내가 떡밥을 던져 놓으면, 이루다는 분명히 낚일 거라, 이 얘기다.

　이루다가 나한테 사대천왕에 대한 정보를 물어보면 나는 아낌없이 퍼 주고, 그럼 그들 사이에서 또 다른 로맨스가 싹트고, 나는 모두가 나를 신경 쓰지 않는 틈을 타서 행복하게 평범한 생활을 영위하고!

　좋아, 어떻게 된 일인지는 잘 모르겠지만 이왕 사대천왕과 반여령과도 다른 반이 된 거, 이번에야말로 평범한 학교생활을 노린다!

　나는 이글이글 타는 눈으로 이루다를 보며 입을 열었다.

　"루다야."

　"응?"

　그녀의 파란 눈이 한층 광채를 입었다. 좋아, 호의적이야! 이거면 성공할 수 있어! 나는 말했다.

"혹시, 지존 중학교 사대천왕이라고, 들어 본 적 있어?"

나는 대답을 기다렸다. 1초, 2초, 3초. 이어지는 정적 가운데 이루다의 얼굴이 심드렁하게 식었다.

뭐지, 이…… 반응은? 아니, 심드렁한 정도가 아니라 냉엄한 기운마저 느껴지는 얼굴이었다. 그런 얼굴을 하고, 갑자기 얼굴을 내 쪽으로 바싹 붙인 그녀는 물었다. 위협스러움마저 느껴지는 목소리였다.

"나랑 같이 있는데, 다른 남자 얘기할 거야?"

"……."

뭐지, 이, 정말 듣도 보도 못한 반응은? 요즘 미국에서 자란 애들은 다 이러나?

내가 의자 등받이를 붙든 채로 그녀만 바라보고 있으려니, 짧게 한숨을 내쉰 그녀가 고개를 절레절레 내저으며 말했다.

"네가 내 앞에서 다른 남자 얘기를 하고 싶다면 어쩔 수 없지만, 솔직히 썩 유쾌하진 않아. 그것보다 나는 네 이야기를 듣고 싶은데."

"……."

아직 그녀의 앞 발언의 충격이 가시지도 않은 상태에서 연타로 얻어맞았다. 머리가 징징 울렸다. 정신을 차리지 못한 채로, 나는 게슴츠레하게 뜬 눈으로 그녀를 올려다보며 생각했다.

얘가 정말 뭐라는 거야. 남장 여자 역할에 너무 심취하다 보니 정말로 성 정체성이라는 것을 잃어버린 건가.

내가 한참을 말이 없자 이루다는 팔꿈치를 책상에 대고는 턱을 괴었다. 그리고 웃는 얼굴로 나를 물끄러미 보았다.

냉기가 서린 푸른 눈을 보고 있으려니 이루다가 남자라고 해도, 100명 중의 한 명 정도는 믿을 수도 있겠다는 생각이 얼핏 들었다.

가만히 앉아 있다가, 나는 결국 '이루다의 관심을 사대천왕에게 돌리고 나는 빠진다' 계획을 머릿속으로 뭉개서 버려 버렸다.

뭐야, 지금 뭐가 어떻게 되어 가는 거지? 나는 머리를 붙들었다. 왜 얘는 나한테만 이렇게 관심을 쏟는단 말인가? 정말로 나는 3년 내내 반여령과 붙어 있던 걸로도 모자라서 이제는 남장 여자 이루다와도 붙어 있어야 하는 운명인가?

내 머릿속에서는 인터넷 소설만 20년 동안 읽어 오신 달인 함단이가 정장을 입고는 종종걸음으로 무대 위로 올라오고 있었다. 그녀의 걸음을 따라 캄캄한 무대 위로 스포트라이트가 번쩍이며 따라다녔다.

함단이의 옆에 서 있는 통통한 인상의 사내가 머릿속의 달인 함단이를 가리키며 말했다.

-야~! 20년 동안 인터넷 소설만 읽어 오셨다고 들었습

니다. 대체 어떻게 그게 가능하셨습니까?

머릿속의 함단이는 넥타이를 한 번 매만지고는 거드름을 피우며 대답했다.

-아니, 뭐. 인터넷 소설은 말입니다. 그, 매력적인 소설이라서 도저히 안 볼 수가 없어요. 20년 동안 보는 것이 전혀 힘들지 않았습니다!

바로 그 때, 객석에서 질문이 터져 나온다.

-17살인데 어떻게 20년 동안 소설을 읽을 수가 있죠?

함단이의 대답은 담담하다.

-전생에서도 읽었습니다.

-아, 그러시군요. 정말 대단하십니다. 인터넷 소설이 어떤 부분에서 그렇게 매력적입니까?

그렇게 물으며 통통한 남자가 마이크를 내밀자, 함단이는 넥타이를 다시 한 번 쓸어 올리고는 대답했다. 그녀의 목소리는 여전히 자신만만했다.

-일단 잘생긴 남자들이 많이 나온다는 점이 매우 매력적이라고 할 수 있겠지요. 여자의 망상의 결정체랄까?

-아, 그렇습니까? 그런데 대체로 잘생긴 남자들은 콧대가 높지 않습니까?

-아니요! 그렇지 않습니다. 담벼락 위에 올라서서 잘생긴 남자 위로 다짜고짜 떨어져 내린다거나, 심지어는 다짜고짜 욕설을 날리면서 뺨만 휘갈겨도 그 남자들을 사랑의

포로로 만들 수 있습니다! 보기와는 달리 아주 쉬운 남자들입니다.

－아! 대단하군요. 고작 그런 것으로 남자를 사로잡을 수 있다니, 인터넷 소설의 여자 주인공들에 대해 더욱 궁금해지는데요? 선생님, 여자 주인공들은 어떤 종류가 있습니까? 좀 가르쳐 주시죠.

－네, 알겠습니다. 제가 안 그래도 직접 자료를 준비해 왔지요.

그리고 인터넷 소설의 달인 함단이는 컴컴한 무대 위에서 주섬주섬 무언가를 들어 올리는 것이었다.

평방 1미터가량의 패널에 새겨진 것은 다름 아닌 반여령의 예쁘장한, 아니, 예쁘장하다 못해 파격적인 얼굴이었다.

이어 함단이는 단호하게 말했다.

－자, 이걸 보시죠. 사대천왕이 나오는, 아주 전형적인한 인터넷 소설의 여주인공의 모습입니다.

－아, 대단히 예쁜데요.

－자, 이 여자아이에 대해 말씀드리자면, 크흠흠.

함단이는 패널을 뒤로 뒤집는다. 그러자 거기에는 반여령에 대한 신상 명세가 줄줄이 적혀 있다.

태어나면서부터 전교 1등을 놓쳐 본 적이 없음, 자기가 예쁘다고 전혀 생각하지 않음, 자기만 바라보는 잘생긴 오빠가 있음, 기계치라는 것을 제외하면 못하는 것이 없음.

곧 그것을 보고 있던 통통한 남자 사회자가 탄성을 내뱉는다. 그는 함단이를 보며 묻는다.

—아니, 이게 사실이란 말인가요. 이게 사실이라면, 아주, 얘네들은 왜 이런 능력을 가지고 기껏 연애나 한답니까? 세계 정복을 할 것이지.

—그러게 말입니다. 자, 이게 흔한 인터넷 소설의 여주인공의 일반적인 모습입니다. 그런데 또 다른 부류가 존재하죠. 다름 아닌 남장 여자입니다.

—남장 여자요?

—보시죠.

그리고 상상 속의 달인 함단이는 단호한 얼굴로 또 다른 패널을 들어 올린다.

이번에 그 위에 새겨진 것은 다름 아닌 이루다의 환한 금발과 장난기 어린 푸른 눈, 붉은 입술이다. 그녀는 특유의 해맑은 미소를 띠고 있는데, 그녀의 번들번들한 이마에는 '나 발랄함'이라고 쓰여 있는 것 같다.

그런 이루다의 밝은 미소를 보고 있던 남자 사회자는 곧 외친다.

—와, 굉장히 예쁜데요! 그런데 머리가 거의 남자아이같이 짧네요.

—머리가 짧은 이유는, 그녀가 지금 남장을 하고 있기 때문입니다.

―뭐라구요? 아무리 봐도 그냥 여자아이가 남자 교복을 입은 것뿐인데요!?

―후, 그게 바로 흔한 남장 여자들의 모습입니다. 아, 들킬까 걱정하지 않으셔도 괜찮습니다. 사람들이 다 눈 병신이라 아무것도 안 하고 가발 쓰고 남자 교복만 입혀 놓으면 남자인 줄로만 알거든요.

과연 인터넷 소설만 20년간 읽어 온 사람다운 연륜이 느껴지는 대답이었다.

그것에 감탄한 것은 남자 사회자도 마찬가지인지, 그는 존경심 어린 눈으로 딜인 함단이를 보고 있다.

함단이는 패널을 내려놓더니, 뻐근한 모양으로 양쪽 어깨를 우쭐우쭐하고는 객석을 보며 입을 연다.

―자, 여러분. 이번 시간에는 남장 여자가 주인공인 인터넷 소설에 대해 공부해 보도록 하겠습니다. 항상 그렇듯이 케이스 분류 먼저 해 볼 텐데요, 남장 여자의 성격에는 두 가지 종류가 있습니다.

그리고 함단이는 진지한 눈으로 손가락 두 개를 들어 올렸다.

―하나, 마냥 발랄하거나. 대표적으로는 아기같이 환한 웃음, 백날 미소가 사라질 일이 없는 입술, 반짝이는 눈동자 등으로 묘사되고는 합니다. 이러한 경우 친화력이 짱짱맨입니다.

그리고 그녀는 객석을 지그시 응시하다가, 올렸던 손가락 중 하나를 접는다. 그리고 말한다.

―둘, 너무나 아프고 어두운 과거가 있어 상처를 받아 마냥 차갑고 냉정하거나. 이런 경우 대표적으로는 날이 선 눈, 금방이라도 독설을 쏟아 낼 것처럼 비틀린 핏빛 입술, 표정이라고는 찾아볼 수 없는 냉랭한 얼굴 등으로 묘사되고는 합니다. 이런 경우 싸움 능력이 짱짱맨입니다. 파이프 하나만 손에 쥐여 주면 일 대 백도 문제없습니다. 자, 여기서 잠깐!

그리고 상상 속의 함단이는 주목하라는 듯 손을 들어 올린다. 객석에 앉은 관중들이 그런 그녀를 의아한 듯 바라본다.

함단이는 초조한 듯 두 손을 들어 손바닥을 비비다가, 몇 번을 주저하다가 결국 입을 연다. 그녀는 말한다.

―제, 바깥에 나가 있는 본체가 말입니다. 지금 이 남장 여자와 친해질 위기에 놓여 있습니다. 제 경력으로 보건대 이 남장 여자와 친해지면 골치 아플 일이 한두 가지가 아닐 것입니다. 3년 전만 해도 제 본체는 같은 일을 겪었습니다! 제 본체는 지금, 아까 그 전교 1등을 한 번도 놓친 적이 없는, 자기가 예쁜 줄도 모르는 여자 주인공의 옆에서 무려 3년을 함께 살고 있습니다!

―아니, 그런 일이!

─그렇습니다, 제 본체는 3년 동안이나 그런 무서운 일을 겪었습니다. 저 사대천왕과 여주인공이 숨 쉬는 것만으로도 본체의 존재감을 앗아 가는 바람에, 지금 제 본체의 존재감은 거의 제로에 가깝습니다! 숨 쉬는 개미나 다름없습니다! 그런데 남장 여자와 친해진다면, 그 마지막 남은 존재감마저 사라지고 말 것입니다! 공기가 된 인간이라니, 이런 비극이 어디 있습니까!

　상상 속 함단이의 처절한 외침에, 객석이 술렁이며 동정의 여론이 인다. 그들도 함단이의 안타까운 처지에 대해 심히 슬퍼하고 있는 것이다. 곧 달인 함단이는 칠판을 탁탁 쳐 그들의 시선을 모은다. 그리고 진중한 얼굴로 묻는다.

　─존경하는 재판장님…… 아니, 관객 여러분. 생각해 보십시오. 이렇게 비현실적인 인물들 사이에 제 본체인 함단이를 방치해서, 그녀의 존재감이 제로에 수렴하게 된 것은 과연 제 본체 함단이만의 문제일까요? 이것은 사대천왕이라는 현실감 없는 설정에 대해, 아무런 거리낌 없이 받아들인 우리의 뇌가 빚어 낸 비극은 아니었을까요?

　─옳소! 옳소!

　그리고 객석에 불이 환하게 들어온다.

　객석에 앉아 있는 것은 다름 아닌 2천 명의 또 다른 함단이!

　곧 함단이들은 남장 여자에게 마지막 한 오라기의 존재감마저도 빼앗길 위기 상황을 타개하기 위해 대책을 내놓기 시작한다.

방청객 번호 67번 함단이가 소리친다.

─그런데, 남장 여자는 사대천왕에 비하면 별문제가 없지 않소? 아, 일단 사대천왕은 4명인데 남장 여자는 한 명이니, 그녀와 친해진다 해도 살아가는 데 별다른 지장은 없을 거라 생각하오만.

방청객 번호 85번 함단이가 그녀의 생각에 동조했다.

─맞소, 게다가 남장 여자에는 아까 두 가지 종류가 있다고 하셨는데, 이루다는 아까 그 어두운 과거가 있는 쪽이 아니라 그냥 마냥 밝은 쪽이 아니오? 그렇다면 남장을 하게 된 이유도 별다른 것은 없지 않겠소? 내 생각에는, 이루다와 친해진다고 해서 위험한 일에 휘말릴 것 같지는······.

─아니! 방심할 수 없소!

저 멀리서 방청객 번호 321번이 패기 있게 외치고 나섰다. 방청객에 앉은 수많은 함단이들이 고개를 돌려 그녀를 바라본다. 321번 함단이는 곧 침중한 얼굴로 의견을 내놓는다.

─지금까지의 이루다를 보시오. 얼굴에서 단 한순간도 미소를 잃은 적이 없잖소? 단 한 번, '내 눈, 괴물 같지?' 하고 씁쓸한 기색으로 묻던 그 순간을 제외하고는 한 번도 웃지 않은 적이 없소!

─그게 어쨌다는 거요!

321번 함단이는 후, 하고 무거운 한숨을 탁 내쉰다. 그리고 그녀는, 주위를 둘러보며 '아직도 모르겠느냐, 이 미천한 중생들아' 하는 듯한 표정을 짓는다.

그녀가 마침내 입을 떼었다.

–아직도 모르겠소!? 항상 웃는 얼굴을 한다는 것은 보통 노력을 요하는 일이 아니오! 더군다나 전의 그 씁쓸한 미소는 보통 것이 아니었소. 과거에 어두운 상처가 있어 표정을 완전히 잃어버린 주인공들은 그나마 좀 낫소. 무슨 생각을 하는지 알 수는 있으니까. 그런데 이루다의 경우에는 그게 안 된단 말이오! 아직도 모르겠소!?

–……!

–어떤 일이 있어도 웃는 얼굴인 사람이, 항상 차가운 얼굴을 하고 있는 사람보다 백배는 위험한 과거를 가지고 있단 말이오! 소설을 그렇게나 읽어 놓고 어떻게 그것을 모를 수가 있소!

321번 함단이의 장렬한 말에 장내는 걷잡을 수 없는 침묵의 소용돌이에 빠져든다.

곧, 침중한 얼굴로 고개를 숙인 함단이들이 하나같이 고개를 설레설레 내젓는다. 그리고 그들은 무대에 선, 달인 함단이에게 이렇게 고한다.

–적은 전설적입니다. 우리는 방법이 없어요.

–뭐, 뭐라구요!?

–우리의 본체에게 전해 주시오. 부디 옥체 강녕하시라고.

-이럴 수는, 이럴 수는 없소!

　발악하는 달인 함단이를 두고 객석의 불은 모조리 꺼져 버린다. 암흑 속에 남은 달인 함단이는 곧 축 처진 어깨를 하고 무대를 내려가고, 그것으로 내 머릿속 회의는 끝났다.

　나는 입술을 깨물었다.

　약 5분간 이루어진 머릿속의 회의에서 얻은 결론은, 기껏해야 이루다 역시 어두운 과거로 인해 큰 상처를 가슴에 안은 여자 주인공일 수도 있다는 것뿐이다.

　그래, 너의 아픔과 상처는 사대천왕이 치유하도록 두고…… 그냥 더 이상 그녀에 대해 생각하는 것을 포기하기로 결심하는데 주머니에서 진동이 울렸다.

　핸드폰을 꺼내어 폴더를 연 나는 입을 헤벌렸다. 뭐지, 이게.

　은지호에게 온 것이 7개, 유천영에게 온 것이 4개, 은형이에게 온 것이 6개, 우주인에게서 온 것이 5개, 반여령에게서 온 것이…… 12개였다. 반여령, 얘는 문자가 아깝지도 않나. 눈을 게슴츠레하게 뜨고 화면을 내려다보다가, 나는 심지어 반여령이 보낸 문자가 하나같이 MMS라는 것에 더 당황했다.

　나는 버튼을 꾹꾹 눌러 가며 문자 메시지 함으로 들어갔다. 제일 먼저 보인 것은 은지호의 문자였다.

보낸 사람 : 은지호
야너뭐했음

보낸 사람 : 은지호
반여령돌음

보낸 사람 : 은지호
진짜도랐음

보낸 사람 : 은지호
눈깔뒤집힘

이 네 개만으로도, 은지호가 보낸 메시지의 중심 내용을
파악할 수 있으므로 더 이상은 옮겨 적지 않겠다. 나는 그
냥, 메시지의 내용보다도 시조처럼 글자 수를 다섯 개씩
딱딱 맞춘 것이 더 어이가 없었다.
다음으로 보인 것은 유천영의 문자였다.

보낸 사람 : 유처녕
야

보낸 사람 : 유처녕

싫다는데 억지로 손잡으면

보낸 사람 : 유처녕
성추행으로 신고할 수있어

보낸 사람 : 유처녕
꼭신고하라는 건 아닌데

"……?"

애는 뭐라는 거야. 나는 복잡한 심경이 되어 유천영의 메시지를 한동안 곱씹으면서, 누가 내가 싫다는데 손잡은 적이 있나, 생각하다가 고개를 내젓고는 다음 문자를 살폈다.

우주인의 것이었다.

보낸 사람 : 아들
엄마

보낸 사람 : 아들
난새아빠 필요 없어

보낸 사람 : 아들
생기면 죽일 거야

보낸 사람 : 아들

ㅠㅠㅠㅠㅠㅠㅠㅠㅠㅠㅠ시러ㅠㅠ

날 죽인다고, 아니면 새아빠를 죽인다고? 아니, 그것보
다 내가 모르는 사이에 반여령 교실에서 무슨 사달이 벌어
져도 단단하게 벌어진 것이 틀림없었다. 나는 핸드폰을 내
려다보며 얼굴을 굳혔다. 게다가 더 중요한 것은, 그 사달
이 나와 관련이 있으리라는 사실이었다.

반여령이 돌고, 손을 잡으면 신고할 수 있고, 새아빠가
생기면 뭐, 죽인다고? 문자의 조각을 아무리 맞춰 보아도
이 인간들이 워낙에 말을 똑바로 안 해서 사건의 정체는
짐작도 가지 않았다. 뭐야, 대체?

결국 내가 사건의 전말을 알게 된 것은 은형이의 문자를
보고 나서였다. 그의 메세지는 여느 아이답지 않게 띄어
쓰기도 제대로에 문장 부호까지 있어서, 읽고 있자면 그
의 목소리가 내 귓가에 대고 속삭이는 것 같은 느낌이 들
었다.

나는 버튼을 꾹꾹 눌러 가며 그의 문자를 읽었다.

보낸 사람 : 권은형
아까 복도에서 외국인같이 보이는 남자애가 너랑 손잡고 있
더라.

보낸 사람 : 권은형

우리가 처음 보는 걸로 봐서 너랑도 오늘 처음 보는 사이일 텐데, 아냐?

보낸 사람 : 권은형

처음 보는 남자애가 그렇게 달라붙으면 좀 경계도 하고 거절도 하고 그래.

보낸 사람 : 권은형

외국 애들은 좀 개방적이라서 그럴지 몰라도 넌 불편할 거 아냐.

보낸 사람 : 권은형

그런 말 하기 미안해서 그러는 거면 나한테 말해. 내가 대신 해 줄 수도 있어.

보낸 사람 : 권은형

여령이가 옆에서 난리야. 와서 좀 달래야 할 것 같아.

나는 화면을 내려다보다 말고 눈을 두어 번 깜빡였다. 그러고는 비죽 웃었다.

은형이는 메시지를 보낼 때도 특히 문장 부호를 꼬박꼬

박 붙이는데, 말끝마다 온점을 붙이니까 되게 진지해 보인다. 싫다는 말을 하기가 미안하면 자기가 대신 해 주겠다는 말이 도저히 농담 같지는 않았다.

나는 헤헤 웃다가 버튼을 꾹 눌렀다. 다음 메시지는, 드디어 반여령의 것이었다.

보낸 사람 : 반여램
야방금개뭔데뭐야너손잡고막깍지끼고비비고쓰다듬고완전니손이지손인 것마냥…….

문자를 읽어 내려가던 내 손끝이 점점 차게 식었다. 아니, 창백한 얼굴을 하고 부들부들 떨던 나는 휙 눈을 들어 옆자리를 보았다.

이루다는 여전히 활기찬 얼굴로 저를 둘러싼 여자아이들과 남자아이들에게 무어라 얘기를 하고 있었는데, 남녀 할 것 없이 하나같이 얼굴이 조금 붉게 상기된 채였다. 성별 없이 사람을 홀리다니, 과연 남장 여자! 감탄하는 것도 잠시, 이루다가 내 시선을 알아차린 듯 고개를 들었다.

그녀는 내가 말없이 내내 핸드폰만 하고 있었던 것이 불만스러운 모양이었다. 입술을 조금 뾰족하게 내밀더니, 싱긋 웃고는 물었다.

"뭐 하느라 그렇게 바빠? 짝꿍을 이렇게 심심하게 하다니."

"어, 어어……."

지금 너를 뜯고 씹고 맛보고 죽이겠다는 내용의 문자를 읽고 있었어. 그런 대답을 꿀꺽 삼키며 나는 빙긋 웃었다.

방금까지만 해도 내 인생에 등장한 새로운 핵폭탄 정도의 느낌이었는데, 앞에서 맑게 웃고 있는 이루다의 얼굴을 보고 있자니 그녀가 불쌍해지기 시작했다.

애 분명히 살해당할걸, 반여령한테. 나는 의뭉스럽게 핸드폰을 내려다보았다.

12개가 전부 다 MMS라는 데서 눈치챘겠지만, 반여령의 문자는 무지막지하게 길었다. 11번째 문자에서는 끝내 이루다를 죽여 버릴 거라느니, 없애 버릴 거라느니 하는 말이 튀어나오기 시작했다.

아니, 왜 고작 얼굴 한 번 보았을 뿐인 이루다에게 이렇게 강렬한 적개심을 드러내는 거지? 이루다가 한 거라고는 고작, 내 손을 잡은 것…… 그 대목에서 눈썹을 찡그렸다. 그래, 이루다가 한 거라고는 고작 반여령의 앞에서 내 손을 잡은 것밖에 없는데.

반여령의 말뿐만이 아니더라도 사대천왕 모두가 이루다에게 비정상적인 관심을 쏟아붓고 있다는 것은 분명한 사실이었다.

고작 내 손을 잡은 것 가지고 이 정도의 반응이 나올 리가 없으니, 사실 이 사대천왕과 반여령의 반응은 작가의 농간이 아니겠는가?

　내가 나서서 굳이 이루다와 사대천왕을 연결해 주려고 하지 않아도, 이 정도면 알아서 연결되고도 남겠는데? 나는 감탄했다. 와, 역시, 여주인공은 뭐가 달라도 확실히 달라.

　그러니까 반여령의 이런 격렬한 반응은, 사실은 여주인공2를 알아차린 여주인공1의 본능적인 공격 같은 것 아닐까? 나는 내가 주인공이 아니어서 참 다행이라고 생각했다.

　옆을 돌아보자, 이루다는 뒤에 앉은 뺨이 발그레한 여자아이와 무어라 이야기를 나누고 있었다. 그러다가도 나를 힐금힐금 바라보는 것이 나와 어서 이야기를 나누고 싶다는 눈치였다. 그러다 그녀는 나와 눈이 마주치자 기쁜 듯 뺨을 발갛게 물들였다.

　설탕이라도 바른 듯 하얗게 빛나는 뺨이며, 푸른 눈은 반여령 못지않게 사랑스러웠으나 나는 슬그머니 그녀의 시선을 피했다. 나는, 나는 아무래도 다른 친구를 찾아봐야 할 것 같다. 새로운 친구를.

　고개를 돌리는데, 마침 내게서 1미터가량 떨어진 옆줄에 앉은 신서현이 가방에서 무언가를 꺼내려고 내 쪽으로 고개를 숙이고 있었다. 그는 표지가 새카만 책을 꺼내다가 다시 고개를 들다 말고 나와 눈이 마주치자 흠칫 놀라고 말았다.

　그의 단정하고도 무뚝뚝해 보이는, 유천영과 비슷한 인

상의 얼굴을 본 순간 걱정이 불쑥 솟아올랐다. 내가 말이라도 걸면, 유천영이 모르는 이들에게 흔히 그러듯 아예 없는 사람 취급하고 책장만 넘기지 않을까?

그런데 신서현의 반응은 의외였다. 그는 나와 눈이 마주친 것이 당황스러운 듯했지만, 곧 눈을 약간 접으며 희미한 미소를 지었다.

다른 사람을 달래려는 듯한 그런 미소라서 나는 조금 마음이 놓였다. 그는 책을 책상 위에 올려놓고는 나를 보고 물었다.

"반장 같은 거, 처음 해 보는 거였지?"

"응. 좀…… 긴장한 티 많이 났지."

"아냐, 그 정도면 잘했지."

그리고 신서현은 머뭇거리는 듯하다가, 곧 피식 웃음을 터트렸다. 그런데 그 웃음이 어딘가, 즐거운 일을 떠올린 듯한 기색이었다. 곧 그는 나를 보고 말했다.

"우리 반 반장은 그냥 네가 했으면 좋겠다."

"어? 왜?"

"내 친구 중에, 지금까지 9년 내내 반장만 한 녀석이 있거든. 그런데 그 녀석은 에너지가 장난이 아니라서, 그 녀석이 반장이 된 반에 있으면 되게 피곤해. 그런데 중학교 때는 3년 내내 같은 반이었어. 하, 진짜 피곤했지."

그리고 신서현은 눈을 감고는 고개를 설레설레 내젓는

데, 아닌 게 아니라 그의 눈가에는 짙은 피로가 고여 있었다. 나는 그를 보다 말고 뒤편을 힐끗 보았다.

쌍둥이는 여전히 둘이 무어라 얘기하고 있었는데, 그들은 신서현과 마주 보고 있는 나를 보더니 약간 놀란 얼굴을 했다.

신서현은 내 시선을 살피는 듯하다가, 내 시선의 끝에 쌍둥이가 있는 것을 보고는 고개를 끄덕였다. 그러더니 놀랍게도 쌍둥이를 향해 이리 오라는 듯 손짓을 했다.

마침 신서현의 뒷자리는 같은 중학교 친구들이랑 얘기를 하러 간 모양으로 둘 다 비어 있었다. 쌍둥이는 서로를 마주 보고는, 한마디 말도 없이 어깨를 으쓱했다. 그러고는 자리에서 일어나 가까이 다가왔다.

나는 김혜힐이 신서현의 바로 뒤에 앉을 때까지도 그녀의 찰랑거리는 새카만 머리카락을 멍하니 바라보고만 있었다. 곧 그녀는 나를 보고 그 창백한 입술을 움직여 물었다.

"지존 중학교에서 왔다고 했지?"

"어, 응."

"거긴 사대천왕이라는 게 있다던데. 혹시 알고 있어?"

그렇게 말한 김혜힐이 어이가 없다는 듯, 검고 가느다란 눈썹을 찡그리며 웃었다. 사대천왕을 우습게 여긴다기보다는, 그런 호칭을 붙인 사람들을 어이없게 생각하는 듯했다.

나는 대답을 하려다 말고 김혜힐의 옆에 앉은 김혜우를

힐금 보았다. 그는 나와 눈이 마주치자 어깨를 으쓱하더니 씩 웃었다. 그가 말했다.

"아니, 사실 우리 학교에도 그 비슷한 게 있거든. 그래서 어떤 사람일까 궁금하네."

"어? 석봉중에도 있어?"

나는 놀라서 입을 헤벌렸다. 같은 하늘 아래 두 무리의 사대천왕이라니, 그게 말이 되는가? 내 물음에 대답한 것은 신서현이었다.

그는 난감한 모양으로 진갈색 눈썹을 살포시 찡그리고, 검지로 미간을 긁적이다가 입을 열었다.

"그, 지존중처럼 그렇게 거창한 사람들은 아냐."

"신서현이 사대천왕 중 하나거든. 참, 거창하지 않고 소박하네. 그렇지, 신서현?"

삐딱하게 앉아서 그렇게 말하는 김혜우를, 신서현은 말을 하다 말고 날카롭게 쏘아보았다.

둘의 대치 상태를 너무나도 쉽게 깨트린 것은 김혜힐의 무덤덤한 한마디였다. 그녀는 검푸른 속눈썹을 내리깔고는 담담하게 말했다.

"지는 아닌 것처럼."

"허?"

"오빠도 사대천왕이잖아. 완전, 시침 뚝 떼고 말이야."

"야, 나 아니거든? 신서현이랑 윤정인이랑 또 뭐냐, 그 7

반에 누구냐? 여튼 걔네 2명이거든?"

"아니거든요? 신서현이랑 윤정인이랑, 오빠랑 나거든?
바보야!"

"넌 여자잖아!"

"몰라! 내가 오빠랑 쌍둥이라서 그런가 보지! 지들이 넣
었는데 나더러 어떡하라고?"

이어 쌍둥이는 이마를 맞대고 으르렁거리기 시작했다.
아까 뒷자리에 앉아서 제법 다정한 듯 이야기를 나누는 것
과는 전혀 딴판인 분위기라서 나는 흠칫 놀랐다.

신서현은 그런 그들의 씨움이 익숙한 듯, 나를 보고는 피
식 웃으며 어깨를 으쓱해 보였다. 그를 보던 나도 곧 웃어
버렸다.

그렇게 마주 보고 웃고 있는데, 갑자기 신서현의 뒤편에
다가온 누군가가 대뜸 그의 어깨를 끌어안았다. 내가 놀라
서 그를 바라보는데, 신서현은 누구인지 확인도 하지 않은
채 신경질적으로 손을 확 뿌리쳤다. 그에 남자아이는 엄살
을 부렸다.

"아, 신서현! 좀, 너 나랑 졸업식 하고 오랜만에 만난 거
알기나 하냐! 이 매정한 놈아."

"닥쳐. 이번에도 너 반장 선거에 나가면 쏴 죽여 버릴 거
니까."

"활로?"

"어."

신서현은 무뚝뚝하게 대답하고는 신경질적으로 몸을 돌려서, 대뜸 자신이 꺼내 두었던 검은 표지의 책장을 넘기기 시작했다. 그 표지를 힐긋 보았던 나는, 표지에 적힌 작가의 이름이 익숙한 것을 보고는 외쳤다.

"어, 히가시노 게이고네?"

그에 신서현의 어깨 위로 풀풀 날리던 냉기가 조금 누그러졌다. 그는 금세 나를 다시 돌아보면서 물었다.

"좋아해?"

"응. 너도 좋아해?"

"추리 소설이면 안 가리고 읽어."

국제 청소년 양궁대회 1등, 신서현이 조금 가깝게 여겨지는 순간이었다.

내가 기뻐서 헤헤 웃는데, 아까 신서현의 목을 끌어안았던 소년은 냉큼 손을 뻗어 그의 표지를 다시 한 번 넘겨 보았다. 그러고는 대뜸 말하는 것이었다.

"야, 이거 범인 걔다. 현대 미술 감정가, 걔."

"……."

"……."

그의 말의 파급력은 대단했다. 신서현과 나는 물론이고, 뒤에서 연신 으르렁거리며 다투던 쌍둥이마저 싸움을 멈추고는 이쪽을 돌아보았다. 시선을 받은 소년은 의아한 듯

한쪽 눈썹을 추켜올리더니 씨익 웃었다.

넓고 훤한 이마에 오똑한 코, 진한 눈매가 전체적으로 시원시원하게 생긴 남자아이였다. 그의 가슴께에서 검은 수실로 수놓인 글자가 잘게 반짝였다.

'윤정인'. 아까 김혜힐이 석봉중의 사대천왕이라며 언급하던 바로 그였다.

과연 사대천왕이라 불릴 만큼 잘생긴 얼굴에, 아까 신서현의 말을 들어서는 그가 말하던 '9년 내내 반장을 역임한, 에너지가 넘쳐서 같은 반 하면 피곤한 녀석'임이 틀림없었다.

신서현은 이윽고 책을 집어 들고 윤정인의 등을 퍽퍽 치기 시작했다. 김혜우와 김혜힐은 전혀 말릴 생각을 하지 않고, 오히려 응원하는 듯 웃으며 박수를 쳤다.

윤정인은 얻어맞다 말고 간신히 뒤로 물러나서 외쳤다.

"야, 아씨! 나쁜 놈아, 너 친구가 중요해 책이 중요해!"

"어떻게 오랜만에 만나자마자 대뜸 범인부터 알려 줄까. 진짜 감동했다. 내가 좋은 친구를 뒀네."

"아니, 그 현대 미술 감정가 걔 나중에 범인인 거 밝혀지고 벼랑에서 떨어져서 지 알아서 죽는다고! 어차피 죽을 애니까, 읽으면서 정 붙이지 말라고 충고…… 아, 악! 또 때려!?"

"진짜, 친절, 해서, 어떻게, 해야, 할지, 모르겠다."

진짜 거침없는 스포일러다. 내가 감탄해서 입을 벌리고 있는 사이, 신서현은 정확히 따박따박 끊어 말하면서 그

끊어 말하는 부분마다 윤정인의 등을 후려 팼다. 검은 표지의 추리 소설은 어느새 훌륭한 둔기로 둔갑해 있었다.

그 모양을 보다 말고, 피곤하다는 듯 고개를 설레설레 내저은 김혜힐은 나를 보고는 말했다.

"쟤네 초등학교 동창인 건 알았는데, 저렇게 친한 줄은 몰랐어. 그리고 신서현이 저런 성격이라는 것도."

"같은 중학교 아냐?"

내 물음에 김혜힐은 생각하는 듯 검푸른 눈을 데구루루 굴렸다. 그에 대답한 것은 김혜우였다. 그가 나를 보고는 입을 열었다.

"그게, 중학교 3학년 때 이렇게 4명 다 같은 반이기는 했는데, 나랑 김혜힐은 다른 반에 속해 있어서 거기에서 수업을 따로 듣거든. 그리고 신서현은 양궁부라고, 아침부터 사라져서 학교 마칠 때 가방 가지러 오고. 그래서 우리도 얘기해 본 거 얼마 안 됐어. 그때, 뭐지? 중3 기말고사 끝나고나 한두 번 얘기해 봤나?"

"두 번? 와, 진짜 얼마 안 했다."

"그러니까. 지금 여기에서 얘기하는 게 세 번째네."

제 손가락을 하나하나 접어 가며 말하는 김혜힐을 보다가 나는 문득 우리 학교의 사대천왕을 떠올렸다. 걔네는 그냥, 안 그래도 잘난 녀석들이 우르르 몰려다니니까 더 문제가 되는 건데.

나는 불쑥 말했다.

"우리 학교 사대천왕은 다 같이 다니는데. 맨날 붙어 다녀."

"아, 진짜?"

"야, 잘났는데 붙어 다니기까지 하면 진짜 시선 장난 아닐 텐데. 잘도 견디고 다니네."

"서로 진짜 친하면 다른 사람 신경 별로 안 쓰잖아."

김혜우에게 그렇게 대답한 김혜힐은 이어 내 쪽으로 몸을 조금 더 기울였다. 그녀가 물었다.

"너랑은 어때? 친해? 말 많이 해 봤어?"

"어? 음……."

나는 잠깐, 고등학교에 들어오기 전의 며칠간의 일이 떠올라 말꼬리를 흐렸다.

그래도, 그래도…… 나는 이들의 문자 메시지가 가득 쌓인 핸드폰을 힐금 내려다보고는 생각했다. 그래도, 나는 멋쩍어서 볼을 긁적이고는 손을 스르르 내렸다. 그러고는 웃었다. 내가 말했다.

"응, 친해."

"많이?"

"많이. 음, 졸업 여행도 같이 가고 그랬어."

나는 말을 마치고는 슬쩍 눈을 들어 김혜힐의 반응을 살폈다. 그녀는 거짓말하지 말라는 듯한 표정을 짓고 있지도, 질투 어린 표정을 짓고 있지도 않았다. 그녀는 다만 손을 뻗더니 내 팔을 토닥였다.

내가 영문을 몰라 어리둥절한 얼굴을 하자, 그녀가 말했다.

"고생 많이 했겠다. 안 했어?"

"……좀."

"힘내."

무표정해서는 팔을 다정하게 토닥이는 그녀가 싫지 않았다. 그녀의 무표정한 얼굴이며, 담담하면서도 다정한 듯한 그 말투까지 매력적이지 않은 것이 없었다.

문득 떠올라 뒤를 힐긋 보니 다행히도 이루다는 내가 아닌 반의 남자아이들과 대화를 나누고 있었다. 그들 사이에서 명랑한 웃음을 터트리는 그를 보다가, 나는 내 주머니에서 울리는 핸드폰 벨소리에 어리둥절해서 고개를 숙였다. 발신인은 역시나, 반여령이었다.

나는 조금 머뭇거리다가, 핸드폰 폴더를 열었다. 김 쌍둥이는 흥미진진하다는 얼굴로 내 쪽을 보고 있었다. 우리들의 거리가 가까워서 통화 내용이 그들에게도 들릴 것 같았다.

뭐지, 그렇게 생각하며 내가 폴더를 열기가 무섭게 그녀의 목소리가 터져 나왔다.

[단아! 아까 그 노란 머리 남자애 뭐야?]

"어?"

[왜 답장 안 해! 단아, 있잖아, 걔가 너한테 막 사귀자고 그러면 진짜 거절해야 해! 왜냐하면, 어, 있잖아, 그 이유

는 뭐냐면, 진짜 논리적인 이유인데 이건, 어, 내가 아까 봤는데…….]

그리고 탁 하는 소리가 났다. 아마도 누군가 전화기를 뺏어 든 것이 틀림없었다. 이어진 것은 은지호의 목소리였다. 그는 심드렁한 투로 말했다.

[야, 반여령은 지금 언어 구사력에 심각한 장애가 왔거든? 말 더듬는 거 봤지. 야, 너 진짜 대체 무슨 짓을 했기에 그러냐? 그 남자애 얼굴 좀 보고 싶다.]

"어?"

내가 대답하기도 전에 다시 목소리기 바뀌었다. 이번에는 우주인의 목소리였다. 그는 내가 채 입술을 떼기도 전에 외쳤다.

[엄마! 나 진짜 진심으로 아빠는 필요 없어. 가정 환경을 위해서 새아빠를 들이겠다느니 그런 생각 진짜 안 해도 돼!]

"어, 어…… 그래."

그리고 마지막으로 이어진 것은 은형이의 목소리였다.

[단아.]

"응."

그의 목소리만은 평소와 같이 부드러워서 나는 순간적으로 마음이 놓였다.

내가 배시시 웃으며 핸드폰을 꾹 쥐는데, 다음으로 이어지는 그의 목소리는, 그러니까, 비유하자면 지옥에서 막 기어 올라온 소드 마스터 같았다. 그는 그런 목소리에 웃음기를 담아 나긋하게 말했다.

[학교 끝나고 봐.]

"어, 응? 당연하지."

[그래. 어디 가지 말고 있어. 알았지?]

"그, 그래."

내가 떨리는 목소리로 대답하자, 그는 후 웃으며 '착하다'고 속삭였는데, 칭찬이 그렇게 무섭게 들릴 수 있다는 것은 처음 알았다. 아니, 보러 오겠다는 건 당연히 내가 아니라 이루다겠지? 나는 걱정 안 해도 되는 거겠지? 그런데 왜 이렇게 불안해지는 걸까?

나는 굳어진 채로 핸드폰을 들고 있다가, 뚝 하고 끊어지는 소리가 나고 나서야 다시 고개를 들었다.

처음으로 보인 것은 귀신이라도 본 듯 창백한 얼굴을 하고 있는 김혜우와 김혜힐이었다.

곧 김혜힐은 꿈에서 깨어난 사람처럼 고개를 내젓더니, 나를 보고 말했다.

"어, 음. 그게 사대천왕이랑 걔들, 맞지? 많이…… 친하네."

"응."

"그런데 좀 무섭다."

나는 그에 대답하지 않고 배시시 웃었다. 나는, 사대천왕과 친하다고 했던 내 발언을 철회하고 싶어졌다.

*   *   *

　여자아이들은 이루다를 힐끔 보고는 얼굴을 약간 붉히
고, 신서현은 아까 잔뜩 스포일러를 당한 검은 표지의 책
을 집중해서 읽고 있었다.

　턱을 괴고 있는 것이 영 불만스러운 듯해서, 아마 그도
원해서 저 책을 읽는 것은 아니리라는 생각이 들었다. 그
냥 가지고 온 책이 저것밖에 없으리라. 그래도 지금쯤 핸
드폰이나 게임기를 붙들고 게임에 열중하고 있을 은지호나
우주인을 생각하니, 신서현이 제법 대견해 보였다.

　햇빛을 받아 약간 갈색을 띠는 신서현의 머리카락을 보
다가, 교실 뒤편으로 고개를 돌리자 거기에는 여전히 둘이
앉아 무어라 조곤조곤 이야기를 나누는 쌍둥이가 보였다.
그 모든 것을 찬찬히 눈에 담다가 나는 뒤에서 들려오는
목소리에 흠칫 놀랐다.

　"다들 자리에 앉아라. 종례해 줄 테니까."

　어느새 들어온 담임 선생님이 우리 바로 뒤에 시큰둥한
얼굴을 하고 서 계셨다. 자유로이 서서 떠들던 이들은 데
인 듯한 표정으로 황급히 자리에 돌아와 앉았다. 나와 이
루다도 후다닥 걸음을 옮겼다.

　자리에 앉은 나는, 담임 선생님이 앞에서 무어라 얘기하

는 것을 들으며 책상 위에 얹은 가방 뒤편으로 슬그머니 핸드폰 폴더를 열었다.

문자 메시지는 다섯 개가 와 있었다. 두 개는 엄마에게서, 세 개는 반여령 외 사대천왕들에게서 온 것이었다. 나는 문자의 내용을 확인했다.

보낸 사람 : 엄마♡
너 오늘부터 고등학생이니까 저녁에 뭐 먹어야지

보낸 사람 : 엄마♡
중국집 가서 코스 요리 먹자 괜찮지? 6까지는 집에 와

헐, 코스 요리. 나는 좋아서 입을 헤벌리다 말고 다음 문자를 확인하려 버튼을 꾹 눌렀다. 그런데, 내가 채 새로 뜬 문자를 읽기도 전에 교실 앞쪽에서 소란이 일어났다.

나는 문자를 확인하려다 말고 흠칫 놀라서 고개를 들었다. 그리고 활짝 열려 있는 복도 쪽 창문을 통해 보이는 인물들을 보고는 멍하니 입을 벌렸다.

무슨 교복 화보라도 찍는 양, 하나같이 교복 차림에 그 위에 약간 얇은 패딩이며 코트를 걸친 그들은 사대천왕이 아닌가?

그리고 맨 앞에 서서 장밋빛 뺨을 하고 이쪽을 기웃거리

는 인물은 다름 아닌 반여령이었다.

수업이 끝나 복도로 쏟아져 나오던 학생들은 복도 한구석에 선 그들의 모습을 보고 걸음을 멈추었다. 의식적으로 멈추었다기보다는, 꼭 구미호에나 홀린 것 같은 얼굴이었다. 남학생들은 그저 말을 잃은 채 반여령을 바라보고 있었고, 여자아이들은 손을 맞잡으며 저들끼리 속삭였다.

"쟤네, 지존 중학교 사대천왕⋯⋯!"

"저기 저 은색 머리카락은 설마 은지호?"

매번 겪는 일이지만 나는 다시 한 번 피를 토하고 싶어졌다.

그러나 소위 사내천왕과 반여령은 여느 때와 같이 시선에는 전혀 신경 쓰는 기미가 아니었다. 아니, 시선을 받는 것을 싫어하는 유천영만이 마스크를 코 위로 조금 더 끌어올렸을 뿐이다.

자신을 둘러싼 칭호들도 역시 신경 쓰지 않았다. 하기는, 쟤네가 그런 거 신경 썼으면 주인공 하기도 전에 신경과로에 걸려서 죽었겠다.

신경 쓰는 것은 나뿐이고, 그게 나를 가장 힘들게 하는 점이지. 그렇게 생각하며 선생님의 눈길을 피해 그들을 올려다보는데, 눈이 마주치자 반여령이 입 모양으로 속삭였다.

'네 옆.'

네 옆? 나는 내 옆을 돌아보았다. 그 자리에는 남장 여자답게 다가오는 미래는 모른 채로 맑은 얼굴을 하고 있는 이루다가 앉아 있었다.

그래, 이루다가 있네. 여주인공1이 여주인공2를 가리켰네. 그다음은? 내가 그쪽을 보고 입 모양으로 물었다. 뭐?

반여령이 대답해 왔다.

'없애 버릴 거야.'

"……."

없애 버린…… 다고? 나는 한 박자 늦게 고개를 끄덕였다. 아니, 좀 말려야 하나. 아무리 그래도 미래가 전도유망한 반여령이 벌써부터 살인죄로 감옥에 들어가는 것은 바라지 않는다.

그리고 보면 인터넷 소설에서 남자 주인공들은 차까지 훔쳐 타고 막 그러던데, 걔네들 왜 감옥 안 가는 거야. 반여령도 괜찮으려나.

그리고 나는 여전히 내 옆에 앉은, 해맑은 얼굴의 이루다를 보며 입속으로 중얼거렸다. 좁아터진 세상에 여주인공만 2명이라니, 이 학교가 어떻게 될지 나는 모르겠다…… 정말 모르겠다.

시계 초침이 째깍거리며 파국을 향해 달려가고 있었다. 이미 사대천왕과 반여령을 구경하는 학생들이 우리 교실 앞문과 뒷문을 꽉 차게 점령하고 있었고, 선생님도 이 사태에 대해서는 상당히 당황스러운 모양이었다.

대체 뭣 때문에 사람이 이렇게 많이 몰려들었는지 전혀

모르겠다는 얼굴로, 선생님이 마침내 선언했다.

"그럼, 내일 보자."

그에 '수고하셨습니다!' 하는 소리와 함께 아이들이 저마다 가방을 챙기고 자리에서 일어났다. 지면이 쿵쿵 울리는 것이 무슨 코끼리 수백 마리가 지나가는 듯했다. 그와 동시에 교실 문 앞에 선 반여령의 눈에 불길이 일었다.

김혜힐과 김혜우가 내 옆을 닿을 듯 말 듯 지나가며 내일 보자, 하고 속삭이고, 건너편에 앉은 신서현과도 눈인사를 나누기가 무섭게 내 옆의 이루다가 마침내 자리에서 일어났다. 그런데 그녀는 문으로 나갈 기미는 전혀 없이, 그저 불안한 얼굴로 성큼성큼 다가가 갑자기 창문에 몸을 붙이고 섰다.

아니, 왜 갑자기 창문에 붙어서? 그것도 운동장 쪽 창문에? 설마, 반여령으로부터 비롯된 목숨의 위협을 미리 예견한 것은 아닌가? 나는 이 애들이 점점 무서워지기 시작했다. 설마 남장 여자는 예지력까지 있다고 할 셈인가.

망설이다가, 나는 그녀의 뒤로 다가섰다. 뭔지는 모르겠지만 인사는 해야겠지, 어쨌거나 짝꿍이니까. 내가 그렇게 생각하며 그녀 가까이 다가가 선 그때였다.

그녀의 시선이 박혀 있는 곳으로 무심코 고개를 돌린 나는, 우리 고등학교 교문을 막고 선 리무진 서너 대를 보았다.

아니, 웬 리무진…… 은지호와 우주인이 한때 리무진을

타고 등교하던 것이 생각났지만, 쟤네 지금은 리무진 타고 등교 안 하는데.

그럼 대체 저 리무진은 누가……? 그렇게 생각하기가 무섭게, 갑자기 리무진 문이 덜컹 열렸다. 그와 동시에 검은 양복에 선글라스까지 착용한 남자들이 리무진에서 우르르 빠져나왔다. 그것을 보는 내 안색은 차게 굳었다. 뭐야, 저게?

내가 창틀에 몸을 기대고 그러고 있는데, 누군가 옆에서 창틀 위로 신발을 턱 얹었다.

고개를 돌렸을 때 처음으로 보인 것은 환한 빛을 받은 새카만 운동화의 앞부리였다.

뭐야? 내가 그렇게 생각하기가 무섭게, 이루다의 몸이 그대로 창밖으로 떨어져 내렸다.

"……."

어느새 이루다의 반짝이는 금발은 운동장 저편으로 질주하고 있었다. 그 모양을 멍하니 바라보는 것은 나뿐만이 아니었다. 우리 교실의 몇몇 아이들도 이루다가 창턱에 발을 걸치는 모습을, 이어 훌쩍 뛰어내려 운동장으로 착지하는 모습을 본 것이었다.

그들은 곧 하나같이 상기된 얼굴을 하고 외쳤다.

"우와! 멋있다!"

"여기 2층인데, 헐, 쩔어!"

나는 그 모습을 보다가 고개를 주억거렸다.

그래, 물론 사람이 살다 보면 리무진에서 튀어나온 검은 양복을 입은 사람들에게 쫓길 수도 있겠지. 또 그 사람들에게서 도망쳐 보겠다고 2층에서 뛰어내릴 수도 있고. 물론.

"⋯⋯."

아니, 아무리 긍정적으로 생각하려고 해도⋯⋯ 대체 무슨 놈의 평범한 고등학생들이, 같은 반 남자애가 2층에서 뛰어내려 도망쳤는데 멋있다는 말 외에는 별다른 반응이 없는 거지?

더군다나 지금 검은 리무진이 교문을 빽빽하게 가로막고 있는 데다가, 그 안에서 검은 양복 차림의 남자들이 무섭게 뛰쳐나오고 있는데 왜? 왜 아무도 거기에 대해서는 관심을 갖지 않는 거야? 대체 왜?

가만히 서 있다가, 한숨을 푹 내쉰 나는 중얼거렸다.

"정말 싫다⋯⋯."

이놈의 학교.

교실을 나오자마자 무시무시한 얼굴로 눈을 부라리고 있던 반여령이 내 앞으로 성큼성큼 다가왔다. 그녀가 곧바로 물었다.

"아까 그 노란머리 남자애는?"

이루다? 네 숙적?

"응, 창밖으로 뛰어내렸어."

창밖으로 뛰어내렸다니, 오해의 소지가 충분한 대답이었는데도 불구하고 눈앞의 사대천왕과 반여령은 어째서인지 안색 하나 변하지 않았다. 지쳐서 짧게 대답하기는 했는데, 하나도 되묻지 않으니까 어째 그것도 마음에 걸렸다. 나는 물었다.

"음, 안 다쳤냐고 안 물어봐?"

"응? 누가 2층에서 뛰어내리는 것 정도로 다쳐?"

오히려 놀란 듯 그렇게 묻는 반여령의 옆으로 우주인이 권은형을 보고 물었다.

"너도 가끔 2층 높이에서 뛰어내리지 않았나?"

"그건, 싸우기 귀찮은데 누가 교실 뒷문을 지키고 있다거나 할 때. 그러고 싶어서 그런 건 아니야."

은형이는 약간 쑥스러운 투로 대답했다. 그의 귀가 그의 붉은 머리카락만큼이나 달아올랐다. 아, 그래…… 2층에서 뛰어내리면 팔이나 다리 하나는 부러지고 말 내가 이상한 모양이었다. 이번에는 은지호가 나를 보고 물었다.

"야, 방금 교무실에서 걔, 대체 뭔데 애들 반응이 이래? 특히 반여령."

그가 그렇게 말하며 반여령의 머리를 툭 치자 반여령이 곧바로 성질을 내며 은지호의 손가락을 치웠다.

둘이 아웅다웅하는 모습을 보다가, 나는 헝클어진 머리를 빗어 넘기고는 그대로 성큼성큼 걸음을 옮겼다. 걷고 있으려니 곧 당황한 반여령이 내 뒤에서 뛰어오는 소리가 났다.

곧 반여령이 어렵지 않게 내 팔을 잡아채었고, 누군가 내 옆으로 다가와 걷는다 싶어 돌아보니 우주인이었다.

우주인은 그 커다란 갈색 눈을 접으며 생글생글 웃는 채로 물어 왔다.

"엄마, 왜 먼저 가?"

"됐어, 너네 나빠."

내가 신경질적으로 대답하자 우주인의 눈이 동그래졌다. 그는 앞선 대화에서 내가 마음이 상할 구석을 전혀 발견하지 못한 듯싶었다.

괜히 마음 한구석이 더 무거워졌다. 됐어, 내가 고개를 내젓고는 걸음을 옮기는데 이번에는 정수리 위에 무게가 얹혔다. 윽, 내가 눈썹을 찡그리며 고개를 들자 이번에는 은지호였다.

그가 팔 한쪽을 뻗어 내 머리 위에 기대어 놓은 채로 내려다보며 물었다.

"왜, 뭔데?"

"너네 아까부터 계속, 그 뭐냐? 이루다에 대해서만 물어보고."

"뭐? 야, 그야……."

황당하다는 듯 물어 오는 은지호의 말을 끊고 내가 대답했다.

"됐어, 어쩌겠냐, 내가 이해해야지."

어쨌거나 나는 그들의 이루다를 향한 관심을 아무렇지도 않게 받아들일 수 있었다. 까짓것, 소설의 운명적인 흐름이라고 생각하면 이해하기 어려운 것도 아니었다. 이미 그러도록 정해진 것을 저들이 뭘 어쩌겠는가?

그러나 가끔 두려워질 때는 있다. 언젠가 이 소설의 흐름이라는 것에 의해서 내가 그들에게서 멀어지는 날이 오지 않을까. 아니면 그 소설의 흐름이라는 것이 그들을 나는 닿지조차 못할 영광의 장소, 혹은 비극의 장소로 데려가 버리는 것은 아닐까.

소설의 흐름이 절대적이라는 것을 문득 느낄 때마다 나는 손끝을 움직일 수도 없이 두려워지고, 그럴 때면 당연한 수순이라는 듯 그런 생각들이 내 머릿속을 점령한다.

아, 됐어. 넘겨 버리자. 머리를 두어 번 털어 내고 나니 어쩐지 유천영과 은지호가 나를 황당하다는 듯한 눈으로 보고 있었다.

내가 반여령에게 손을 내밀어 그녀의 팔을 잡자, 그녀가 곧바로 환한 얼굴을 하며 내 팔을 잡고 흔들었다.

사대천왕은 뒤에서 멋쩍은 듯 머리카락을 매만지다 말고 스르르 우리를 따라 걸음을 옮겼다.

오후 2시라서 햇빛이 강한 운동장을 가로질러 걷자니,

아직도 검은 리무진이 교문을 지키고 선 것이 보였다. 이루다를 잡지 못한 모양이었다. 리무진을 흘긋 보면서, 나는 이루다가 한국 고등학교에 남장을 하고 입학한 이유가 뭘까 생각했다.

너에게 기업을 물려주려고 하니, 그 전에 남장을 하고 학교에 다니면서 괜찮은 한국인 신랑감을 물색하라는 회장님의 지시? 아니면 쌍둥이 오빠가 억울하게 죽어서 그의 복수를 대신하러 왔다든지. 거대한 조폭 기업을 물려받아야 해서, 그 전까지는 암살의 위협이 있어 신분을 숨겨야만 한다든지.

오, 내 똑똑한 뇌 같으니라고. 나는 감탄해서 입을 헤벌렸다. 그 어느 것도 가능성을 무시할 수 없었다. 반여령은 내가 리무진을 보고 한동안 서 있자 내 팔을 흔들었다.

내가 흠칫 놀라 그녀를 돌아보자, 그녀가 말했다.

"아, 맞다. 내가 아까 말을 못했는데. 있잖아, 그러니까, 네가 왜 아까 그 금발 남자애랑 사귀면 안 되냐면."

"응."

"머, 머리가, 머리가 노란색이잖아. 있잖아, 내가 책을 읽었는데, 금발은 유전적으로 열성이라서 금발이랑 금발이 결혼해야지만 금발이 나온대. 그러니까 이루다는 그 머리카락이 자연적으로 나올 수가 없단 말야. 아, 눈동자도!"

"……?"

반여령은 말을 하다 말고 주먹을 꾸욱 쥐었다. 그녀는 비장한 얼굴로 입을 열었다.

"그러니까, 한국인과 미국인 혼혈로는 절대로 금발에 푸른 눈이 나올 수가 없단 말야. 방금 이루다 걔 머리카락이랑 눈은 분명히 염색에 콘택트렌즈일 거야! 어쩜, 학생 신분으로 염색을 할 수가 있어! 완전 양아치잖아!"

"……."

"왜?"

반여령은 열변을 토하다 말고 내 눈빛이 조금 이상해진 것을 느낀 모양이었다. 나는 햇빛을 받아 자주색으로 빛나는 반여령의 머리칼을 보다 말고 고개를 내저었다. 그리고 뒤를 돌아보자, 리무진을 보느라 나와 반여령의 얘기는 듣지 못한 듯 태연한 얼굴을 하고 있는 사대천왕들이 있었다.

그들의 머리카락은 검푸른색, 붉은색, 금색에 가까운 연갈색이며 다양했지만 단연 최고인 것은 자잘한 빛을 흩뿌리는 은지호의 은발이었다.

은지호의 반짝반짝 빛나는 은발을 보고 있자니 심란해져서, 인상을 잔뜩 찌푸리고 있는데 은지호가 마침 물어 왔다.

"야, 뭐? 왜 날 그러고 봐?"

"아, 아니……."

지금 반여령이 너희들의 출생의 비밀을 밝혀낸 것 같은데, 나는 그렇게 생각했으나 그것을 입 밖으로 꺼내지는 않았다. 유천영의 푸른 눈 역시 혼혈로는 불가능하다는 말도 하지 않았다.

그래, 나는 결심했다. 내버려 두자. 잘못이 있는 것도 아니고, 인터넷 소설 주인공이라는 죄로 자기들 혈통까지 의심받아야 할 필요는 없잖아.

은지호는 여전히 인상을 찡그린 채로 나를 보고 묻고 있었다.

"아, 찝찝하게 왜 그래? 뭔데?"

"아니……."

내가 여진히 애매하게 말꼬리를 흐리며 고개를 돌리는데, 반여령이 내 새끼손가락을 대뜸 잡아채서는 내 손가락에 자신의 손가락을 걸고는 마구 흔들었다. 뭐야? 내가 놀라서 그녀를 바라보자 그녀가 외쳤다.

"그러니까! 그런 양아치랑은 사귀면 안 돼! 알았지!?"

"어, 그래. 알았어. 야, 반여령. 걱정도 팔자다."

그렇게 말하고는 나는 여전히 안절부절못해서 나를 올려다보는 반여령의 눈을 바라보다 말고 피식 웃었다.

반여령, 네가 모르는 사실이 있는데. 내 성적 취향이 바뀌지 않는 이상 나는 절대로 이루다랑 사귈 수가 없어. 나는 그렇게 중얼거리고는 손을 들어 반여령의 반질반질하게 빛나는 머리카락을 쓰다듬었다. 그리고 말했다.

"진짜, 진짜 걱정 안 해도 돼. 난 지구가 두 쪽 나도 이루다랑 사귈 일이 없거든."

"진짜? 걔가 너한테, 막 사귀자고 매달리면?"

"진짜 사귈 일 없어. 은하계가 반쪽 나기 전에는."

"와!"

반여령은 기뻐서 내 목에 매달려서는 폴짝폴짝 뛰었다. 웃으며 반여령을 마주 안다 말고 뒤를 돌아보자, 복잡한 얼굴을 하고 있는 유천영과 은형이가 보였다. 내가 눈썹을 성큼 추켜세우자, 은형이는 머뭇거리다 말고 입을 열었다.

아까의 살기가 누그러들어 평소와 같은 부드러운 목소리가 귓가를 울렸다. 그는 말했다.

"아, 아까 그 말이."

"응."

"그 남자애뿐만이 아니라, 아예 남자 친구를 사귈 마음이 없다는…… 그런 뜻이야?"

"에이, 그럴 리가 없잖아."

나는 어이가 없어서 한 번 풋 웃고는 대답했다. 그러자 은형이는 다소 누그러진 얼굴이 되어 고개를 끄덕이고는 손을 들어 내 머리를 토닥이는 것이었다. 그를 웃는 얼굴로 올려다보다 말고, 나는 문득 은형이의 뒤편에서 교문 근처 운동장에다 머리를 박고 있는 남학생들을 보았다.

그런데 그들의 앞에 선 건 학주는 아닌 것 같았다. 더군다나 지금은 등교 시간도 아니었다.

그들의 앞에 선 것은, 교복을 잘 줄여 입은 두어 명의 남학생이었다. 선배인가?

내가 눈을 찡그리고 그들을 보는데, 유천영이 고개를 내젓더니 나를 끌어당겼다. 그가 낮은 목소리로 말했다.

"봐서 좋을 거 없어."

"저게 뭔데?"

"일진회인 것 같은데."

중학교 땐 저런 거 없었는데. 나는 신기해서 그쪽을 기웃거리다 말고, 유천영이 보지 말라는 듯 내 팔을 끌어당기는 바람에 고개를 돌렸다.

내가 봐도 하나같이 불량스러운 생김새를 하고 있는 것이, 눈이 마주치면 시비를 걸 것도 같았다. 유천영이 나를 말리는 것은 전혀 이상한 일이 아니었다. 그러나 내 앞에 서는 권은형과 은지호가, 전혀 두려움이 없는 기색으로 그쪽을 보며 대놓고 혀를 차고 있는 것이 아닌가? 은지호가 말했다.

"야, 원산폭격 자세 저거 아닌데. 무릎 구부린 거 봐라, 안 되겠네."

"네가 원산폭격도 알아? 누가 너한테 그런 걸 시켜?"

"우리 아버지가, 사나이는 모름지기 국군 도수 체조는 알아야 한다고. 그러다가 내가 틀리면 저거 시켰어."

"진짜, 유별나서."

"누가 아니래. 그런데 그게 내가 열 살 때 일이라니까. 아, 아, 저거 안 되겠네. 저래서 땀은 나겠냐?"

은지호는 혀를 차면서 그쪽을 기웃거리는 품이 정말로 무슨 군대 선임병이라도 되는 것 같았다. 그게 웃겨서 피식 웃고는 그쪽을 다시 보다가, 나는 선 채로 서성거리는 일진들 사이에 익숙한 얼굴이 있는 것을 알아차렸다.

아니, 그럴 리가 없지. 곧바로 나는 내 생각을 부정했다.

여기에서 1시간을 지하철을 타고 다시 1시간을 버스를 달려야 나오는 곳에서 마주친 바다 사나이 은겸, 권은형의 화려한 날라차기에 의해 등장 1분 만에 퇴장하고 만 그가 여기에 있기는 왜 있단 말인가?

나는 창백해진 얼굴로 유천영의 팔을 끌어당겼다. 유천영이 무뚝뚝하게 물었다.

"왜?"

"아니. 얼른 가고 싶어서."

나는 대답하지 않고 다만 성큼성큼 걸음을 옮겼다. 다행히도, 체벌을 받고 있던 십여 명의 학생들과 그 선배들은 우리가 교문을 빠져나가는 동안 시선을 줄 뿐 전혀 제지하지 않았다. 말을 걸지도 않았다.

제6조. 나에게는 사실, 숨겨진 과거가 있어……
괜찮아, 여주인공이면 다 있어

내 화려한 고등학교 생활의 시작은 이루다의 등장이었고, 이루다가 2층에서 뛰어내려 사라지던 그 순간 내 고등학교 첫날에 일어날 놀라운 일은 모두 끝났다고 생각했다.

그러나 아무래도 그것이 아니었던 모양이다. 그렇게 생각하며 나는 허탈하게 웃다가 앞을 응시했다.

서울역 근처라서 외국인 유입도 많고, 장사도 제일 잘된다는 이 중국집은 차이나타운의 분위기를 내 보고 싶었는지 붉은 등갓을 곳곳에 주렁주렁 매달고 있었다. 때문에 시간이 어느덧 밤 10시에 가까워지고 있음에도 온 거리는 붉은빛을 받아 훤했다.

바쁜 걸음으로 우리를 스쳐 지나가는 수많은 사람 속에, 나와 반여령, 그리고 이루다는 멍하니 서 있었다.

난데없이 서울역 앞의 커다란 중국집 앞에, 우리 셋이 나란히 서 있게 된 사연에 대해 말하자면 길다. 나는 눈을 들어, 내 옆에 선 이루다와 반여령의 멍한 얼굴을 힐금 돌아보고는 다시 앞을 응시했다.

거대한 중국집 건물은 1층부터 4층까지 모두 불이 들어와 있어 보고 있자니 눈이 다 아플 지경이었다. 그리고 그 건물 아래, 입구 돌계단에 나란히 서서 담배를 태우고 계신 분은 우리 아버지, 그리고 반여령의 아버지와 마지막으로 오늘 처음으로 보는 금발의 외국인이었다.

그가 누구인지는 안 봐도 뻔하지 않은가? 그가 바로, 이루다의 아버지 이안이었다.

사람들은 바쁜 듯 걸음을 옮기다가도 한 번씩 그쪽을 힐금힐금 쳐다보는 것이, 그들이 보기에도 영 희한한 광경이었음이 틀림없었다.

전형적인 한국인 가장처럼 생긴 우리 아버지와, 이제 막 열일곱이 된 딸을 두었으면서도 몸에는 군살 하나 없는 훤칠하면서도 온화한 인상의 반여령의 아버지, 그리고 마지막으로 유전자는 어디 가지 않는다는 것을 증명하는 듯 놀라운 미모를 자랑하는 금발의 외국인. 그 셋이 고급 중국집 앞에 나란히 서서 뻐끔뻐끔 입술을 움직여 담배를 태우고 있는 광경은, 확실히 흔히 볼 만한 광경은 아닌 것이다.

아버지가 입술을 움직이자 그 사이로 회색 담배 연기가

후욱, 하고 흘러나와 밤하늘을 수놓았다. 그리고 그는 고개를 돌려 이루다의 아버지에게 말을 걸었는데, 이루다의 아버지는 아주 유창한 한국어로 답을 하다 말고 웃음을 터트렸다. 그에 반여령의 아버지 역시 함께 웃기 시작했다.

누가 봐도 그들은 친한 듯이 보였다. 나는 저것도 참 대단한 재주라고 생각했다.

우리 아버지와 반여령의 아버지는, 오랜 교우 관계에서부터 생성된 희한한 재주가 하나 있다. 그것은 다름 아닌, 모르는 사람과 5분 만에 10년 된 죽마고우처럼 친해지기였다. 어떻게 그런 것이 가능하냐고? 저 두 사람의 성격적인 차이로 인해 가능하다.

우리 아버지는 대체로 전남 특유의 까칠한 말투로 거침없는 입담을 구사하는데, 재치가 끝내줘서 듣는 사람을 즐겁게 한다. 그러나 기가 약한 사람일 경우 아버지의 기운에 눌릴 수 있다는 것이 문제다.

자, 이런 아버지의 단점을 상쇄시켜 주는 것이 바로 여령이네 아버지의 부드러움이다. 그는 남의 말을 잘 들어 주는 성격에, 온화한 말투로 조곤조곤하게 말함으로써 다른 사람의 부담을 덜어 준다.

그래서 저 둘이 콤비로 나서서 아버지는 까대고, 여령이네 아버지는 들어 주면 그것으로 게임은 끝난다. 이번에도 그것과 비슷한 경로로, 이루다의 아버지는 저 둘과 만난

지 채 5분도 되지 않아 저렇게 친해진 것이었다.

세 사람이 한 덩어리가 되어 호쾌하게 웃는 것을 보면서 나는 얼굴을 구겼다.

나는 처참한 얼굴을 하고 그쪽을 응시하면서 생각했다. 어떻게 된 것이더라? 그래, 우리 어머니가 모처럼 기분을 낸다고 중국집에 코스 요리를 먹으러 가자고 한 것, 그것이 모든 일의 발단이었다.

* * *

우리 가족은 자주 반여령의 가족과 함께 외식을 하곤 해서, 당연히 이번에도 그러하리라 생각했다. 아닌 게 아니라 반여령도 나에게 핸드폰을 들어 보이며, 중국집에 갈 거라 저녁 6시까지 들어오라는 문자를 보여 주었다. 이웃사촌이란 이렇다. 나는 어깨를 으쓱하고는 알겠다고 했다.

그다음에 우리는 반여단 오빠의 학교로 향했는데, 그의 경우에는 입학식이 아니라 고등학교 2학년으로 올라간 것뿐이라서 저녁 6시까지 수업을 하고 끝났다.

반여령은 남자 고등학교 앞에 여자 2명이서 기다린다는 것이 영 찜찜한 듯한 눈치였다. 여자 둘이서 남자 고등학교 앞에 있으면 아무래도 눈에 띄지 않겠냐는 거였다. 그러나 몸소 남계 고등학교에 가 본 결과, 그것은 기우였음이 밝혀졌다.

학교 전방 300미터라는 간판이 붙어 있는 곳에서부터 우리는 교문 앞에 빽빽하게 눌러앉은 여자들의 그림자를 볼 수 있었다. 그리고 교문 앞으로 가자 실로 그 열기는 대단했다.

인근의 여고생이며 여중생들이 모두 모인 듯, 하나같이 다양한 교복을 자랑하는 그들은 핏발이 선 눈으로 외치고 있었다.

"여단 오빠! 오빠 고등학교 2학년 되신 거 축하해요! 제가 기념으로 케이크를 구워 왔어요!"

"오빠! 이제 오빠가 법적으로 성인이 될 때까지 2년밖에 남지 않았어요! 오빠와 제가 결혼할 날이 얼마 남지 않았다고요!"

"오빠! 여단 오빠아아아악!"

반여령은 이들이 모두 모여 있는 이유가 제 오빠 때문이라는 것을 알고는 혼란스러운 듯한 얼굴을 했다. 그러다 그녀가 나를 보고 물었다.

"어, 우리 오빠가, 어, 많이 바람둥이인가?"

반여령은, 반여단의 이름을 외치고 있다는 이유 하나만으로 이 모든 여자들을 반여단의 여자 친구라고 결론지어 버렸다. 평소에 시험 칠 때는 잘만 돌아가다가 이럴 때만 정지하는 반여령의 뇌가 참으로 감탄스러웠다. 나는 속으로 박수를 치다 말고 고개를 내젓고는 말했다.

"너도 알잖아, 여단 오빠 솔로인 거."

한 18년째. 나는 속으로 덧붙였다. 그렇다. 놀랍게도 반여단은 그 잘생긴 외모에도 불구하고 모태 솔로인 것이다.

반여령은 의아한 듯 고개를 모로 기울이더니 물었다.

"그럼 왜 이러고들…… 있어?"

"아, 그건 여단 오빠가 멋있어서. 아직 반여단 오빠랑 사귀지는 않는데, 앞으로 사귀고 싶어서 이러는 거야."

문득 나는 아주 현실적인 가정 하나를 떠올렸다.

만약, 만약 내가 반여단의 이웃사촌이 아니라 어느 인근 고등학교의 평범한 학생이었다면 나도 지금쯤 이 자리에서 이러고 있지 않았을까. 나는 눈을 한 번 데구루루 굴리고는, 그것이 매우 가능성이 높은 일이라는 것을 깨달았다.

솔직히, 누가 봐도 반여단은 이렇게 남자 고등학교 교문에서 5시간을 죽치는 한이 있더라도 한 번쯤은 얼굴을 보고 싶은 그런 남자였다.

내가 그렇게 생각하고 있는데, 갑자기 우리를 둘러싼 비명 소리가 점점 커졌다. 나는 그것을 듣고 생각했다. 아, 나왔구나.

보통 인터넷 소설에서는 적어도 '아, 넌 반여단이 좋아? 하지만 나는 반여단 옆의 누구누구가 좋아'라는 둥 주변 인물들 역시 상당한 인기를 자랑하지만 여기에는 그딴 거 없었다.

반여단이 친구들을 대동하고 교문을 걸어 나오는 그 순

간, 우리 주변의 모든 여자들은 그저 반여단 세 글자만을 부르짖고 있었다.

반여단은 이런 와중에서도 주머니에 한 손을 찔러 넣고 다른 손으로는 핸드폰을 확인하는 것이, 이미 익숙한 듯싶었다. 오히려 이런 것에 반응하는 것은 그의 친구들이었다.

반여단의 친구들은 무심한 그의 어깨나 배를 팔꿈치로 툭툭 쳐 가며 그를 설득했다. 하나같이 밝은 색의 머리카락에 넉살이 좋아 보이는, 잘생긴 남자들이었다. 그들은 입을 모아 말했다.

"야, 너 좀! 너 보겠다고 여기서 죽치고 기다린 건데 인사도 안 해 주냐!"

"아, 이놈 여동생 문자만 골백번을 읽고 있네. 너 진짜 여동생이랑 결혼할래?"

반여단의 입술이 열린 것은 그때였다. 그는 반여령의 것을 닮아 새카만 눈을 한 번 들더니, 우리를 둘러보고는 붉은 입술을 열어 툭 내뱉었다.

"여기 있대."

"……?"

반여단의 친구들은 잠시 사태를 파악하지 못한 듯한 눈치였다. 그들은 하나같이 서로를 돌아보다가, 눈썹을 찌푸린 채로 반여단에게 물었다.

"어엉? 뭐라고?"

"여기 있어? 누가?"

"내 여동생."

그리고 반여단은 핸드폰을 탁 소리 나게 접어서는 주머니에 찔러 넣더니, 그대로 고개를 퍼뜩 들어 정확히 이쪽을 응시했다. 우리 앞에는 여자들이 몇 겹으로 벽을 치고 있어 우리가 보이지도 않을 텐데, 설마 반여단에게는 반여령 탐지 레이더라도 달려 있는 걸까.

내가 놀라서 눈을 깜빡이는 사이 반여단은 긴 다리를 움직여 성큼성큼 이쪽으로 다가왔다. 여학생들이 모세의 기적처럼 우르르 물러났다. 그리고 동시에 반여령과 반여단 사이에 뻥 뚫린 길이 생겨났다.

붉은 벽돌길 위로 선 반여단은 이쪽을 향해 망설임 없이 성큼성큼 걸어왔다.

그의 입술에는 옅은 미소가 떠올라 있는 것이, 반여령을 봐서 기분이 좋아진 것이 틀림없었다. 나는 인상을 찡그렸다. 햇수로는 벌써 17년을 봤으면 질릴 때도 됐건마는, 아직도 질리지 않다니. 역시 인소 주인공들의 오빠는 참으로 현실감이 없구나 하는 생각을 하면서.

반여단의 친구들은 반여령을 보고는 잠시 멍해져서는 조금도 움직이지 않았다. 아마도 반여령의 미모에 충격을 받은 듯싶었다.

그러나 그것도 잠시, 그들은 곧 쾌활한 얼굴로 성큼성큼

다가왔다. 그들의 대화를 들은 나는 황당해졌다.

"와, 난 반여단이 가발 쓴 줄 알았다. 진짜 똑같이 생겼네."

"진짜 예쁘긴 하다. 야, 그래도 우리가 누구냐. 반여단 얼굴을 4년 동안이나 보고 산 인간들 아니겠냐."

"그럼! 저 정도로 우리가 기절이라도 할까 봐?"

"난 기절할 뻔했는데……."

그들이 그렇게 시시덕거리면서 이쪽으로 다가오는 사이, 반여단은 반여령을 보고 무어라 얘기하다 말고 그녀의 이마를 보려고 몸을 약간 굽히고 있었다. 그의 하얀 손끝이 반여령의 새카만 머리카락을 귀 뒤로 넘겨 주고, 홀연히 사라지자 여학생들 사이에서 탄성이 튀어나왔다.

나는 그저 굳은 얼굴로 반 남매가 하는 행동을 바라보고 있었다. 솔직히, 나조차도 이 순간만큼은 반여령이 한없이 부러웠다. 그녀는 잘난 남자들과 잘난 오빠를 얻은 대가로 항시 불치병과 기억상실의 위험에 시달린다는 것을 알고 있는데도 그랬다.

그들을 보다가, 나는 반여단 오빠가 갑자기 그 새카만 눈으로 나를 힐긋 보는 바람에 흠칫 놀랐다.

그는 나를 멀뚱한 표정을 하고 보다가, 문득 떠오른 듯 제 가방을 앞으로 고쳐 메고는 가방을 열어 주섬주섬 뒤적였다. 이윽고 그가 무언가를 내밀자 나는 얼떨결에 그것을 받아 들었다.

받고 보니 그가 일전에 줬던 것과 똑같은 커피 우유였다. 내가 그를 보자, 그는 슬며시 웃고는 대답했다.

"오늘도 주더라."

"아, 고마워, 여단 오빠."

내가 그렇게 대답하고는 바로 커피 우유의 주둥이를 찢는데, 여단 오빠의 뒤에 선 이들이 이쪽을 기웃거리고는 여단 오빠를 보았다. 그러고는 묻는 것이었다.

"어? 야, 너 전에 커피 우유 바리바리 싸 가던 게?"

"이야아, 너 설마 얘도 여동생이라는 건 아니지? 야, 너 그럼 진짜 결혼할 여자가 없는 거라고."

그렇게 말하며 이들이 반여단의 어깨를 끌어당기자, 반여단은 별 반응 없이 새카만 눈썹을 살풋 찡그렸다. 그리고 그는 입을 열었는데, 그의 대답은 역시나 김이 빠질 정도로 간단했다.

"이웃집 여동생."

"오! 오오오!"

"야, 그럼 쟤랑 너랑 결혼해도 법적으로 저촉되는 건 없는 거지?"

"아, 좀."

반여단은 마침내 인상을 구기며 어깨를 누르고 있던 그들의 팔을 뿌리쳤다. 그러거나 말거나, 그들은 환한 얼굴로 웃고 있다 말고 갑자기 나에게 손을 내밀었다.

나는 얼떨결에 그들의 손을 잡고 악수를 했다. 그들은 하나같이 웃는 얼굴로 말했다.

　"야, 나는 반여단이 지 여동생 말고는 여자랑 아예 담을 쌓고 사는 줄 알았다니까! 야, 그래. 이웃집 여동생이라고?"

　"네? 네."

　"우리 여단이 좀 잘 부탁한다! 나는, 나는 이제 죽어도 여한이 없어……."

　그렇게 말하더니 그는 짐짓 과장스레 나오지도 않는 눈물을 훔치는 시늉을 했다. 그에 옆에 진을 치고 있던 나머지 친구들이 하나같이 금방이라도 울 듯한 얼굴로 그를 부축했다.

　곧 그들은 물기 어린 목소리로 외쳤다.

　"어머니! 아직 가시면 안 되어요!"

　"나는, 여단이가 예쁜 색시를 맞는 게 평생소원이었으니…… 쿨럭. 그것 하나만 보고 지금까지 버텨 온 게야……. 이제 갈 때가 되었다."

　"어머니!"

　"아들아……."

　나는 다소 복잡한 심경으로, 백여 명의 여학생들이 지켜보는 가운데서 영화를 찍고 있는 이들을 바라보았다.

　사람은 극끼리 뭉치기 마련이라고, 여단 오빠가 너무 싸늘하니 그 주변 인물들이 너무 지랄 맞아진 것이 아닌가 하는 생각이 들었다.

옆을 돌아보니, 여단 오빠는 짜증이 난다는 듯 눈을 구기고 그 모습을 지켜보고 있다가 가방을 도로 등에 걸리게 고쳐 메었다. 그리고 그는 냉정하게도 여령이의 손목을 이끌고는 휙 소리가 나게 돌아서 버렸다.

그는 가기 전에 나에게도 한마디 던졌다.

"단아, 가자."

"아, 네."

멍하니 서 있던 나는 흠칫 놀라서 그런 그를 따라나섰다. 나는 걸음을 떼기 전, 다시 한 번 고개를 돌려 반여단의 친구들을 바라보았다. 그들은 놀랍게도 환한 얼굴로 손을 흔들고 있었다.

나는 애매하게 웃어 보이고는 다시금 뒤로 돌아섰다. 워낙에 목소리가 커서 그들이 대화하는 소리가 귓가에 윙윙거리고 있었다.

"여단아! 엄마는, 엄마는 널 믿는다! 행복해라!"

"형님! 행복하슈!"

반여단 오빠는 빠르게 걸음을 옮기다 말고, 한숨을 푹 내쉬더니 한마디 툭 내뱉었을 뿐이었다.

"진짜, 지랄 맞게……."

그리고 피곤하다는 듯한 모양새로 엄지와 검지를 들어 콧대를 꾹꾹 누르는 그를, 나는 그저 웃으며 바라볼 수밖에 없었다. 반여단은 지랄이라고 했지만, 나는 솔직히 기분은 나쁘지 않았다. 으흐, 으흐흐.

이윽고 엘리베이터를 타고 아파트 복도에 들어선 우리는 조금 이따가 보자고 인사를 건네었고, 그 이후에는 옷을 갈아입었다.

여령이네 어머니는 오늘도 일이 있어 늦으실 모양이라서, 우리 어머니는 여령이네 어머니가 갈 때 함께 합류하겠다고 했다. 그래서 운전은 우리 아버지가 했다.

우리는 땅거미가 어둑어둑하게 내릴 무렵에 냉기가 감도는 아파트 지하 주차장으로 내려가 차를 탔다.

앞좌석에는 우리 아버지와 여령이네 아버지가 각각 앉고, 뒷좌석에는 여단 오빠, 여령이, 그리고 내가 차례로 앉았다.

세 명이 앉기에는, 더군다나 남자 한 명이 섞여서 앉기에는 비좁은 차라서 불편했지만 할 수 없었다.

서울역은 우리 집에서 그렇게 멀지 않았다. 그렇게 여령이네 가족과 우리 가족은 단란하게 서울역 중국집을 향해 출발했다.

＊　＊　＊

우리는 중국집 2층에 자리를 잡고 앉았다. 아래로 서울역을 바쁘게 오가는 버스며, 훤한 도로며 유명 아울렛이 고스란히 내다보이는 그런 자리였다.

하늘은 이제 먹물처럼 새카만 검은색으로 바뀌어 있었고, 그 아래로 가로등들이 노란빛을 흩뿌리며 장대처럼 서 있었다. 창으로는 찬바람이 들어왔다.

내가 창밖을 내다보다 말고 바람이 매워서 코끝을 찡그리자, 여단 오빠가 자리를 바꾸겠냐고 물어 왔다. 나는 괜찮다고 대답하고는 자세를 고쳐 앉으며 음식이 나오기를 기다렸다.

우리는 윤기가 좌르르르 도는 양장피며, 유산슬이며, 탕수육 등의 코스 요리를 맛있게 먹어 치웠다.

참고로 말하는데 반여령이 몸매가 대단하다고 해서 결코 먹는 양이 적은 것은 아니다—인소의 법칙 제7조, 여주인공은 무조건 많이 먹는다. 그럼 꼭 남자 주인공은 여자 주인공이 먹는 걸 보면서 흐뭇해하다가, 눈이 마주치면 괜히 '돼지, 그만 좀 먹어' 하고 타박한다—. 그리고 여단 오빠 역시 먹는 양은 반여령보다 더하면 더했지 덜하지는 않았다.

그렇게 코스 요리를 손쉽게 거덜 낸 우리가 후식으로 나온다는 수정과를 기다리는데, 나는 문득 화장실이 가고 싶어졌다.

4층 전체를 중국집으로 쓰고 있는 이런 복잡하고 커다란 건물에서는 가고 싶지 않았는데. 미리 다녀올 걸 하고 나

는 속으로 후회를 했다. 그러나 어쩌겠는가, 이미 집에서
나와 버린 것을. 내가 자리에서 일어나며 화장실을 다녀오
겠다고 하자 아버지는 그래라 하셨다.

내가 미닫이문을 열고 신발을 신는데, 운동화 끈이 풀려
있었다. 앉을 데가 마땅히 없어서, 서서 신발 끈을 묶고 있
다가 나는 하마터면 앞으로 고꾸라질 뻔했다. 그런데 누군
가가 내 허리를 단단하게 받치는 것이 아닌가?

가느다란 팔을 봐서 여자인 것 같았는데, 가느다란 팔에
어울리지 않는 대단한 팔 힘이라고 생각했다. 나는 그렇게
생각하며 고개를 들었는데, 주황색 등갓 빛에 반사되어 황
금색으로 빛나는 금발이 보였다.

잠시 멍하니 그녀를 올려다보다가, 나는 천천히 입을 벌
렸다.

이루다는 흰색 와이셔츠에 깔끔한 회색 꽈배기 무늬 니
트 차림이었다. 아래에는 워싱이 잘 빠진, 딱 달라붙는 스
키니진을 입고 있었다. 그 옷차림은 그녀의 생김새와 더불
어 어느 외국 잡지에서 갓 빠져나온 듯한 인상을 주었다.
사람들이 아까부터 이쪽을 힐긋힐긋 보는 것이 전혀 이상
하지 않았다.

곧 정신을 차린 나는 눈을 끔벅였다. 이루다가 나를 내려
다보고 있었다. 볼에는 옅은 홍조를 띤 게, 나와 마주친 것
이 기쁜 눈치였다.

뭐야, 서울에 중국집이 얼마나 많은데 여기에서 마주쳐? 내가 그렇게 생각하기가 무섭게, 그의 뒤로 말쑥한 회색 정장 차림의 외국인이 걸어 나왔다.

반듯한 콧날과 약간 움푹 들어간 듯한 푸른 눈, 정교한 이목구비가 돋보이는 그는 잘 벼려진 칼날 같은 분위기와 더불어 흡사 마피아 대부처럼 보였다. 적어도 내게는 그렇게 보였다.

그는 우리를 발견하곤 놀란 듯 눈을 치떴다. 곧바로 성큼성큼 걸어온 그가 루다에게 물었다.

"What are you doing?"

그 정도의 영어는 나도 알아들을 수 있었다. 너 지금 뭐 하니? 너무나 교과서적이고 일상적인 표현인데도 저렇게 잘생긴 외국인의 입에서 나오니 멋진 고급 표현처럼 여겨졌다.

루다는 잠시 멍한 얼굴로 나를 바라보다가, 자신의 아버지로 보이는 사람을 돌아보았다. 그리고 그녀는 진지한 얼굴로 반문했다.

"아빠, 왜 영어로 말해?"

"아, 미안하다."

다음 순간 외국인의 입에서 흘러나오는 유창한 한국말에 나는 흠칫 놀랐다.

곧 이루다는 나를 돌아보더니 환하게 웃었다. 그는 흔쾌히 자신의 아버지를 소개했다. 나는 부탁한 적이 없었는데.

"단아, 이쪽은 내 아버지. Ian Reed. 보통 이안이라고 불러. 아빠, 이쪽은 오늘 학교에서 만난 친구."

그에 외국인의 푸른 눈이 스르륵 움직여 내게로 향했다. 나는 이루다의 아버지, 이안을 멀거니 보다가 허둥지둥 고개를 숙였다.

'안녕하세요, 함단이라고 합니다.' 하고 예의 바르게 인사를 건네려던 바로 그때, 미닫이문이 벌컥 열렸다. 나는 허리를 굽힌 채로 고개만 돌려 그쪽을 바라보았다.

문 앞에 선 것은 다름 아닌, 검지와 중지 사이에 담배 한 개비를 달랑달랑 걸고 있는 아버지와, 그리고 반여령의 아버지였다.

아버지는 나를 보더니 곧바로 머릿속으로 어떠한 결론을 얻은 듯싶었다. 그리고 그가 다음 순간 한 일은, 멀거니 선 이루다의 아버지, 이안에게 다가가 당당하게 손을 내밀어 악수를 청한 것이었다. 아버지가 말했다.

"거, 내 딸이 좀 부족해서 그래요. 저 천방지축이 무슨 잘못을 했소? 내가 대신 사과하리다."

"……?"

"아, 단아! 뭐 하냐! 허리 더 안 굽히고!"

이안은 반사적으로 아버지의 손을 잡아 흔들면서도, 이게 대체 무슨 상황인가 하는 듯한 표정을 짓고 있었다. 그 광경을 보다 말고 정신을 차린 나는 외쳤다.

"아니야, 아빠! 나 잘못 안 했어!"

"너 막 접시 깨고, 그런 거 아니냐?"

"안 그랬어!"

"저 신사분 양복에 물 엎지르지는 않았고?"

"아니라니까!"

소란이 커지자 방에 앉아 있던 반여령과 반여단도 미닫이문을 열고는 밖을 기웃거렸다.

반여령은 이루다의 금색 머리카락을 보자마자 비명을 질렀다.

"앗!"

"왜 그러냐? 아는 사이냐?"

아버지가 목을 빼고 불쑥 물었으나, 반여령은 이미 혼자만의 생각에 사로잡혀 아버지의 말이 잘 들리지 않는 것 같았다.

그녀는 다만 겁에 질린 듯도, 분노한 듯도 한 창백한 얼굴로 이루다를 보며 혼자 중얼거렸다.

"오, 오늘 단이한테 작업 걸던……."

"…….."

불행하게도 반여령의 목소리는, 돌연 찾아온 침묵에 잠겨 있던 중국집에는 지나치게 크게 울려서, 우리 아버지와 이루다의 아버지는 물론이고 반여단마저도 그 혼잣말을 들을 수 있었다.

곧 그들은 설명을 요구하는 듯한 눈으로 나를 보았다. 졸지에 그 시선을 한 몸에 받게 된 나는 등에 식은땀이 흐를 지경이었다.

나더러 뭘 어쩌라고. 내가 그렇게 생각하는 차에 갑자기 아버지가 호탕하게 웃더니 이안의 손을 맞잡고는 거세게 흔들었다. 그리고 그는 외치듯이 말했다.

"아, 그럼 미래의 사돈 아니오? 와서 한잔 받으소."

그리고 그는 거리낌 없이 미닫이문을 활짝 열어젖히고는, 난데없는 환대에 얼떨떨해 하는 이루다를 우리 두 가족의 방으로 들여보내 주었다. 이루다는 푸른 눈을 깜빡이며 반여령과 반여단 사이에 뻘쭘하게 서 있게 되었다.

그 일련의 작업이 이루어지는 사이, 반여령의 아버지는 주머니에서 담뱃갑을 꺼내고는 이루다의 아버지, 미스터 이안을 향해 정중하게 물었다.

"담배 피우십니까?"

이루다와 닮아 있는 푸른 눈을 깜빡이던 미스터 이안은 곧 대답했다.

"네, 피웁니다."

"그렇습니까? 한 대 태우시지요."

그리고 반여령의 아버지는 담배를 꺼냈는데, 놀랍게도 그것이 담뱃갑에 들어 있던 마지막 담배였다. 그리고 반여

령의 아버지는 홀가분하다는 듯한 동작으로 담뱃갑을 구겨
서는 쓰레기통에 넣었다.

바로 그때, 우리 아버지가 미스터 이안의 어깨를 툭툭 두
드리더니 속삭였다.

"아따, 큰 대접 받으셨소."

"네?"

"그, 담뱃갑에 남아 있는 마지막 담배 있잖소? 그걸 우
리 한국에서는 돛대라고 한다오. 그, 영어로 뭐더라?"

"Mast."

반여령의 아버지가 유칭한 발음으로 그렇게 대답했다.
아, 그렇지. 우리 아버지는 그렇게 중얼거리고는 다시 미스
터 이안을 돌아보았다. 그리고 그는 웃는 얼굴로 말했다.

"우리나라에서는 이런 말이 있소. 돛대는 아버지한테도
안 준다. 그런데 아버지에게도 양보 못하는 것을 대뜸 당
신께 양보했으니, 여기 이 양반이 당신을 얼마나 극진하게
대접하고 있소?"

"아, 그렇습니까?"

놀랍게도 미스터 이안은 우리 아버지의 사투리가 심하게
섞인 한국말을 전부 알아들은 듯싶었다. 그것을 증명하듯
그는 감사의 눈길로 반여령네 아버지를 바라보았다.

반여령네 아버지는 뭐 그쯤이야, 하는 듯한 얼굴로 손을
내저었다. 그리고 그는 말했다.

"단이는 저에게도 딸 같은 아이니까요. 사돈이시라는데, 돛대 정도는 당연히 드려야지요."

"하하!"

그리고 곧 그들은 담배를 각각 입에 물고는, 양팔로 어깨동무를 하고 중국집 계단을 내려갔다. 저렇게 셋이 내려가면 좁을 텐데, 나는 그런 생각을 하고 모퉁이를 바라보고 있다가 그들의 모습이 완전히 사라지고 나서야 고개를 돌렸다.

그러고 보니, 내 옆에는 반여단과 반여령, 그리고 이루다가 남아 있었다. 곧 반여단은 진동이 온 듯 흠칫 놀라서는 주머니에서 핸드폰을 꺼내 들었다. 이어서 그는 우리를 보더니 약간 곤혹스러운 듯한 얼굴을 했다. 그가 말했다.

"어머니가 방금 퇴근하셨다고. 이 아래에 차 있으니까 내려오라는데."

"아, 오빠는 내일부터 의무 야자였지? 내일 피곤하면 안 되니까 일찍 가서 자야겠다."

그제야 여령이는 놀란 듯 물었다. 헐, 의무 야자라니. 나는 인상을 찡그렸다. 여단 오빠가 다니는 고등학교는 인근에서 알아주는 명문 남자 고등학교로, 1학년까지는 야자 여부를 선택할 수 있지만 2학년부터는 의무였다.

여령이가 '오빠 어떡해' 하는 듯한 얼굴로 여단 오빠를 올려다보자, 여단 오빠는 피식 웃고는 여령이의 머리를 쓰다듬었다. 이어서 그는 나를 보더니 난감한 듯 얼굴을 찡그렸다.

"엄마가 너랑 단이는 같이 갈 건지, 아니면 나중에 아빠들이랑 같이 올 건지 물어보는데⋯⋯."

그는 말을 하다 말고, 이루다를 보더니 말꼬리를 흐렸다. 그 이유를 모르는 것도 아니기에 나는 자그맣게 한숨을 내쉬었다.

그래, 나와 여령이가 이 자리에 남아 있어 봐야 우리가 보게 되는 것은 술 취한 아저씨들의 대화일 뿐이니 보통때라면 여단 오빠를 따라나설 것이었다.

그러나 지금 이 자리에는 이루다가 같이 있었다. 우리가 이루다를 이 낯선 중국집에 혼자 두고 홀라당 떠나 버린다면, 이루다는 얼마나 기분이 적적하겠는가?

나는 고민하다가, 결국 입을 열었다.

"아, 나는⋯⋯ 나중에 갈게. 오빠랑 여령이는 먼저 가. 난 이따가 아버지 오시면⋯⋯."

"안 돼!"

그렇게 외친 것은 여령이었다. 나는 너무 놀라서 하마터면 딸꾹질을 할 뻔했다. 이루다 역시 놀란 듯, 그녀는 푸른 눈을 동그랗게 뜨고는 여령이를 바라보고 있었다.

여령이는 나를 보며 말을 이었다.

"어, 어떻게 저 애랑 너를 단둘이 두고 가!?"

"아, 작업⋯⋯."

그제야 여단 오빠도 아까 여령이의 문제 발언에 대해 떠올린 모양이었다. 그래도 나는 생각했다. 여단 오빠는 여령이를 끔찍하게 아끼고 있으니, 그녀가 밤에 중국집에서 낯선 남자아이와 곤혹스러운 시간을 보내도록 두지 않으리라.

반여령과 이루다가 한자리에 있다면 내게는 그런 재앙이 또 없었다. 나는 여단 오빠를 희망 어린 눈으로 보았다. 그러나 놀랍게도, 여단 오빠는 내 기대를 산산이 부서트렸다.

그는 머뭇거리다가 결국 마음을 정한 듯 여령이의 어깨를 툭툭 두드렸다. 그리고 낮은 목소리로 당부하듯 말했다.

"그럼, 이따가 집에서 봐."

"응, 오빠!"

"그래. 단아, 다음에 보자."

그는 그렇게 말하고는 멍하니 선 내 머리 위에 손을 올려 툭툭 두드리더니, 복도 아래로 내려가 운동화에 발을 끼웠다. 그리고 그는 주머니에 손을 넣고 복도를 걷다 말고, 다시 우리를 힐금 돌아보더니 고개를 끄덕이고는 계단을 내려가는 것이었다.

나는 여단 오빠의 사라지는 등을 허무하게 바라보았다. 그러다가 옆을 돌아보니, 이미 반여령과 이루다는 싸울 태세에 돌입해 있었다.

반여령은 이루다를 향해 새카만 눈으로 타는 듯한 시선을 보내고 있었고, 이루다는 영문은 모르겠지만 네가 덤벼오니 나도 싸우겠다는 듯한 눈빛이었다.

나는 황급히 두 사람의 팔을 잡아채고는 말했다.

"우, 우리, 우리 아버지들한테 언제 가냐고 물어볼까!?"

그래서 찾아온 것이 지금의 이 상황이었다. 나는 아득한 눈으로 붉은빛이 감도는 돌계단 위를 올려다보았다.

우리 아버지와 여령이네 아버지, 그리고 미스터 이안은 중국집 앞에 나란히 서서는 벌써 30분째 줄담배를 피우는 중이었다. 셋이 너무 분위기가 좋잖아, 그렇게 생각하고 옆을 돌아보는데 반여령이 이루다를 향해 어마어마한 적대 감을 내뿜는 것이 보였다. 내 손은 빼앗기지 않겠다는 듯 꾹 붙든 채였다.

아니, 대체 왜, 그렇게 물으려는 순간 갑자기 옆의 이루 다가 휘청했다. 뭐야, 내가 그렇게 생각하며 팔을 내밀어 그녀의 어깨를 붙들자 그녀가 씩 웃었다.

"아, 단아, 고마워."

"야, 너 학교에서부터 대체 뭐야!?"

반여령이 옆에서 쩌렁쩌렁하게 외쳤다.

악, 반여령! 내가 기겁해서 검지를 입술에 붙이자 반여 령도 이곳이 대로변이라는 데 생각이 미친 것 같았다. KTX 열차가 통과하는 지역답게 바쁘게 오가던 많은 인파 가 이쪽으로 시선을 던지고 있었다. 개중에는 외국인도 수 도 없이 많았다.

물론 그들이 우리 쪽을 보고 있는 것은, 굳이 소음의 문제 때문은 아니리라. 반여령이나 이루다는 한마디도 하지 않고 길에 서 있는 것만으로도 시선을 끌어당기는 존재였다.

이거 어쩌지, 둘이 뒀다가는 정말 싸우겠는데. 나는 결국 결심하고는 한 발자국 앞으로 걸어갔다. 반여령과 이루다가 동시에 나를 보고 의아한 얼굴을 했다.

나는 아버지 쪽을 가리켜 손짓하며 말했다.

"언제 집에 가냐고 물어볼 테니까, 여기서 기다리고 있어."

"그래."

반여령이 무어라 대답하려 입술을 열던 차에 이루다가 먼저 흔쾌한 미소와 함께 대답해 왔다. 그러자 반여령은 또 부아가 터진 듯한 얼굴로 이루다를 노려보았다. 그 눈빛을 여유롭게 받아넘기는 이루다. 아, 나는 둘을 번갈아 보다가 결국 돌계단을 성큼성큼 걸어 아버지 쪽으로 걸어갔다.

아버지를 보아하니 정말로 기분이 좋은 얼굴이었다. 중국집 앞에 대롱대롱 걸린 붉은 등갓에 아버지의 얼굴이 발갛게 달아올랐다. 놀랍게도 좋은 얼굴인 것은 반여령의 아버지도 마찬가지였다. 그 사이에 낀 이루다의 아버지, 이안 리드의 표정은 말할 것도 없었다.

맙소사, 이거 정말로 의기투합할 모양인데. 끙, 내가 신음을 삼키는데 아버지가 나를 발견하고는 불렀다.

"아, 단아! 먼저 들어가라. 우리는 이렇게 술 한잔 할 것

잉께."

"응?"

어처구니없다는 듯 되물으면서도 내 머릿속 한편에는 이런 생각이 불쑥 떠올랐다. 아, 이렇게 될 줄 알았지. 아무리 봐도 2차를 갈 듯한 분위기였는걸.

아니, 아무리 그래도, 나는 이안 리드 쪽을 보며 물었다.

"루다는요?"

"혼자 갈 수 있어."

차분한 목소리가 어느새 옆에서 끼어들었다. 그새 반여령과 이곳까지 걸어온 모양이었다. 불과 두세 계단 아래서 반여령이 가만히 이쪽을 올려다보고 있었다.

어, 혼자? 진짜? 아직 서울에 들어온 지 얼마 안 되었다고 들은 것 같은데, 그렇게 생각하며 이안과 루다를 번갈아보는데, 이안은 그저 차분하게 고개를 끄덕였다. 씩 웃은 이루다가 이쪽을 보고 돌아섰다.

"가자. 너네도 지하철 타는 거, 맞지?"

이루다의 말에 나는 눈을 동그랗게 뜬 채로 고개만을 끄덕였다. 내 옆으로 반여령이 바싹 따라붙었다.

＊　＊　＊

반여령과 이루다, 나, 그렇게 셋이서 나란히 길을 걷게 되리라고는 오늘 아침까지만 해도 상상도 해 본 적이 없었다. 만약 이게 남장 여자가 인물들과 엮이게 하려는 작가의 안배라면 너무 빠른 것 같은데. 불과 하루 만에 이런 식으로 진행이 되다니.

희뿌연 먼지구름이 하늘에 가득 얽혀 달은 그 끝자락밖에 보이지 않았다. 수없이 붉은빛으로 번쩍이는 서울 밤하늘의 끝자락, 그 아래로 어지러이 얽힌 4층 건물들이 보였다. 커다랗게 매달린 광고판에는 '24시간 안마업소', '화상통화' 등이 적혀 있었다. 관광객이 많은 역 앞 거리의 대표적인 특징이었다.

서울역까지는 조금 더 거리가 있어서, 우리는 횡단보도를 건너서도 한동안 더 걸었다. 가로수가 길게 깔린 길이 이어지고, 옆으로는 인적이 드문 곱창 화로집이 널려 있었다. 바로 옆을 스쳐 지나가는 사람의 얼굴조차 볼 수 없을 정도로 캄캄한 길이었다.

셋이서 나란히 걷게 되면 마냥 어색할 줄만 알았는데, 그렇지도 않았다. 서로 대화가 오가는 것은 아니었다. 이루다는 스쳐 가는 사람들을 신기하다는 눈으로 쳐다보고 있고, 반여령은 그런 이루다를 오히려 더 신기하다는 듯 보고 있고, 나는 그저 무심하게 걸음을 옮기고, 우리의 걸음은 그런 식이었다.

그래도 무슨 말이든 해야 하지 않겠나, 싶어 내가 마침내 입술을 뗐다.

"정말 혼자 갈 수 있겠어?"

그제야 이루다가 나를 보았다. 희미한 빛 아래 눈동자가 푸른색으로 반짝였다. 그 빛이 유천영을 닮아 있어, 문득 유천영이 생각났다. 이 애는 누구랑 잘되는 걸까. 유천영?

나와 눈을 길게 마주친 이루다가 씩 웃었다. 그리고 그녀는 대답했다.

"물론. 걱정해 줘서 고마워."

참 정석적인 대화였다. 당연한 것을 물어본 것뿐인데, 고맙다는 말이 돌아오니 내가 괜히 쑥스러워지는 기분, 나는 조용히 눈을 내리깔았다.

그러고 보면 내가 너무 못되게 굴고 있는 걸지도 몰라, 의식하지 않으려고 노력하느라 반에서도 몇 마디 나누지 않고, 그런데도 이루다는 내내 일관되게 웃는 얼굴로 나를 대하고 있었다.

남장 여자라고 해서 너무 피하기만 하는 것도 안 좋을지도 몰라, 내가 그렇게 생각하는데 옆에서 뾰족한 목소리가 날아왔다.

"너, 너. 단이한테 작업 걸지 마."

"⋯⋯."

대체 반여령의 오해는 어디까지 이어질 참이지? 앞에서 걷던 이루다가 생글거리는 얼굴로 이번에는 반여령을 보았다. 나는 그녀의 웃음이 참 꿀처럼 달콤하다고 생각했다.

그렇게 웃는 얼굴로, 그녀가 대답했다.

"싫다면?"

그 달콤하던 미소가 어느새 삐뚜름한 비웃음으로 바뀌어 있었다. 아니, 어떻게 저렇게 마법처럼 표정이 바뀐담. 넋을 잃은 것은 반여령도 마찬가지인 모양이었다. 내 평생에 저렇게 표정을 순식간에 바꾸는 사람은 반여령이나, 은지호를 제외하면 본 적이 없었다.

저게 지금, 인터넷 소설 주인공들 전매특허인가, 그렇게 생각하는 순간이었다. 뒤로 돌아 반여령을 향한 채 웃고 있던 이루다의 얼굴이 갑자기 서늘하게 굳었다.

정말로, 가면을 벗어던지듯 갑작스러운 표정의 변화였다. 불길이 일 듯 그 눈 위로 떠오른 적개심이 마구 일렁였다. 뭐, 뭐야? 등골이 서늘할 정도로 무서운 얼굴, 아무리 봐도 평범한 고등학생이 지어 낼 만한 얼굴이 아니었다. 추운 겨울인데도 목덜미에 식은땀이 흘렀다.

그녀의 표정 변화에 바짝 긴장해서 주먹을 말아 쥔 나는, 다음 순간에야 이루다의 시선이 나도, 반여령도 향해 있지 않다는 것을 알아차렸다.

어느덧 주변의 인파는 눈에 띄게 사라져 있었다. 이루다가 시선을 던지는 곳은 우리의 등 뒤, 어느 먼 장소였다.

지금, 우리 등 뒤에, 대체 누가……. 그렇게 생각하기가 무섭게 이루다가 웃는 얼굴 그대로 물었다.

"거기, 누구야?"

나는 침을 꿀꺽 삼키며 뒤를 돌아보았다. 그곳에는 이루다의 말이 거짓말인 것처럼 그림자조차 없었다.

거리에서 흘러나온 불빛만이 가로수 기둥 사이로 드문드문 스며들어 보도블록 위를 밝혀 놓고 있었다. 아무도 없어, 그렇게 생각하며 다시 앞을 돌아보려는 순간이었다.

자박, 자박, 발소리가 들렸다. 동시에 큼직한 남자의 체구가 빛 아래로 모습을 드러내었다. 놀랍게도 검은 양복 차림이었다.

내 머릿속으로 낮에 보았던 리무진과 검은 양복이 환영처럼 스치고 지나갔다. 그럼 설마, 지금······.

이루다가 그쪽을 노려보는 그대로 으르렁거리며 말했다.

"누가 보낸 거지?"

동시에 그녀가 팔을 뻗어 나와 반여령을 제 뒤로 물렸다.

반여령은 조금 발을 헛디디기는 했지만 얌전히 물러서서 이루다의 뒤에 선 채 검은 양복의 남자를 놀란 눈으로 보았다. 그녀가 내게 속삭여 물었다.

"무슨 상황이야, 지금 이거?"

반여령이 의아함을 느끼는 상황도 있구나! 이걸 기뻐해야 할지, 슬퍼해야 할지, 아직 갈피를 잡지 못한 채 내가 대답했다.

"나도 몰라."

모르기는 하지만 내 머릿속은 이미 맹렬하게 굴러가고 있었다.

낮에 보았듯이 이루다는 검은 리무진을 탄 검은 양복 무리에 쫓기는 신세가 확실해 보였는데, 아마도 전에 생각했듯이 이루다가 조폭의 후계자이거나 무엇이거나 둘 중의 하나이겠지.

물론 신용 불량자라서 쫓기는 신세라든가 하는 일반적인 경우도 생각해 볼 수 있겠지만, 그렇다기에는 이루다와 이안 리드의 옷차림이 너무 말쑥해 보여서 도저히 사채업자 등에게 쫓기는 처지 같지는 않았다. 더군다나 이루다는 막 한국으로 들어왔다고 했는데, 돈 빌려 쓸 틈이 있었겠는가?

내가 그렇게 추측에 여념이 없는 동안 이루다는 양복을 입은 남자와 마주 보는 채로 한참을 서 있었다.

후우웅, 어디선가 불어온 바람이 둘 사이를 휩쓸고 지나갔다.

서울의 밤하늘은 여전히 희미한 붉은색이었고, 그 아래로 가로수 그림자가 바람에 흔들렸다. 검은 양복의 남자는 표정을 읽을 수 없는 얼굴로 한참이나 이루다를 보고 서 있었다.

이루다가 물었다.

"누가 보낸 거냐고 묻잖아."

그녀의 말소리는 흡사 한 글자 한 글자 씹어뱉듯 들렸다. 분노라기보다는 진한 짜증이 그 안에 고스란히 녹아 있었다. 지금 그녀를 보아서는 학교에서의 마냥 해맑던 모습은 상상도 할 수 없었다.

반여령이 조금 긴장한 얼굴로 내 손을 꽉 잡는데, 이루다가 이쪽을 휙 돌아보았다. 급박한 얼굴이었다.

"도망…… 아, 젠장."

도망까지 말하고는 그녀의 얼굴이 급속도로 굳었다. 그러더니 그녀가 훌쩍 치솟아 단숨에 내 옆으로 다가들었다. 눈에 잘 보이지도 않을 만큼 빠른 속도였다. 그와 동시에 그녀의 발이 하늘 높이 치솟았다.

귀를 세게 후려치는 파공음과 함께 날아든 그녀의 발이 한 남자의 가슴팍을 후려쳤다. 어느새 검은 양복 차림의 또 다른 남자가 반여령과 내 바로 뒤에 서 있었던 것이다. 나는 일순 등골이 서늘해지는 것을 느꼈다.

아니, 대체 언제? 정말 첩보원이라도 되는 거야, 뭐야? 나를 더욱 놀라게 한 것은 이루다의 움직임이었다.

우리 뒤에서는 또 다른 검은 양복 차림의 사내가 다가오고 있었고, 그 맞은편에서도 검은 양복의 사내가 이루다와 대치 중이었다.

남자의 명치를 후려친 이루다의 발이 다음 순간 떨어져 가볍게 땅을 밟고는, 다시 달려들어 다른 남자의 옆구리로 파고들었다. 그러고는 그의 옆구리를 끌어안는가 싶더니 가볍게 엎어치기!

저렇게 호리호리한 몸으로 전혀 밀리지 않고 싸우는 것만으로도 놀라울 일인데, 아예 완벽하게 남자들을 압도하고 있었다.

손을 탈탈 털어 낸 이루다가 뒤를 휙 돌아보자, 그제야 나와 반여령은 퍼뜩 정신을 차렸다.

정신을 차린 것은 우리 뒤에 서 있던, 양복 차림의 남자도 마찬가지인 모양이었다.

이루다가 이글이글 타는 눈으로 성큼성큼 걸어가자, 남자는 뒷걸음질 치며 황급히 자신의 귀를 매만졌다. 그제야 그가 매달고 있는 인이어가 내 눈에 띄었다.

그는 더듬거리는 소리로 외쳤다.

"맙소사, 사장님 아들이라서 각오는 하고 있었지만 뭐 저런 괴물이…… 다 당했다, 지원 바란다!"

'지원'이라는 소리에 이루다가 우뚝 걸음을 멈추었다. 가로등 빛을 받아 그녀의 꼭뒤가 환하게 빛났다.

남자에게 더 이상 다가가지 않고, 젠장, 낮게 중얼거린 이루다는 다시 휙 돌아섰다. 그러더니 나와 반여령의 손목을 각각 한 손에 잡아채고선 외쳤다.

"뛰어!"

"무, 뭐?"

"왜?"

눈을 동그랗게 뜬 채 그렇게 물으면서도 반여령은 이루다의 손을 떨쳐 내더니, 제가 제일 먼저 날렵하게 뛰기 시작했다―인터넷 소설의 법칙 8조, 인터넷 소설의 주인공은 못하는 게 없다. 설령 공부를 못한다고 하더라도 체육 정도는 다들 잘하더라―. 그리고 반여령은 속도를 높이기가 무섭게 내 손목을 붙들고 있는 이루다를 치고 나가기 시작했다.

반여령, 달리기 잘하는 거 알고는 있었는데! 이 정도면 정말로 왜 올림픽에 나가지 않는지 의문이 들 지경이었다. 이루다가 반여령을 보고 나직이 중얼거렸다.

"너 일반인 맞아?"

"대체 일반인을 나누는 기준이 뭔데?"

그렇게 물으면서도 반여령은 착실하게 달리고 있었다. 귓가의 풍경이 쉭쉭 소리를 내며 빠르게 멀어졌다. 그러나 나는 이루다와 반여령의 사이에 끼어서 달리고 있으면서도 좀처럼 속도를 내지 못했다.

아니, 나도 달리기를 못하는 것은 아니다. 내 달리기 실력은 반 여자아이들이 18명이라고 했을 때 5등 정도로, 평균을 훨씬 웃도는 것이었다. 그런데도 불구하고, 둘을 따라 달리는 나는 심장이 튀어나올 듯 숨찼다.

이 둘…… 미쳤어. 엄청 잘 뛰잖아! 육상선수도 이것보다는 못 뛰겠다!

내 호흡이 심상치 않았는지, 이루다와 반여령이 달리다 말고 불안한 얼굴로 나를 힐긋거렸다. 이윽고 내 뒤를 향한 이루다의 푸른 눈동자가 진지한 빛을 띠었다. 그러더니 그녀가 갑자기 내 쪽으로 팔을 휙 뻗었다. 으아악! 동시에 시야가 뒤집혔다. 나는 비명을 질렀다.

"악, 뭐야!"

"미안!"

이루다는 저도 뭐가 뭔지 잘 모르겠다는 얼굴로 나를 들쳐 안은 채 전속력을 다해 달리기 시작했다.

나는 비로소 이루다가 지금까지 제 속도의 반의반의 반도 못 내고 있었음을 알아차렸다. 나를 품에 안은 이루다는 그야말로 다리가 보이지 않을 정도로 달리기 시작했다.

정말로 이제는 주변의 풍경이 아무것도 보이지 않았다. 다만 어두운 가로수 길을 거의 다 지나가기 시작하는지, 사방이 서서히 밝아지고 있었다. 그러다가 갑자기 장막을 걷어 내기라도 한 것처럼 빛이 찾아왔다.

빠아앙, 소리와 함께 버스가 우리 앞을 지나갔다. 이루다는 하마터면 앞에 빽빽이 선 사람들과 거의 부딪힐 뻔하고 나서야 황급히 멈추어 섰다.

반여령은? 황급히 옆을 돌아본 나는 반여령이 거의 숨도 차지 않은 기색으로 뒤를 내다보고 있음을 알아차렸다.

반여령, 너는 왜…… 이루다랑 같은 속도로 뛰어 놓고 지치지도 않는 건데. 사실 너도 출생의 비밀 같은 게 있는 거 아니니? 내가 그렇게 생각하기가 무섭게, 숨을 한 번 들이쉰 반여령이 이루다를 보고 말했다.

"없는 것 같아."

"그래."

그렇게 말한 이루다가 몸을 구부린 채 숨을 한 번 후 터트렸다. 그녀의 숨결이 내 이마에 닿아 머리카락을 간질였다. 그러더니 그녀는 나를 도로 땅 위로 놓아주었다.

지면 위에 발이 닿자 비로소 방금 이루다가 나를 안고 어마어마하게 스펙터클한 도주 액션을 벌였구나 하는 것이 실감이 났다.

오히려 나를 끌어안고도 그녀의 속도는 빨라지면 빨라졌지 조금도 줄어들지 않았다. 내 무게가 지금…… 거기까지 생각하다가 나는 그냥 생각하는 것을 그만두었다.

옆을 돌아보니 사람들이 횡단보도 앞에 빽빽하게 서 있었다. 넘겨 빗은 머리카락, 정장 차림 혹은 배낭 차림, 스쳐 가는 자동차 전조등 불빛에 비친 무료하고 따분한 얼굴들, 비로소 현실 감각이 조금 돌아오는 느낌이었다.

그래, 이곳은 분명히 대한민국의 서울역 바로 앞이었다. 우리는 이곳에서 난데없이 튀어나온 검은 양복의 남자들과 추격전을 벌인 것이다. 나는 일순 이곳이 영화 속이라도 되는 줄 알았다.

하기는, 영화는 아니더라도 소설 속인 것은 맞지. 그렇게 중얼거리며 손바닥을 펼쳐 보니 아직 겨울의 끝자락인데도 불구하고 손바닥이 축축하게 젖어 있었다. 내 다리로 달린 것도 아닌데. 그렇게 생각하며 나는 다시 이루다를 돌아보았다.

이루다의 대리석처럼 하얀 이마 위로 땀에 젖은 금발이 흐트러져 달라붙어 있었다. 목덜미에도 땀이 송골송골 맺혀 있었다.

턱을 대충 손등으로 문질러 땀을 닦아 내며, 그녀가 나와 반여령을 보았다. 그 섬뜩할 만큼 푸른 눈동자로.

그때 마침 신호등이 바뀌었다. 이제 횡단보도만 건너면 서울역 출구가 곧바로 있었다. 출구에서 계단을 걸어 내려가서, 교통 카드를 찍고 들어간 다음 각자의 방향으로 지하철을 타고 나면 이루다와는 헤어지는 것이다.

이루다가 먼저 횡단보도 쪽으로 걸음을 옮겼다. 그제야, 반여령도 입술을 꾹 깨문 채로 걸음을 옮겼다. 둘을 번갈아 보던 나는 주머니에 두 손을 찔러 넣은 채로 황급히 쫓아갔다.

서울역 안으로 들어가니 사방이 온통 흰했다. 천장이 뚫린 건물 아래로 토스트집의 연기가 모락모락 피어올랐다.

아직 교통 카드가 없는 모양인지, 일회용 교통 카드를 만들고 나서야 이쪽으로 돌아온 이루다는 우리의 시선을 마주한 채 한동안 말이 없었다.

침묵이 흐르는 가운데, 제일 먼저 입술을 뗀 것은 반여령이었다.

　"방금 그 사람들, 뭐였어?"

　그녀는 조금 조심스러운 기색이었다. 모양이 예쁜 검은 눈썹은 조금 찡그린 채였다.

　반여령의 물음에 나는 약간 놀랐다. 평소의 반여령은 여느 여주인공들처럼 대책 없이 명랑하기는 해도, 보기보다 험한 일에 많이 휩쓸려 보았던 아이라서 생각이 깊었다. 그녀가 남의 일을 캐묻는 것은 흔치 않은 일이었다. 더군다나 남자아이의 일이라면 너더욱 그랬다.

　하기는, 그래도 나는 곧바로 반여령을 이해할 수 있었다. 이것은 그러니까, 그, 걱정이었다.

　눈을 내리깐 이루다는 조금 곤란한 기색이었다. 그녀는 마침내 눈을 들며 입술을 뗐다.

　"그건, 나를 쫓아온 사람들이야."

　"그 정도는 봐도 알 수 있어."

　나는 잘 모르겠던데, 입속으로 중얼거렸지만 말하지 않기로 했다. 반여령은 전에도 말했듯이 머리가 좋아서 연애를 제외한 모든 일에는 눈치가 빨랐다.

　어쨌거나 이루다의 말의 의도는 알 수 있었다. '나를 쫓아온 사람들이니, 너희가 나와 헤어지더라도 그 사람들이 너희를 쫓아가지는 않을 것이다'라는 표현인 것 같았다. 요컨대 우리에게는 피해가 가지 않는다는 말이리라.

그러나 그것으로는 충분치 않다는 듯 반여령이 눈썹을 찡그렸다. 이루다는 주저하는 기색으로 머리카락을 쓸어 올리고는 나를 보았다. 그러다가, 그녀가 마침내 입술을 뗀 그 순간이었다.

"그러니까, 내 어머니가……."

"아니야."

나는 이루다의 말을 부러 단호하게 잘랐다. 동시에 이루다의 새파란 눈동자와, 반여령의 검은 눈동자가 나에게 꽂혔다. 괜히 긴장이 되어서 짧게 숨을 들이쉰 나는 이루다를 보고는 말했다.

"말 안 해도 돼. 반여령, 가자."

그렇게 말하고 반여령을 향해 손을 내밀었다. 내 손을 잡으면서도 반여령은 어쩐지 조금 떨떠름한 얼굴이었다. 반여령이 내 쪽을 향해 고개를 조금 숙인 채로 속삭였다.

"하지만 단아, 이 애가 아무리 잘 싸운다고 해도, 그런 상황이 계속되면."

그녀는 말을 채 잇지 못한 채 그 크고 까만 눈으로 나를 빤히 보았다. 그녀는 나에게, 우리가 이루다의 사정을 안다면 무언가 도움을 줄 수도 있지 않겠느냐고 묻고 있는 것이었다.

아무리 그래도 반여령은 반여령, 그녀는 도움이 필요한

누군가를 쉽게 지나치는 성격이 아니었다. 나는 그런 그녀가 참 좋았지만, 이것은 다른 문제였다. 고개를 내저은 나는 다시 이루다를 보았다.

내가 말했다.

"듣는다고 해도 우리가 도울 수 있는 것도 아니고, 우리랑 관계가 있는 것은 더더욱 아닐 테고."

"그야 그렇지."

그렇게 말하는 이루다의, 환한 전조등 불빛을 받은 얼굴 위에는 묘한 기색이 떠올라 있었다. 흡사, 평소에는 수백 개의 가면을 가지고 있어 필요에 따라 적당한 것을 골라 쓰지만 이럴 때를 대비한 가면은 미처 준비하지 못했다는 듯한 얼굴. 이루다가 지금까지 보여 준 모습들의 어색함, 그 근원이 바로 그 위에 드러나 있었다.

명랑한 얼굴도, 섬뜩한 얼굴도 아닌 그런 낯선 얼굴을 한 이루다를 보다가, 나는 느리게 입술을 떼었다.

"그럼 들을 필요 없겠지. 괜히 들었다가는 신경만 쓰이고 이상해지니까. 말하는 너도 마찬가지일 테고."

"……."

내 눈을 마주하던 이루다의 눈이 처음으로 서늘한 빛을 띠었다. 옆에서 반여령이 조금 안절부절못하는 듯한 목소리로 나를 부르는 것이 들렸다. 단아, 하고. 나는 그 목소리를 애써 무시했다.

반여령도 알고 있는 것이다, 이것은 내가 평소에 말하는 방식에서는 한참 벗어나 있는 것이었다. 나는 날 선 말로 사람의 논리를 공격하고 마음을 헤집을 재능도, 용기도 없는 사람이었다.

그러나 나는 애써 단호하게 돌아섰다. 일부러 내일 보자는 말도 하지 않은 채, 내가 말했다.

"조심히 들어가."

그래도 혹시나 검은 양복의 습격을 또 받을까 싶어서 덧붙인 말이었다. 대답은 돌아오지 않았다.

이루다와 우리는 방향이 달랐다. 다른 방향으로 걷는 내내 반여령은 혼란스러운 얼굴이었다. 그녀가 물었다.

"단아, 아까 왜 그런 거야?"

"아."

"나쁜 애는 아닌 것 같았어. 우리를 지켜 주려고도 했고, 또."

"애초에 검은 양복한테 쫓기던 건 우리가 아니라 걔였는걸."

나는 애써 찝찝함을 털어 내려는 듯한 목소리로 말했다. 반여령은 그러나 여전히 납득이 가지 않는 얼굴이었다. 그러니까 그것은, 내 행동이 이해가 가지 않아서가 아니라 내 행동이 평소와는 전혀 달랐기 때문이었다.

반여령과 비슷하게, 나도 도움이 필요한 사람을 볼 때마다 선뜻 도와줄 정도는 되지 않았지만, 적어도 내가 가능한 선에서 어느 정도의 도움을 줄 정도는 되었다. 나는 한숨을 내쉬며 손끝을 매만졌다.

지하철이 도착했다. 반여령의 머리카락이 불어든 바람에 거세게 휘날렸다. 그녀가 조금 망설이는 얼굴로 말했다.

"너답지가…… 않았어. 아까 말하는 거."

"……."

문이 열렸다. 나는 말없이 열차 안으로 걸어 들어갔다. 사람은 별로 없었고, 빈자리도 충분했다.

자리에 나란히 앉을 때까지도 반여령과 나 사이에는 어떠한 말도 오가지 않았다. 나는 붉은 입술이 꾹 다물린 반여령의 고운 옆얼굴을 바라보았다. 그녀의 새카만 머리카락은 붉은 외투 위에 흩어져 있었다. 우리 어깨 위의 침묵이 불현듯 고통스럽게 느껴졌다.

반여령과 내가 침묵이 어색한 사이는 아니었다. 반여령과 내 기억 사이에 간극이 있다고는 해도, 지나온 3년의 세월 동안 우리의 교류가 얕았다고는 할 수 없었다. 반여령과 나는 커피를 사이에 둔 채 아무 말도 하지 않아도 그냥 같이 있다는 것만으로도 마음이 편안해지는 그런 종류의 친구였다. 그런데도, 이 침묵은 고통스럽게 느껴졌다.

아마 이 침묵의 성격이 그날과 같아서일 것이다. 내가 반여령에게 전혀 낯선 모습을 보여 주던 그, 내가 반여령으로부터 멀어지려고 했던 날들.

반여령은 아직도 내 기분의 변화에는 지독히도 민감하

다. 평소에는 무슨 말이라도 할 법한 그녀는 더는 아무 말도 하지 않았다.

＊　＊　＊

집에 돌아와서도 한동안 마음이 편치 않았다. 잠을 자 보려고 얼굴을 베개에 파묻어도 별수 없었다. 눈앞에 이루다의 얼굴이 계속 아른거렸다.

"듣는다고 해도 우리가 도울 수 있는 것도 아니고, 우리랑 관계가 있는 것은 더더욱 아닐 테고. 그럼 들을 필요 없겠지. 괜히 들었다가는 신경만 쓰이고 이상해지니까. 말하는 너도 마찬가지일 테고."

내가 단호하게 선을 그었을 때의 그 떨떠름하던 얼굴, 혹은 그것은 상처받은 얼굴이었을까.

세상에 상처 입지 않고, 또 상처 입히지 않고 자라날 수 있는 인간은 없을 것이다. 나 역시 상처 받는 순간이 수도 없이 있었고, 또 내가 모르는 사이에 상처 입혀 버린 사람 역시 수도 없이 많을 것이다.

그러나 이렇게 의도적으로 사람에게 다가오지 말라고 말로 선을 그어 본 것은 처음이었다.

검은 양복을 입은 남자들에게 쫓기는 채로 살면서도 그렇게 명랑할 수 있는 것은 분명히 이루다의 업적으로 평가받아야 할 만한 일이었다. 그런 것이 누군가를 배척할 이유가 된다고는 한 번도 생각해 본 적이 없었다.

그렇지만, 나는 주먹을 말아 쥐며 중얼거렸다.

"하지만 더 이상…… 시나리오대로 놀아날 수는 없잖아."

반여령이 여주인공이고 잘생긴 남자들이 등장하는 소설 속의 세계. 3년 동안 그들을 그토록 멀리하려던 내 노력은 전부 부질없는 것이 되어 버렸다.

내가 자각하기도 전에 그들은 이미 내 마음 한구석에 들어앉아 있었다. 아니, 사실상 그들은 지금의 내 세계를 이루는 전부라고 보아도 좋았다. 그들이 없는 일상은 상상도 할 수 없었고, 그들이 없는 세계에 홀로 내쳐진다는 상상만으로도 숨이 멎는 것 같았다.

만약 이 모든 것이 끝나고 나면 사라질 연극과도 같은 것이라면, 연극의 등장인물은 이 사람들만으로도 족했다. 더 이상, 이 좁은 무대에 다른 사람들을 등장시키고 싶지 않았다.

물론 작가에게 있어서는 무대가 좁지 않을 것이다. 글에 있어서 한계란 없다. 작가는 본인이 원한다면 백 명이고, 천 명이고 얼마든지 등장시킬 수 있을 것이다. 좁은 것은 내 마음이다.

베개를 끌어안고 한참을 누워서 천장만 바라보고 있자

니, 머릿속이 고요해지기는커녕 복잡하게 엉켜들었다. 과거의 상념과 현재의 상념이 느리게 얽혀 들고 있었다.

조금 의아하지 않은가? 내가 이 세계에 떨어졌던 중학교 1학년 당시 이 주변에 중학교는 얼마든지 있었고, 나는 내가 원한다면 전학을 위한 어떠한 변명거리라도 만들어 낼 수 있었다. 왕따를 당했다느니, 하는 그런 거.

같은 학교에 같은 반인 반여령이 내 말이 사실이 아니라고 말하겠지만, 그렇게 말한다고 해도 그녀기 무얼 할 수 있겠는가? 너도 모를 만큼 은밀한 방법으로 왕따를 당했다고 말한다면 그만인 것을. 그러나 나는 그렇게 하지 않았다.

나는 너무 어렸다. 어려서, 소설 속의 인물들과 친구가 된다는 것이 어떤 의미인지에 대해 깊이 생각하지 않았던 것이다.

그들과 거리를 두겠다는 마음은 있었다. 그러나 그들과 점차 가까워지는 나 자신을 발견할수록 그런 다짐은 흐려져 버렸다. 왜냐하면, 그들은 멋있었으니까.

나는 그들과 가까워질수록 그런 근사한 사람들이 현실에 존재한다는 것을 도저히 믿을 수가 없었다. 게다가 그들이 나의 손을 잡아 준다는 것 역시, 기꺼이 나의 곁에서 걷고자 한다는 것 역시…… 믿을 수가 없었다.

그때는 어렸고, 그래서 몰랐다. 그들이 내게 베푸는 호의가 모두 소설에서 예정된 시나리오에서 비롯된 것일지도 모른다고 조금도 생각하지 못했다.

나는 베개를 끌어안고는 푹 한숨을 내쉬었다. 아직은 싸늘한 밤공기 사이로 내 숨이 하얗게 흩어졌다.

내 머릿속의 무대는 좁았다. 언젠가 이 사람들이 마법에서 깨어난 것처럼 갑자기 나를 밀쳐 내더라도, 그래도 나는 놀라지 않아야만 한다. 나는 그럴 준비를 하고 있다.

그러나 그것이 세 사람이 되고, 네 사람이 되고, 다섯 사람이 되어서 안 그래도 벅찬데 거기에 이루다까지 끼어든다면 버틸 수 없을 것이 분명했다.

문득 갑갑함을 느낀 나는 머리맡의 탁상을 더듬어 핸드폰을 찾아냈다. 핸드폰 폴더를 열자 문자가 두어 개 와 있었다. 하나는 여단 오빠의 것.

보낸 사람 : 우주미남 여단 오빠
잘 들어갔어

그는 문자를 할 때 이모티콘은 고사하고 문장부호조차 잘 붙이지 않아서, 그가 잘 들어갔다는 것인지 아니면 나에게 잘 들어갔냐고 묻는 것인지 판단이 서질 않았다.

눈썹을 찡그리며 한참을 골머리를 썩다가, 에이, 오빠가 왜 나한테 일일이 잘 들어갔다고 보고하겠어 하고는 답장을 보냈다.

받는 사람 : 우주미남 여단 오빠

당연ㅎ 오빠 잘자

문자를 보내고 흘긋 시각을 보니 12시가 조금 넘어 있었다. 이놈의 불면증, 눈두덩을 꾹꾹 누르면서 다음 문자를 확인했다. 여령이의 것이었다.

보낸 사람 : 반여랭

왜 그렇게 말했어?

그 반여령이 띄어 쓰기를 제대로 한 것을 보니, 혼란스럽기는 어지간히도 혼란스러운 모양이었다. 내가 낯설게 느껴져서 이러는 거겠지, 반여령은 내 사소한 기분의 변화에도 불안해 한다.

머리가 좋은 그녀답게, 중학교 1학년 때의 내 변화를 아직도 기억하고 있는 것이다. 내가 또 그때처럼 갑자기 그녀에게 멀어지려고 생각하지는 않을까, 불안한 것이다.

그녀의 문자를 소리 내어 읽다가, 갑자기 나약한 생각이 머리 구석에서 불쑥 튀어 올랐다.

나는 핸드폰 폴더를 달칵 닫고는, 가만히 핸드폰을 가슴 가까이에 안았다. 핸드폰을 쥐고 기도라도 하는 사람처럼, 나는 한동안 그러고 침대 위에 가만히 앉아 있었다.

약속해 달라고 말하고 싶었다. 반여령에게, 그 4명 모두에게 묻고 싶었다. 갑자기 나에게서 등을 돌리고 떠나가지 않겠다고, 약속해 줄 수 있겠냐고 묻고 싶었다. 이 모든 것이 소설이라는 것을 인지하고 나서부터, 내 머릿속에서 떠나지 않는 불안이 있었다.

이 시나리오가 끝나고 나면 이들이 갑자기 나를 떠나가 버리지 않을까, 하는 그런 불안감. 마법에서 풀려난 사람처럼, 눈을 두어 번 깜빡이고는 주저 없이 나를 떠나가지는 않을까 하는 그런 생각들.

왜냐하면 이들은 내 친구라고 하기에는 너무 다른 세계 사람들 같으니까.

나는 핸드폰을 꾹 쥐고 있다가, 그것을 아무렇게나 머리맡에 던져 놓았다. 그리고 침대에 풀썩 누워 이불을 신경질적으로 얼굴까지 덮어썼다. 그러고도 잠이 오지 않았다.

내가 갑자기 참을 수 없는 불안감에 시달린다고 해서 그들에게 그런 내용의 문자를 보낼 수는 없는 일이었다. 이 불안감은 결국에는 부분적으로는 나의 열등감에서 기인한 것이었으니까.

그냥 잠이나 자자, 침울하게 중얼거리며 나는 눈을 질끈 감고 말았다. 맛있는 것을 배부르게 먹었고, 모처럼 여단오빠까지 보았는데도 우울한 하루였다.

나는 이루다가 나오는 꿈을 꾸었다. 꿈에서 그녀는 현실과 같이 천사처럼 환한 고수머리, 바다처럼 푸른 눈과 호리호리한 몸매를 자랑하고 있었다.

몸에 걸친 것은 로마 제국 사람들이나 입을 법한 하얀 토가라서 좀처럼 성별이 구분되지 않았다.

그녀는 새카만 어둠에 둘러싸인 채, 단 하나 선처럼 가로지른 밝은 길을 따라 곧게 걷고 있었다. 그녀에게 존재하는 길이란 오직 그것뿐이었다. 멀리 오도카니 앉은 채 그것을 바라보며 나는 생각했다.

사람에게 정말 정해진 운명이라는 것은 존재하는 걸까. 그것은 마치 이미 쓰인 소설처럼 너무나 완고하고도 잘 짜인 흐름이라서, 무엇으로도 그것을 바꿀 수 없는 걸까.

그렇다면 사람들은, 나는, 대체 무엇을 바꾸기 위해 이렇게 아등바등 살아가는 걸까? 노력해도 아무것도 달라지지 않는다는 것은 축복일까, 저주일까?

당연히 내 손에 쥐어지리라 생각한 것, 아무리 원해도 내 손에 쥐어지지 않는 것, 그러다가 내가 그 끝에서 떠올린 것은 유천영의 얼굴이었다.

그해 여름, 유천영과 내가 나무 그늘 아래 나란히 앉아 운동장을 바라보던 그 순간의 영상이 이루다의 걷는 모습 위로 물감처럼 솟구쳤다.

아, 꿈이란 참 신기하다. 현실에서의 나는 그렇게나 잊으려고 노력했고, 또 이 광경의 전부를 기억할 만큼 머리가 좋지도 않은데, 그런데도 꿈에서 되살아난 그때의 영상은 현실 이상으로 세세한 것을 포함하고 있다.

그때, 유천영의 그 지친 듯하던 얼굴. 그의 입술이 그때와 똑같은 속도로 움직여 똑같은 말을 흘려보냈다.

"너는…… 나한테, 관심이 없는 것 같았어."

그렇게 말하고 그는 잠시 침묵을 지켰다. 나는 그때, 그가 무슨 말을 하나 가늠하지도 못한 채 그를 지켜보고 있있다. 지금도 그렇지만, 그 나이대의 그는 정말로 사람의 시선을 옭아매는 무언가가 있었다.

이마에서 코까지 이어지는 정갈한 곡선, 그늘 아래 새까만 그의 머리카락, 그러다 문득 손가락에 무언가 뜨거운 것이 닿는다 싶어 고개를 돌리니 유천영의 손이 내 손 바로 옆에 있었다.

새끼손가락 마디만 한 거리, 손가락을 조금만 더 뻗으면 정말로 닿을 수도 있을 것 같았다.

내 새끼손가락 바로 옆에 유천영의 새끼손가락이 놓여 있었다. 유난히 마디가 도드라진 길고 하얀 손.

"그래서 네가 좋아."

그의 입술에서 떨어지던 그 달콤한 말도 예전과 같았다. 그러나 그 말은 예전과 같이 나를 슬프게 했다.

유천영과 나의 관계는 시작하기도 전에 이미 끝나 있는 것이나 다름없었다. 검은 어둠을 가로지르는 단 하나의 빛의 길, 그와 나의 관계에 변할 여지란 없었다.

그때 내가 울음처럼 홀로 중얼거렸던 말을, 나는 다시 꺼내어 읊조려 보았다.

"내가, 너를…… 좋아하지 않아서 다행이야."

앞으로도, 그러지 않겠지…….

마지막 말은 끝내 울음처럼 잠기고 말았다. 꿈속의 유천영은 가장 아름다운 순간을 기념하여 얼려 놓은 박제상 같았다. 그저 맑고 환한 유천영의 옆모습을 나는 말없이 내내 바라보고 있었다. 그러다가 다시 주변의 사물이 뒤틀리고, 도로 나타난 것은 이루다의 걷는 모습이었다.

노력해도 아무것도 달라지지 않는다는 것은, 분명한 비극이었다. 적어도 많은 것을 가지도록 허락되지 않은 소설의 주변 인물들에게는 그러했다.

제7조. 여기 점쟁이가 그렇게 용하다면서요?
예언가세요?

인터넷 소설이나 드라마에서 공통적으로 등장하는 소재가 있다면 그것은 오컬트적인 요소다.

옛날로부터 우리는 대대로 전해 오는 꿈의 해몽에 대한 이야기를 통해 그것을 어느 정도 알고는 있다. 돼지꿈을 꾸면 돈이 들어온다느니, 용꿈을 꾸는 날에는 복권을 사라느니 하는 것들.

혹은 예지몽을 꾸었다는 얘기도 주변에서 흔히 들어 볼 수 있다. 초등학교나 중학교 때, 그 모든 해의 여름마다 꿈에 관한 괴담은 심심찮게 아이들의 입에서 오르내렸다.

꿈 외에도 드라마나 소설에서 단골로 등장하는 소재가 있다면 그것은 점이다. 아주 영험한 무당이나, 카드 한 벌만으로 남의 인생을 그 자리에서 훤히 읊는 점술사 말이다.

이상하게도, 현실에서 타로 점을 보거나 무당의 말을 들어서 그 얘기가 완전히 옳았다는 말은 거의 들어 본 적이 없는데도 소설에서 점술가의 말은 거의 신의 말과도 같다.

당신이 점을 보는데, 갑자기 그 무당이 눈을 부릅뜨고 '네 남자 친구는 명줄이 짧아! 얼른 다른 남자나 찾아봐!'라고 말했다면, 만약 당신이 지금 소설 속에 살고 있을 시에 당신은 정말로 다른 남자를 찾아봐야 한다는 얘기다.

물론 내가 이렇게 말한다고 해서, 당신이 당신 스스로가 소설 속에 살고 있는지 어떤지를 알아낼 방법은 없지만 말이다.

내가 왜 갑자기 오컬트에 관한 이런 뜬 소리를 길게 늘어놓았냐 하면, 그것은 지금 내가 느끼고 있는 이 엄청난 불안감에 대해 설명하기 위해서였다. 서론이 너무 길었던 것에 대해서는 사과하겠다.

자, 대체 지난 며칠간 나에게 무슨 일이 있었는가? 이제부터는 그것에 대해 말해 보도록 하겠다.

이루다와 그렇게 중국집에서 마주치고 며칠이 지나서 3월 12일 수요일이 찾아왔다. 물론 그 전에도 우리에게는 3월 8일, 3월 9일 등 무수히 많은 날이 있었으나 나는 굳이 3월 12일을 지목해서 말하겠다.

그 이유는 하나, 3월 12일은 내가 고등학교에 들어가서 첫 모의고사가 있던 역사적인 날이었고, 둘, 반여령이 고등학교에 들어와서 처음으로 고백을 받은 날이었기 때문이다.

아, 입학하고 고작 9일밖에 지나지 않은 시점에서 고백을 받다니, 남자가 너무 성급하다고 생각하는가? 나는 전혀 그렇게 생각하지 않는다. 중학교 때 반여령은 불과 입학한 지 채 하루도 안 되어 한 남학생에게 고백을 받았거든.

그 당시에 반여령의 옆에는 아직 상황 파악을 제대로 하지 못한 내가 멍청한 얼굴을 히고 서 있었는데, 나는 그 광경을 보고는 생각했던 것 같다. 아, 역시 이 세상은 미쳤구나. 나는 어서 이 세계에서 나가야겠다.

그때의 시도가 성공했더라면 나는 이 자리에 있지 않을 것이지만, 불행하게도 나는 이 학교에 아직도 반여령과 함께 있다. 그냥 그렇다는 얘기다.

다시 반여령의 얘기로 돌아가서, 3월 12일에 있었던 고백에 반여령은 아주 냉담하게 대처했다. 그녀는 이미 고백을 약 백 번 이상 거절해 본 사람답게 아주 태연한 얼굴을 하고는 말했다.

"죄송해요."

공교롭게도 그것은 모의고사가 끝나고 학생들이 썰물처럼 빠져나가 황량해진 1학년 1반의 교실에서 이루어졌다. 그리고 그 교실의 뒷문 가까이에는 두 사람의 대화를 잘 들으려고 몸을 벽에 붙이고 선 우리 5명이 있었다.

아이들이 자율 채점을 끝내고 하교한 것은 6시가 조금 넘었던 시각인지라, 하늘에는 노을이 진하게 타고 있었다. 온통 붉어진 교실의 바닥 위로 반여령의 그림자가 길게 드리웠다.

은지호는 교실을 들여다보다 말고 나를 보더니 물었다.

"야, 반여령 몇 초 고민했나?"

나는 교실을 들여다보느라 그를 본체만체하며 대답했다.

"1초도 안 걸린 것 같은데."

"친구끼리 닮는다는 말이 괜히 있는 게 아니네."

은지호가 그렇게 내답했을 때 나는 눈썹을 슬그미니 찡그리고 말았다. 그리고 나는 그를 올려다보았다. 그는 내게서 등을 돌리고 교실을 바라보고 있어, 내가 볼 수 있는 것은 그의 반질반질한 은색 뒤통수뿐이었다.

아니, 친구는 닮는다는 말이 여기에서 왜 나온단 말인가? 누가 들으면 꼭……. 그렇게 생각하기가 무섭게 뒤에서 은형이가 물었다.

"은지호, 너 무슨 소리를 하는 거야?"

"어?"

그에 은지호가 도로 고개를 휙 돌려 은형이를 보았다. 그의 표정을 보아하니, 아무래도 반여령이 매몰차게 단숨에 거절한 시점에서 교실에서 이루어지는 대화에 대해 흥미를 잃은 것 같았다.

은지호와 눈이 마주친 은형이는 눈썹을 한 번 찡그렸는데, 그의 표정에서 놀랍게도 약간 언짢은 듯한 기색이 엿보였다.

나는 의아해졌다. 은형이는 매사에 부드럽게 대처하고, 불필요한 감정 소모가 없어서 화를 내는 일이 드물었다. 그의 저런 표정은 쉽게 볼 수 있는 것이 아니었다.

잠시 후, 은형이는 입꼬리를 약간 부드럽게 하고 말했다.

"아니, 너. 아까 친구는 닮는다는 말이 괜히 있는 게 아니라고 했잖아."

"어."

그즈음에서 내가 둘의 대화에 끼어들었다. 은형이는 말을 잇다가도 힐금힐금 나를 보는 것이 나에게도 해명을 요구하고 있는 것 같았다.

내가 말했다.

"야, 나 중학교 때 고백 받은 적 없는데? 반여령이랑 내가 닮기는 뭐가 닮아?"

"어?"

"내가 고백을 받아 봤어야 뭐, 1초라도 고민하고 어쩌고 할 거 아냐. 그런데 없다니까? 누가 니 말 들으면 내가 무슨 고백 받아 본 사람인 줄 알잖아."

"어엉?"

은지호는 다만 은색 눈썹을 찡그리면서 나를 향해 이상

한 소리를 내었다.

뭐야, 나는 고개를 돌리다 말고 은형이와 눈이 마주쳤다. 그러자 은형이는 어깨를 으쓱하고는 피식 웃었다. 내가 저도 모르는 사이에 고백을 받았다고 생각해서 조금 놀랐던 모양이다.

교실에서 흘러나오는 대화는 여전히 단조롭게 흘러가고 있었다. 아니, 솔직히 말해서 남자의 목소리는 약간 조바심을 내는 듯한 데 반해 반여령의 목소리가 너무 힘이 없었다. 그냥, 이렇게 말하면 남자에게 미안하지만, 알겠으니까 그만 꺼져, 정도의 느낌이었다.

반여령의 심정도 이해가 가지 않는 것은 아니었다. 반여령은 지금까지 고백이라는 명목하에 백여 번이 넘게 교실 밖으로 불려 다녔다. 한 번은 인기 많은 선배에게 고백을 받는 바람에 몇몇 아이들이 그녀를 안 좋은 시선으로 바라보기도 했었다. 모르기는 모르지만, 반여령에게 걸려 왔던 무수한 불량배의 시비 중에는 그에 관한 것도 틀림없이 있을 거라는 것이 내 생각이다.

나는 대화를 듣다 말고 다시 은지호를 보았다. 나는 은지호가 '아, 내가 잠깐 헷갈렸네'라는 둥의 말을 내뱉을 줄 알았다. 그런데 그는 오히려 잘생긴 미간을 잔뜩 찡그린 채 불쾌한 듯한 얼굴이었다.

뭐야? 내가 그렇게 생각하기가 무섭게 은지호가 말했다.

"야, 너 고백 받은 적 있거든?"

"어?"

무슨 소리야, 기억이 하나도 안 나는데. 내가 그렇게 생각하기가 무섭게 은지호는 갑자기 고개를 휙 돌려 버렸다. 완전히, 더 이상 나와는 할 말이 없다는 듯한 태도였다.

나는 다시 한 번 고개를 돌렸고, 이번에는 유천영과 눈이 마주쳤다.

그는 푸른 눈을 슬쩍 위로 뜨더니, 이깨를 으쓱여 내가 뭘 알겠냐는 듯한 제스처를 취했다. 나는 그의 어깨 너머 살짝 열린 창문 틈새로 반여령 쪽을 기웃거리는 우주인을 보았다. 그런데 그가 갑자기 외쳤다.

"어, 저거!"

그가 외치기가 무섭게 뒷문에 기대어 있던 은지호가 순식간에 교실 안으로 뛰었다. 나도 놀라서 교실 안으로 황급히 달려 들어갔다.

황혼이 가득 타오르는 교실 안에는 어느새 달려들어 남학생의 팔목을 붙잡고 있는 은지호와, 약간 놀란 듯한 얼굴로 책상에 기대어 있는 반여령이 보였다.

반여령의 미모에 남자들이 고백을 하다 말고 한번 끌어안아 보겠다고 달려든 것 역시 한두 번 있던 일은 아니었다. 우리가 군이 뒷문에서 진을 치고 있던 것도 그 때문이었다.

그녀는 흐트러진 걸음으로 몇 번 뒷걸음질을 치고 나서

야 나를 돌아보았다. 순간 보인 그녀의 표정은 너무나도 충격을 받은 것 같아서, 나는 그녀가 금방 울음을 터트릴 거라고 생각했다. 그러나 아니었다.

그녀는 흐트러진 머리카락에 아무렇게나 손을 찔러 넣어 쓸어 넘기고는 '후' 하고 나직한 한숨을 흘렸다. 아주 피곤하다는 듯한 얼굴이었다.

그러더니 그녀는 뒤를 돌아보며 말했다.

"다시 얼굴 볼 일 없었으면 좋겠어요, 선배."

알고 보니 그는 선배였던 듯했다. 아닌 게 아니라 가슴께에서 석양빛을 받아 번쩍이는 플라스틱 재질의 명찰은 녹색인 것이 틀림없는 2학년이었다.

와이셔츠를 풀어 헤쳐 약간 불량하게도 보이는 그 선배는, 은지호에게 붙들린 채로 반여령을 바라보다가 씩씩 숨을 들이쉬었다. 그러더니 그가 외쳤다.

"야, 이 씨발아! 예쁘면 다냐? 야, 너처럼 예쁜 년들이 아주 없는 줄 아나 본데, 아니거든? 내 주변에도 니 정도 생긴 년들 흔하거든? 별것도 아닌 게 존나 도도하게 구네? 이게, 이쁘다 이쁘다 하니까 아주!"

나는, 만약 말에 형태가 있다면 그의 독설은 유리 조각처럼 생겼을 거라는 생각을 했다. 그의 말은 애처로이 떨리는 반여령의 어깨 위로 날카로운 유리 조각처럼 거침없이 쏟아지고 있었다.

나는 나도 모르게 반여령의 머리를 끌어당겼다. 반여령이 나보다 약간 키가 커서, 그녀의 머리는 내 어깨에 얹히다시피 했다.

그녀는 울고 있지 않다. 다만 피곤하다는 듯 한숨을 푹 내쉬었다. 그리고 다음으로 그녀가 한 것은, 두 손을 들어 다름 아닌 내 귀를 막는 것이었다. 내가 저런 더러운 말들을 듣는 것이 싫다는 뜻인 것 같았다.

그녀의 손이 내 두 귀를 막아서 모든 소음이 웅웅거리며 흩어지는 가운데, 은지호가 서슬 퍼런 얼굴로 선배의 교복 옷깃을 꾹 쥐어 올리는 것이 보였다. 멱살을 잡은 것이 아니었다. 다만 목 부근의 옷깃을 꾹 쥐었을 뿐인데도 그 선배는 얼굴이 새파랗게 질렸다. 나라도 새파랗게 질리겠다 싶었다.

은지호의 새하얀 머리카락은 석양빛을 삼키고는 짙은 붉은색으로 타올랐는데, 꼭 지옥에서 갓 올라온 마왕처럼 보였다. 나를 등지고 있어서 뒷모습만 보였는데도, 나는 그가 어떤 표정일지 알 수 있었다. 그가 선배의 귓가에 대고 무어라 속삭이자 선배는 금방 얼굴이 하얗게 질렸다.

그리고 마지막으로, 권은형이 뒤에서 그 선배의 어깨를 잡아채고 무어라 말하자 그 선배는 온몸이 바들바들 떨리는 것이 금방이라도 실려 나갈 환자 같은 모양이 되었다.

그러다가 그는, 어깨를 조금 움츠리고 있다가 다시금 목을 빼고 외쳤다. 그의 목소리는 어찌나 컸던지 두 귀가 막혀 있는 내게도 아주 잘 들렸다.

"야, 니들 존만 한 1학년들이 선배가 고백하는 데 와서 이렇게 떼거리로 덤벼들면, 저기 위 학년에서 좋게 볼 것 같아!? 씨발, 이것들이 혼자는 안 될 것 같으니까 떼로 몰려와서……!"

그러나 그의 말은 채 끝나지 못했다. 선배에게서 별로 떨어지지 않은 곳에, 가방을 한쪽 어깨에 걸치고 비스듬히 서 있던 유천영이 그대로 의자를 걷어찬 것이었다.

우당탕! 커다란 소리와 함께 의자가 정확히 선배의 앞에 엎어졌다.

의자를 걷어차는 행동은 분명히 별것 아니었는데도 그 무시무시하게 커다란 소리는 오랫동안 교실 안에 메아리쳤다. 나조차도 순간 흠칫 놀랐을 정도였다.

반여령은 차분하고 고른 숨소리를 내며 다만 내 어깨에 기대어 있었다. 그러나 그녀의 손에서 힘이 조금 풀렸다. 덕분에 나는 유천영이 말하는 것을 똑똑히 들을 수 있었다.

그는 내가 여태껏 한 번도 본 적이 없는, 아니, 한 번 정도 본 것 같은 무시무시한 얼굴을 하고 말했다.

"혼자 될 것 같은데."

"무, 뭐?"

그는 말을 더듬고는, 다음 순간에야 제가 말을 더듬은 것을 깨닫고는 얼굴을 붉혔다.

그의 앞에 서서 유천영은 쓰러진 의자에 한 발을 걸치고 서 있었다. 그는 고개를 약간 기울이고는 말했다.

"너 존나 만만해 보여서, 혼자 붙어도 될 것 같다고. 우리가 여기 떼로 몰려 있는 게 너 때문이라는 그 근거 없는 자신감 치워라."

오, 나는 방금 오랜만에 유천영이 인터넷 소설의 '— —' 인물처럼 보였다.

유천영의 옆에서 은지호가 약하게 웃는 소리를 냈다. 그가 말했다.

"와, 역시. 유천영 말 한번 길게 했다 하면 제대로 한다니까."

은지호는 그럴 기분이 아닐 텐데도 굳이 박수를 치며 기분 좋은 듯 웃어 보였다. 분명 저 선배를 도발하려는 목적이리라.

과연, 선배는 얼굴이 시뻘겋게 되어서는 분한 듯 발을 구르다가, 자신의 어깨에 올라 있던 은형이의 손을 탁 소리 나게 뿌리치고는 교실을 나가 버렸다.

선배가 복도에서 성난 듯 발을 구르는 소리가 교실까지 들려왔다. 한동안 복도에서 '우르르, 쾅쾅!' 하는 소리가 나다가 몇 초도 안 되어 조용해졌다. 어찌나 조용하던지, 복도에 귀신이 돌아다닌다고 해도 믿을 수 있을 것 같았다.

그동안 해는 어느덧 산의 끝자락에 걸려 있었다. 아직 봄이 된 지 얼마 지나지 않아 해는 빠르게 떨어졌다.

반여령의 두 손이 내 귀에서 스르르 떨어졌다. 그 곱고 섬세한 손을 보는데, 우주인의 목소리가 울렸다.

그의 목소리는 아직 소년다운 울림을 간직하고 있는데, 평소에는 명랑하고 밝던 그 목소리는 한없이 가라앉아 있었다. 그는 말했다.

"2학년 4반 황시우."

중얼거리는 듯한 그 말에 모두가 고개를 돌려 그를 바라보았다. 우주인의 황금빛이 도는 눈동자는 이제는 창문 너머의 운동장을 응시하고 있었다.

아마도, 황시우가 운동장을 가로질러 집으로 돌아가는 모양이었다. 우주인은 눈을 움직여 그 뒷모습을 좇다가, 다시 입술을 움직여 말했다.

"2학년 일진의 우두머리를 맡고 있어. 나도 여기저기서 주워들은 건데, 설마 이렇게 빨리 얼굴을 보게 될 거라고는 생각도 못했지."

"그냥 짱이라고 말하지 그러냐."

"아, 짱이라고 하면 너무 소설 같잖아."

은지호에게 그렇게 대답하고 우주인은 약간 쑥스럽다는 듯 웃었다. 그의 말투는 여전히 중얼거리듯 해서 평소답지 않았다. 게다가 그의 황금색 눈에는 짙은 살기가 고여 있었다.

나도, 반여령에게 그런 식으로 말한 사람을 저렇게 멀쩡
하게 돌아가도록 하고 싶지는 않았다. 적어도 정강이 한
대는 차 줘야 화가 풀릴 듯했다. 폭력을 모르고 자란 내가
이런 심정인데, 당사자인 반여령은 어떤 심정일까.

　그러나 반여령은 놀랍게도 고개를 들더니 나를 보고 환
하게 웃었다. 그리고 그녀는 뒤에 멀거니 선 사대천왕을
향해 말했다.

　"야, 가자. 우리 오늘 놀러 가기로 했잖아."

　"어, 그래……."

　그렇게 대답하면서 은지호는 저게 뭐냐는 듯한 얼굴을
했다. 우주인은 조금 고개를 갸웃하는가 싶더니, 곧 빙그
레 웃고는 가방을 챙겨 반여령의 옆으로 다가섰다.

　그리고 그가 한 것은 다름 아닌 손을 들어 반여령의 정수
리를 문지르는 것이었다. 반여령이 웃으며 말했다.

　"뭐야, 갑자기."

　"그냥."

　그녀에게 말하는 우주인은 약간 씁쓸한 듯한 얼굴을 하
고 있다가, 나와 눈이 마주치자 짐짓 환하게 웃었다. 그의
웃음은 어딘가 반여령을 닮은 데가 있었다.

　세 사람은 가방을 메고는 우리를 뒤따라 터벅터벅 걸어
왔다. 다 함께 운동장을 가로질러 걷는 가운데, 나는 반여
령의 웃는 얼굴을 보고 있었다. 언제 우울했냐는 듯 환하

게 갠 그 얼굴을 보면서 나는 이런 생각을 했다.

소설의 여주인공이 괜히 사랑받는 건 아니다.

그리고 그녀가 교문을 나오다 말고, 갑자기 우리를 돌아보며 '다들 미안해! 그리고 고마워!' 하고 교문이 떠나가라 외쳤을 때, 나는 내 생각이 틀리지 않다는 것을 확인했다. 아닌 게 아니라 반여령은 내가 아는 어느 여자아이보다도 사랑스러웠다.

유천영은 피식 웃어 보였고, 은지호는 아까까지만 해도 찡그리고 있던 미간을 풀었다. 은형이는 부드럽게 웃으며 반여령의 머리를 괜찮다는 듯 툭툭 쳤다. 그리고 우리는 사이좋게 걷기 시작했다.

그래, 돌이켜 보자면 아주 운수가 나쁜 날은 아니었다. 아니, 오히려 오랜만에 훈훈함을 느꼈던 날이었다.

그 3월 12일에 내가 우연히 어느 점집에 들르지만 않았어도 상황이 오늘같이 되지는 않았을 것이다. 자, 다시 3월 12일로 돌아가 보자.

* * *

고등학생이 노는 과정에 대해서 서술해 봐야, 아무리 사대천왕이라고 해도 특별한 이야깃거리가 나오지는 않으므로 이 부분은 생략하도록 하겠다. 아, 가끔 보면 반 아이들

중에 '유천영이 노래 부르는 모습이 상상이 안 간다'라고 말하는 사람이 있어서, 이 부분에 대해서만 짚고 넘어가겠다.

유천영은 의외로 발라드를 곧잘 부른다. 플라이 투 더 스카이의 'Sea of love'와 테이의 '독설'을 비롯하여, 각종 발라드는 거의 모두 섭렵했다고 봐도 좋다. 노래 부를 때 그의 목소리는 특히 울림이 깊어서 아주 듣기에 좋다.

나와 반여령은 유천영이 노래를 부를 때 환호와 리액션을 아끼지 않는데, 그는 노래 부를 때 남이 환호를 한다고 해서 좋아하거나 하는 성격은 아니다. 남이 부를 때도 대개는 시큰둥한 얼굴을 하고 물을 벌컥벌컥 마시고 있다. 사실 노래를 시키지 않는 한 부르지 않는다.

은형이는 외모나 타입에서 보듯이 주로 부르는 것은 발라드지만, 가끔은 반여령과 호흡을 맞추어 랩을 하기도 한다. 왜, 있잖은가. 여자가 피처링하고 남자가 랩을 하는 그런 노래.

그리고 은지호와 우주인은 특별히 장르를 가리지 않고 그냥 막 부른다. 아니, 사실 이 녀석들은 대충 아는 노래다 싶으면 전부 다 예약한다고 보는 게 옳다. 한 번은 둘이 같이 네메시스의 솜사탕을 부르는 바람에, 그 깜찍한 노래를 듣고 나와 반여령은 소파에서 죽어라고 웃어 댔다.

아무거나 부르긴 하지만 제일 잘 부르는 건 다이나믹 듀오와 에픽하이의 랩, 특히 에픽하이의 'Back to the future'를 잘 부른다. 그리고 케이윌의 노래도 그들의 목소리에는 아주 잘 어울린다.

자, 여기까지 하고. 그래서 내가 하고 싶은 말이 무어냐면, 우리는 저녁을 먹고 노래방을 갔다가 오락실을 갔다. 그리고 터덜터덜 지친 걸음으로 시내를 걸어 나오는 길에, 불이 거의 다 꺼져서 어두워진 골목 위로 번쩍이는 간판을 보았다. '타로/사주', '연애 궁합 봐 드려요' 따위의 판넬 위에 마카로 꾸민 조잡한 간판 말이다.

반여령은 반짝이는 눈으로 나를 보았다.

"여보, 우리 궁합 볼까?"

"너 취했어?"

술도 안 마셨는데? 내가 그렇게 묻자 은지호가 뒤에서 푸하하 웃어 댔다. 내 말이 그렇게도 웃겼던 모양이다. 은형이는 조금 소리 내어 웃더니, 곧 부드럽게 웃으며 가고 싶으면 가자고, 난 상관없다고 말했다.

달리 할 일이 없기도 했다. 우리는 천막으로 세운 점집으로 터덜터덜 걸음을 옮겼다.

과거로 돌아갈 수 있다면 나는, 나에게 말할 것이다. 절대로 그 점집에 들어가지 말라고.

아니, 보통 타로카드를 보면 카드를 하나하나 짚으며 그 카드들이 의미하는 바를 말하지 않던가? '이건 당신의 현재 모습이고, 이건 당신의 미래 모습이에요' 하고. 그런데 그런 게 없었다.

새카만 아이라인에 보랏빛 섀도를 잔뜩 발라, 마치 마녀와 같은 분위기를 연출한 그녀는 내 카드들을 다 뒤집자마자 눈을 부릅뜨고는 이렇게 외쳤다.

"너! 가까운 시일 내로 교통사고가 나!"

나는 그녀가 타로카드를 보다가 신 내림이라도 받았나, 하는 생각을 했다. 심지어 나는 삼천 원을 내고는 연애 운을 보던 중이었다.

시발, 연애 운을 보다가 웬 난데없는 교통사고 얘기를. 내가 그렇게 생각하는데 은형이가 말했다.

"단아, 일어나자."

"어, 응?"

"안녕히 계세요."

그는 그렇게 말하고는 내 손목을 잡아끌고 단호하게 그 천막을 나왔다. 뒤에서 반여령과 나머지 인물들이 종종걸음으로 따라왔다. 은형이는 나를 지하철에 태워 집에 보내는 그 순간까지 아무 말도 하지 않았다.

밤 11시의 지하철 안은 언제나 그러하듯 대낮처럼 환했다. 은지호와 반여령은 나와 가까이에 사니 당연히 나와 같은 지하철을 탔다. 은지호의 머리카락은 노란 조명 빛을 받아 말갛게 빛났다.

새카만 차창 너머로 갈색 벽돌 벽이 휙휙 지나가다가, 갑자기 시야가 뻥 뚫리면서 새카만 어둠이 내린 밖이 보였다. 다리 위로 헤드라이트를 켠 차들이 수도 없이 달리고 있었다. 별들의 행진처럼 보였다.

나는 그 모습을 보다가 문득 입을 열었다.

"은형이."

"응."

"표정 진짜 안 좋았지."

그에 차창 너머를 보고 앉아 있던 은지호가 나를 돌아보았다. 그의 눈가는 피곤한 듯 그늘이 져 있었다.

반여령은 이미 내 어깨에 기대어 새근새근 고른 숨을 내뱉으며 잠들어 있었다. 그런 반여령을 힐긋 본 은지호는 조심스레 입술을 열더니 속삭이듯 말했다.

"너도 알잖아. 은형이가 얼마 전에 너한테 말했다고 하던데."

"뭘?"

"권은형 어머니 얘기. 교통사고였잖아."

"아……."

나는 인상을 찌푸리며 한숨처럼 내뱉었다. 그렇다, 그 얘기를 잊고 있었다.

내 표정을 유심히 살피는 듯하던 은지호는, 곧 어깨를 으쓱하고는 지하철 의자 등받이에 몸을 기대었다. 그는 나를 보고 말했다.

"야, 너무 심각하게 받아들이지 마라. 별일이야 있겠냐?"

"야, 근데 진짜 어이가 없는 게. 내가 보던 게 다른 것도 아니고 연애 운이었다?"

"니 연애 운이 그만큼 암울해서, 뭐, 나름 둘러대려고 그런 거 아니겠냐?"

은지호는 그렇게 말하고는 클클 웃었다. 나는 주저 없이 그의 어깨를 찰싹 때리고는 자세를 고쳐 반여령이 내 어깨에 조금 더 편히 기대도록 했다. 그러고 보니 문득 떠오르는 것이 있었다—인소의 법칙 제9조. 점집에서 점쟁이가 하는 말이나 여주인공이 꾸는 안 좋은 꿈은 항상 실현된다—. 나는 그것을 간과하고 있었던 것이다. 그 사실을 떠올린 것은 내가 점집에 들어서서, 멍청하게도 이미 점쟁이에게서 분명히 실현될 예언을 들은 그다음이었다.

이런 젠장. 순식간에 내 얼굴이 시퍼렇게 질렸다. 옆에 느긋하게 앉아 있던 은지호가 나를 보았는지 놀란 듯 물었다.

"야, 너 갑자기 표정 왜 그래? 심각하게 받아들이지 말라고 내가…… 야, 야!"

나는 그날 반여령과 인사를 하고, 집에 들어가는 그 순간까지도 교통사고를 당할 거라는 두려움에 벌벌 떨어야만 했다.

그날 나는 꿈을 꾸었는데, 내가 침대에서 자고 있는데 별안간 하늘에서 솟아난 트럭 하나가 천장을 뚫고 내 위로 떨어지는 꿈이었다. 이렇게 말하니까 농담처럼 들리겠지만 나는 정말 무서웠다.

진짜, 진지하게 무서웠다.

* * *

다음 날, 나는 밤새 악몽에 시달려서 퀭한 눈으로 학교로 향했다. 평소 같이 등교하는 반여령은 물론이고, 하필이면 등굣길에 은지호까지 마주쳐서 둘이 무어라 떠들어 대는데 그 소리가 심히 어지러웠다. 더군다나 은지호와 반여령이 붙어 있으니, 시선이 몰리지 않으려야 않을 수가 없었다. 결론적으로 나는 그 자리에 있던 모든 학생들의 시선을 받으면서 등교할 수밖에 없었다.

반여령, 은지호와 중앙 현관에서 헤어진 나는 머리를 움켜쥐며 중얼거렸다.

아, 진짜 돌아 버리게 피곤하다. 그놈의 트럭만 아니었어도 내가 그렇게 밤잠을 설치지는 않았을 텐데.

사실대로 말하자면 등교고 뭐고, 당장이라도 트럭이 길거리에서 날 덮칠 것 같아 집에 이불이나 둘러싸고 앉아 쉬고 싶은 심정이었다. 그러나 부모님이 왜 학교에 안 나가냐고 물을 때, 그에 '점쟁이가 그러는데 제가 교통사고가 난대요!'라고 대답할 수는 없는 노릇 아닌가.

어머니는 무슨 그런 말을 믿느냐고 어이없어 하실 것이고, 아버지는 누가 그런 재수 없는 소리를 했냐며 역정을 내실 것이 분명하다. 어쩌겠는가, 힘들어도 닥치고 등교하는 수밖에.

비척거리면서 계단을 오르는데 등 뒤에서 나를 부르는 소리가 났다. 동굴처럼 텅 빈 계단에 유난히 크게 울리는 목소리, 고개를 돌리니 김혜힐, 김혜우 쌍둥이가 보였다.

김혜우는 잠에 약한 모양인지, 김혜힐이 그를 부축하다 말고 그의 배에 팔꿈치를 박았다. 나는 김혜우가 당장이라도 신음을 토할 것이라고 생각했는데, 의외로 그는 익숙한지 다만 눈썹을 찡그리더니 눈을 뜨고 나를 보았다. 그리고 그는 느리게 손을 흔들며 나에게 인사를 건네었다.

"안녕."

"응."

"어, 너 안색이 되게 안 좋다. 어제 못 잤어?"

김혜우는 어깨가 뻐근한지, 손으로 어깨를 주무르더니 나를 향해 물었다. 그가 그렇게 물었을 때 나는 조금 놀랐다. 그도 그럴 것이, 내가 보아 온 김혜우는 사람의 안색을 살펴 줄 정도로 세심한 사람은 아니었던 것이다.

김혜힐이 나를 보더니 눈썹을 찡그렸다. 그녀가 말했다.

"음, 오빠가 눈치챌 정도면 진짜 안 좋은 건데. 어제 뭐 했어? 숙제는 없었는데."

"아, 악몽을 꿔서."

"악몽."

김혜힐이 알아들었다는 듯 고개를 주억거리는 것을 보다가, 나는 무심코 김혜우를 보았다. 그렇게 치자면 김혜우 역시 나 못지않게 피곤해 보였다.

내가 그를 빤히 보는데, 김혜우가 내 시선을 눈치챈 모양이었다. 그는 내가 묻기도 전에 불쑥 대답해 왔다.

"아, 난 어제 게임 좀 하느라."

"꼭 자랄 때 안 자고."

김혜힐이 한심하다는 듯한 눈으로 김혜우를 보았다. 그는 김혜힐의 그런 눈빛이 익숙한지, 무심하게 어깨를 으쓱하더니 나를 향해 가자는 듯 턱짓을 해 보였다.

셋이서 계단을 올라가는 내내 김 쌍둥이는 특유의 말다툼을 벌였는데, 내가 본 바로는 둘은 지나가는 날파리조차 싸움의 소재로 삼을 수 있었다.

오늘의 말다툼 소재는 '게임이 청소년에게 미치는 폐해'였다. 그러고 보면 내 주변에는 유독 게임 폐인들이 많은 것 같단 말야. 나는 멍한 정신이 서서히 돌아오는 동안 한마디 말도 없이 두 사람의 대화를 듣고 있었다.

"오빠, 다음부터는 진짜로 아빠한테 이를 거야. 오빠 맨날 밤새워서 게임한다고."

"아, 좀. 내가 고등학생인데 게임 하나 내 맘대로 못하냐?"

"고등학생이 됐으면 이제 슬슬 공부도 해야 될 거 아냐?"

"아, 진짜. 니가 내 엄마야?"

"오빠 공부하는 거 내가 한 번을 못 봤어!"

김혜힐과 김혜우의 성향에 대해서라면 윤정인에게 들어서 어느 정도 알고 있었다.

윤정인이 말하기로는, 김혜힐은 상당한 노력파인 데 반해 김혜우는 잠만 퍼 자기로 유명했다고 했다. 그런 주제에 둘의 전교 등수는 거의 비슷했다고 하니, 김혜힐이 분통이 터질 만도 했다.

그녀는 쿵쾅쿵쾅 걸음을 옮겨 그대로 교실로 휙 들어가 버렸다. 아침부터 싸우는 둘이 재미있어서, 나는 그냥 고개를 내젓다가 풋 웃고는 그들을 따라 교실로 들어갔다.

오늘 반여령과 나는 상당히 일찍 등교한 것이었다. 아버지의 엄격한 교육하에 바른 생활을 실천하고 있는 은지호와 등굣길에 마주쳤으니, 아마도 손에 꼽힐 정도로 일찍 등교했으리라. 그 증거로 교실에는 사람이 몇 없었다.

열린 창문 사이로 안개가 스며든 듯, 희뿌옇고 적막한 교실을 찬찬히 훑어보던 내 눈이 샛노란 금발에서 멎었다. 이루다는 항상 일찍 등교하고는 했다. 가끔 등굣길에 검은 양복을 입은 사람을 몇 보고는 하던 나는, 아마도 그녀가 일찍 등교하는 이유가 그 양복을 입은 사람들과 관련이 있으리라고 짐작했다.

나는 인기척이 나지 않도록 조심히 걸음을 옮겼다. 슬그머니 의자를 빼고 앉으려는데, 갑자기 뒤에서 쿵 소리가 나는 바람에 의자에 쓰러지듯이 앉고 말았다.

눈을 크게 뜨고 뒤를 돌아보니 김혜우가 책상 위에 가방을 올려놓고는 나를 향해 손이 미끄러졌다는 듯, 신경 쓸 거 없다는 듯 손을 흔들고 있었다.

아, 뭐야. 숨을 거하게 내쉬고 다시 고개를 돌렸는데, 순간 책상 바로 위에서 나를 올려다보는 새파란 눈동자와 눈이 마주쳤다. 새벽안개 때문인지, 그 속에서 나를 응시하는 이루다의 눈은 인간의 것이 아닌 것처럼 보였다.

심장이 철렁해서 멍하니 입을 벌리고 있는데, 이루다가 천천히 몸을 일으켰다.

그녀는 부스스하게 흐트러진 금색 머리카락에 손을 찔러 넣더니 몇 번 빗어 넘겼다. 머리카락을 정리하기 위해서라기보다는 그냥 졸음을 쫓기 위한 동작인 것 같았다. 단순히 머리를 빗어 넘기는 것일 뿐인데도 이루다가 하니까 아주 근사했다. 은은한 빛 사이로 아련하게 번지는 그녀의 옆얼굴을 보다가, 나는 그녀와 내가 어색한 사이라는 것을 자각했다.

전날, 일주일쯤 전에 중국집에서 마주친 이후로, 나와 이루다 사이의 대화는 완전히 끊기고 말았다. 그날 이후 나는 이루다를 보아도 인사를 할 수 없었다. 그렇게까지 말해 놓고도 이루다에게 태연하게 인사를 할 만큼 넉살이 좋지는 않았다.

이루다는 또 평소의 해맑은 태도와는 전혀 다르게 내가 옆에만 다가오면 그때의 그 얼굴, 혼란스러운 얼굴을 하고 나를 보았다.

그녀는 그날부터 내게 한마디도 말을 걸지 않았다. 가급적이면 내 옆에도 앉지 않으려고 하는 것 같았다.

그녀가 깨어나는 것을 보며 나는 조금 긴장해서 주먹을 쥐고 있었다. 당장이라도 그녀가 일어나서 어디 다른 자리에 가서 앉으려나 하는 생각을 하고 있었는데, 그녀는 나를 보았다.

그녀가 나를 정면으로 보는 것은 그 일이 있고 나서 처음이었다. 김혜힐과 김혜우 역시 심상치 않은 기류를 읽었는지, 그들은 멀리서 이쪽을 기웃거리고 있었다.

초조한지, 눈알을 굴리며 안절부절못하던 이루다는 금색 머리카락을 다시 한 번 쓸어 넘겼다. 그리고 그녀는 나를 보더니 말했다.

"나, 할 얘기가 있어."

"……?"

"아침 조회까지는 시간도 있으니까, 어디 좀 조용한 데로 갔으면 하는데."

그렇게 일어난 이루다는 자리에서 반쯤 몸을 일으키더니, 나를 가만히 내려다보았다. 나를 향해 뻗은 손이, 내가 허락만 한다면 내 손목을 잡아끌고 가겠다는 듯했다.

뭐야, 지금 이 상황은? 전혀 예상하지 못한 반응에 내가 멍하니 이루다를 올려다보는데 뒤에서 김혜우의 시큰둥한 목소리가 들려왔다.

"와, 고백하려나 봐."

그 말이 너무 황당해서 나는 숨을 들이쉬었다. 아니, 일단 둘 다 여자인데 고백을 하기는 무슨? 그러나 문득 정신을 차리고 훑어보니 내 앞에 남자 교복을 입고 선 이루다의 실루엣이 워낙 훌륭하기는 했다. 남장 여자라는 편견을 벗고 지금의 모습만 본다면 김혜우가 오해하는 것도 이해가 갔다.

아니, 아무리 그래도 그렇지! 설령 우리가 남녀 사이라고 해도 고백은 좀 너무하잖아!

내가 평정을 잃고 당황해서 김혜우를 보는 사이 이루다는 한마디 말도 없이 내 손목을 잡아챘다. 나는 얼떨결에 자리에서 일어나고 말았다. 의자에 발목이 걸렸는데, 내가 넘어지지는 않았지만 대신 의자가 뒤로 넘어졌다. 나는 요란한 소리가 나는 교실을 뒤로하고 이루다와 함께 한적한 복도를 가로질러 갔다.

그동안 시간이 조금 지나서, 이제 본격적인 등교 시간이 시작되어서인지 학생들이 제법 많이 보였다. 이루다는 내 손목을 잡은 채 위층으로 향하는 계단을 성큼성큼 걸어 올라갔다.

　1학년의 교실은 2층이었고, 3층은 도서실과 컴퓨터실이 있었는데 오전 12시를 지나야 여는 것이 보통이라서 사람은 없었다. 더군다나 불도 켜지 않아 5층으로 이어지는 계단은 어둑어둑했다.

　마침내 계단 모퉁이를 돌아선 이루다가 내 손목을 놓았다.

　내가 균형을 잡지 못해 조금 휘청거리는데, 이루다가 다시 내 팔을 붙들었다. 그녀가 속삭이듯 물었다.

　"괜찮아?"

　짙은 어둠 속에서 그녀의 푸른 눈동자가 번쩍였다. 그 모습이 조금 무서워서 내가 가만히 고개를 끄덕이자, 그녀는 고개를 주억거리더니 내 팔을 놓아주었다.

　나와 이루다는 비로소 일주일 만에 서로를 제대로 마주 보게 되었다.

　나는 어리둥절한 기분으로 뒤통수를 긁적였다. 처음에 그렇게 박력 있게 나를 끌고 올 때는 조금 무서웠지만, 계단에 막상 서 보니 이루다는 그렇게 무섭지는 않았다.

　아마도, 뭐, 이 소설의 뒤표지에 새겨진 문구가 '학교에서 일어난 의문의 살인…… 사대천왕과 그들의 꽃은 자신들의 친구를 죽인 범인을 잡기 위해 그날의 일을 낱낱이 파헤치기 시작하는데!' 따위의 것이 아니라면야 내가 여기에서 죽을 일은 없을 것이다. 나는 뒤통수를 긁적이던 손을 내리고는 고개를 들었다.

　그러나 어둠에 잠긴 이루다의 얼굴을 본 그 순간, 그녀의 표정 위에 떠오른 비틀린 인형 같은 무표정을 보고 나는 생각하고 말았다. 내가 여기에서 죽는다고 해도 전혀 이상하지 않다고. 그녀의 입매는 여전히 차게 굳어 있었다.

　그녀가 물었다.

　"단아."

　"으, 응."

　겁을 집어먹은 나는 한발 느리게 대꾸했다. 나를 물끄러미 바라보는 이루다의 얼굴에는, 여전히 표정이라고는 없었다. 그러다가, 그녀가 나를 보고 물었다.

　"왜 그때의 일에 대해서 물어보지 않아?"

　"그때? 중국집에서 쫓겼을 때?"

　나는 곧바로 물었지만 그녀는 인상을 쓴 채로 대답하지 않았다. 그랬지, 나는 물음에 물음으로 대답한 셈이었다.

　왜 이제야 나한테 물어보는 거지, 그런 생각이 불쑥 치솟았다. 만약 내 태도가 마음에 안 들었다면 그때 말하면 되는 것이 아닌가, 이루다의 이런 행동은 평소의 그녀답지 않았다. 더군다나 이것이 그렇게 숙고할 만한 질문도 아니었다.

　음, 뭐라고 대답한담, 너랑 얽히기가 싫어서? 내가 눈썹을 찡그린 그때였다. 이번에는 이루다가 다시 물음을 던졌다.

"왜 괜찮으냐고 물어보지 않아? 아니면 관심을 가진다든가."

내가 보기에는 그렇게 묻는 그녀가 더욱 혼란스러운 얼굴이었다. 나도 덩달아 혼란스러워졌다. 어, 어? 나는 그녀를 마주한 채로 눈을 데굴데굴 굴렸다.

지금, 그러니까, 내가 너한테 관심을 가지지 않는 게 언짢아서 이렇게 나를 불러낸 거야? 게다가 이렇게 진지한 태도로 말하는 거고?

그러나 그렇다고 하기에는 이루다의 표정이 석연찮은 데가 있었다. 이루다는 정말로 혼란스러운 듯한 얼굴이었다. 상심했다기보다는, 마치 자신의 계산이 빗나가서 혼란스러운 수학 천재의 그것.

내가 생각을 이어 나가던 그때였다.

"너는…… 달라."

이제껏 상념에 잠기기라도 한 것처럼, 맹렬하게 내 얼굴만을 바라보고 있던 이루다에게서 불쑥 튀어나온 말이었다.

다르다니, 대체 뭐가? 이루다가 다시 입을 열었다.

"네 어쭙잖은 호기심을 해결하려고 이것저것 캐묻지도 않고, 동정심을 과시하려고 내게 괜찮냐고 물어보지도 않아. 넌……."

뭐, 어쭙잖은 호기심? 동정심? 이루다의 입에서 흘러나온 말에 내가 다 눈이 동그래질 지경이었다.

지금까지 자기한테 관심 가진 사람들을 전부 그렇게 삐

뚤어지게 받아들였다는 거야, 설마? 저렇게나 예쁘고 해맑은 미소를 간직한 얼굴로?

그러나 나를 진지하게 응시하는 이루다의 타오를 듯한 푸른 눈을 보니 아무래도 그것이 사실인 듯싶었다. 맙소사, 나는 입속으로 조용히 읊조렸다.

물론 지금까지 이루다에게 호의를 베풀었던 사람들 중에, 그런 사람들도 분명히 있었겠지만…… 그래도 너무 삐뚤어진 거 아니냐. 아니지, 어쩌면 이것이 이루다가 간직한 여주인공만의 고뇌일 수도 있었다.

이루나의 삐뚤어진 매력의 중심이 바로 그것인지도 몰랐다. 아니, 그런데 잠시만. 문득 내 머릿속에서 또 다른 생각이 불쑥 치솟았다.

그래, 이루다는 자신에게 무언가를 묻거나 괜찮냐고 걱정한 사람들은 전부 다 자신의 호기심을 해결하거나, 동정심을 과시하려 하거나 하는 두 부류로 보고 있었다.

그렇다면 나는? 이루다에게, 네 사정에는 관심 없고 안다고 해서 내가 해결해 줄 수 있는 것도 아니니 그냥 듣지 않겠다고 말한 뒤에는 정말로 한마디도 묻지 않은 나는?

아, 잠깐. 내가 창백해진 얼굴로 한 걸음 물러나는 순간이었다.

"넌 대체 뭐야?"

그렇게 말한 이루다가 위협적으로 한 걸음 다가섰다. 그녀의 그림자가 내 위로 길게 드리웠다. 그러거나 말거나, 나는 입을 헤벌린 상태에서 꼼짝도 할 수 없었다.

나야말로 묻고 싶었다. 너 대체 지금 뭐 하자는 거야? 내가 그렇게 생각하기가 무섭게 그녀가 더욱 당황스럽게도, 두 손을 불쑥 내밀어 손을 붙들었다.

이제 그냥, 상황을 이해하기를 포기한 채로 나는 이루다를 가만히 올려다보았다. 그리고 그런 내 위로 그녀의 말이 떨어졌다.

"너 같은 사람은 처음이야."

"……."

"단아, 내 친구가 되어 줘. 진심으로 친구가 되고 싶다고 생각하게 만든 사람은 너뿐이었어."

헤헤, 나는 웃으며 입속으로 중얼거렸다. 망했다.

말을 하는 동안 이루다의 얼굴은 점차 내게 다가와 이제는 거의 내쉬는 숨결이 느껴질 정도까지 가까워져 있었다. 금색 속눈썹이 길게 팔랑이는 섬세한 미소년의 얼굴이었건만, 그녀가 여자라는 것을 알고 보니 전혀 설레지가 않았다.

나는 속으로 중얼거렸다.

아니, 이게 아니야. 난 너랑 나이트클럽도 가고 싶지 않고, 호프집에 가서 맥주도 마시고 싶지 않고, 네 허리를 끌어안고 오토바이를 타고 싶지도 않고, 검은 양복을 입은 사람들한테 쫓기고 싶지도 않아. 난, 난 그냥…….

어째서인지 내가 치밀하게 계산해서 했던 일련의 행동들이 나에게 전혀 반대의 결과를 가져오고 있었다. 아니면 이것도 그 빌어먹을 운명이나 소설의 흐름, 그런 건가?

아, 다 됐고, 괜히 두 손을 가까이서 붙들리고 있으려니 내 기분이 다 이상해지는 느낌이었다.

나는 입꼬리를 파르르 떨며 이루다의 손에서 벗어나려고 했다. 그런데 이루다의 두 손이 내 손을 더욱 꽉 붙드는 것이 아닌가? 내가 당황하고 있는데, 갑자기 핸드폰이 지이잉 하고 울렸다.

내가 흠칫 놀라서 뒤로 물러서는 것을 이루다가 또다시 붙잡았다. 나는 울상을 하고 입을 열었다.

"이, 이루다. 나는, 내가 그렇게 행동한 건……."

"응."

이루다가 진지한 얼굴을 하고 고개를 끄덕였다. 그래, 말해야 해. 나는 그냥 너랑 친구하기가 싫어서 그랬던 것뿐이었다고. 말해야 한다! 마침내 내가 심호흡을 한 번 하고 입을 열려던 바로 그 순간이었다. 내 주머니에서 맑은 전화벨 소리가 흘러나왔다.

곡의 제목은 'forest'라고, 매우 상쾌한 피아노 소곡이었으나 인적이 없는 좁은 계단 통로에서는 지나치게 음산하고, 또 커다랗게 울려 퍼질 뿐이었다.

뭐야, 이거 사람들 듣고 다 오겠네. 내가 그렇게 생각하기가 무섭게 아래층에서 누군가 계단을 올라오는 듯한 인기척이 들렸다. 그리고 탈칵, 스위치를 누르는 소리와 함께 머리 위에서 환한 빛이 쏟아졌다.

나는 계단을 밟고 이쪽으로 올라오는 인영을 보고는 눈을 크게 떴다.

은색 머리카락, 두말할 것도 없이 은지호였다.

그는 이루다와 나를 보고는 이상한 얼굴을 했다. 나는 그제야 나와 이루다기 이직도 손을 붙들고 있다는 네 생각이 미쳤다. 아니, 정확히는 이루다가 내 손을 일방적으로 붙들고 있는 것에 가까웠다.

내가 당황해서, 무언가 변명의 말이라도 꺼내려는데 은지호가 이쪽으로 성큼성큼 걸어왔다.

그는 그대로 이루다에게 붙들려 있던 내 팔을 낚아채었다. 나는 예상외로 강건한 은지호의 행동에 조금 놀라서 은지호의 얼굴을 보려고 고개를 들었다.

화가 났나? 생각했지만 은지호의 얼굴은 평소와 같이 시큰둥했다. 그는 은색 머리카락을 한 번 긁적이고는 나를 향해 말했다.

"야, 왜 여기에서 이러고 있냐? 난 뭐, 귀신인 줄 알았네."

"여, 여기는 왜 왔어?"

그가 평소와 같이 심드렁한 태도로 묻고 나서야, 나는 그에게 궁금한 것을 물었다. 은지호는 눈알을 한 번 굴리더니 어깨를 으쓱하며 대답했다.

"아니, 너 잘 사나 궁금해서 한번 교실에 가 볼까 했더니 없잖아. 전화를 하니까 웬 벨소리가 계단 쪽에서 들리는 거야."

"아."

하기는, 나는 금세 납득했다. 내 반은 1학년 8반인데, 이 계단은 그와 붙어 있어 은지호가 8반 앞에서 기웃거리고 있었다면 충분히 벨소리를 듣고도 남았다.

내가 고개를 끄덕이는데, 은지호가 이루다를 향해 입꼬리를 비스듬히 끌어 올려 웃었다. 그것은 그가 다른 사람 앞에서는 잘 보여 주지 않는, 내가 그를 이중인격이 아니냐고 놀리도록 만들었던 그런 비웃음이었기에 나는 조금 놀랐다.

은지호가 이루다를 향해 물었다.

"야, 아메리칸 스타일이라는 게 있는지는 몰라도, 아무리 미국이라도 싫어하는 여자애 손을 막 잡고 그러지는 않을 거 아냐?"

"무슨 말이 하고 싶은 거야?"

심기가 불편한 듯, 이루다는 약간 구겨진 얼굴로 되물었다. 은지호는 이번에는 아예 소리 내어 피식, 웃더니 대답했다.

"이 녀석을 좋아하는 거라면 그냥 포기해. 그 편이 마음이 편할 거다."

"뭐, 무, 무슨 소리!"

이루다가 눈에 띄게 얼굴을 붉히며 소리쳤다. 하기는, 나라도 여자에게 여자를 좋아하지 않냐는 둥의 질문을, 그것도 평생에 한 번 볼까 말까 한 잘생긴 남자아이에게 듣는다면 저렇게 당황하지 않을까 싶었다.

내가 이루다를 빤히 보는데, 옆에서 은지호의 태연한 대답이 흘러나왔다. 그리고 나는 그의 말을 듣고 하마터면 뿜을 뻔했다.

그는 아주 태연한 목소리로 이렇게 말했다.

"함단이는 머리카락이 검은색이 아닌 남자는 거들떠도 안 보거든."

"무, 뭐?"

"아, 그리고 눈동자 색이 검은색이나 갈색이 아닌 남자애도 남자로도 안 본다. 그 외에 조건이 몇 가지 있는데, 너는 일단 머리 색이랑 눈 색부터 허용 범위를 벗어났으니까 그냥 지금 포기하는 게 나을 거라고."

말을 멈춘 은지호가 피식 웃으며 다시금 입술에 삐뚜름한 미소를 걸었다. 그리고 그는 고개를 모로 기울이며 말을 이었다.

"이 녀석의 오랜 친구로서 충고하는 거다. 친절하게."

그리고 은지호는 나를 향해 작은 소리로 '그렇지 않냐?'라고 속삭였다. 자기가 친절하지 않냐는 것을 묻고 있는 것 같았는데, 나는 그냥 어이가 없어서 입을 뻐끔거릴 수밖에 없었다.

아니, 사실 내가 뭐라고 남자를 볼 때 머리카락이나 눈동자 색을 신경 쓰겠는가?

그러나 내가 사대천왕들을 남자로 보지 않고 있는 것은 사실이었다. 왜냐하면, 그들은 반여령의 남자가 분명하니까. 그랬다, 은지호의 말은 어느 정도는 사실이었던 것이다.

하지만 내가 소설의 인물에게 간파당할 거라고는 전혀 생각하지 못했다.

설마하니, 내가 머릿속으로 매번 '인소의 법칙 몇 조' 하면서 우스꽝스러운 사족을 붙였던 것처럼 은지호 역시 나를 그런 식으로 생각하고 있지는 않았을까? '함단이의 법칙 몇 조' 하고 말이다. 아, 그런 건 싫어.

내가 놀라서 말이 없고, 이루다가 아마도 어이없어서 말이 없는 사이 은지호는 내 팔을 이끌어 나를 그의 앞으로 내세웠다. 그러고는 내 등을 툭툭 밀며 배려 없는 태도로 재촉했다.

"야, 얼른 내려가. 곧 종 쳐."

"아, 잠깐. 알았으니까 재촉 좀 하지 마."

나는 그의 등쌀에 밀려서 계단을 구르듯이 내려갔다. 계단을 내려가면서 흘긋 뒤를 돌아보는데, 이루다의 모습은 보이지 않았다. 아마도 은지호의 말에 적잖은 충격을 받은 듯싶었다. 예를 들면, 내가 그렇게 남자처럼 보이나, 하는 그런 거.

연신 뒤를 흘긋거리자 은지호의 짜증 섞인 물음이 날아왔다.

"야, 사귀지도 않을 거면서 뭘 그렇게 신경 써. 얼른 내려가라, 좀."

"아, 내가 사귈지 안 사귈지 어떻게 알아?"

"내 말이 틀렸냐? 너 머리 색이랑 눈동자 색 검은색 아니면 거들떠도 안 보잖아."

은지호가 그렇게 말하고는 턱짓으로 마저 내려갈 것을 종용했다. 그의 말에 틀린 것은 없어서, 나는 툴툴거리며 계단을 마저 내려갔다. 이루다는 여전히 움직이지 않는지 위쪽에서는 인기척이 없었다.

은지호의 말대로 아침 조회 시간이 얼마 남지 않은 듯 교실에 빈자리라고는 없었다. 은지호는 나를 교실 앞문 앞으로 밀어 넣고는 인사랍시고 건성으로 손을 흔들었다. 그는 제 교실로 돌아가려다 말고 갑자기 돌아서서 나를 불렀다. 나는 뒤를 돌아보았다.

"아, 너 어제 그 점쟁이 말 아직도 신경 쓰여?"

"응?"

"너 다크서클."

그렇게 말하며 제 눈가를 툭툭 두드린 은지호가 개구지게 웃었다. 나는 다만 짧게 한숨을 내쉬었다. 내 얼굴이 심각하기는 한 모양이었다.

내가 한숨을 푹푹 내쉬고 있는데, 은지호가 말을 이었다.

"너 그거 아직도 신경 쓰이면, 학교 끝나고 내가 기사 아저씨 부를까? 같이 차 타고 가면 될 거 아냐."

"뭐?"

"나한테 교통사고 난다고는 안 했으니까. 혹시 알아? 나랑 같이 다니면 괜찮을지. 정 불안해서 안 되겠다 싶으면 문자해라."

그럼 나 간다, 그렇게 말하고 은지호는 돌아섰다. 다시 교실을 돌아보자, 반 아이들이 하나같이 흥미롭다는 눈으로 이쪽을 보고 있었다.

김 쌍둥이 쪽을 보니 그들의 눈빛은 아예 반짝이고 있었다. 그도 그럴 것이, 내가 이루다와 나갔다가 이루다는 어디로 가고 웬 은지호와 돌아왔으니 보기에는 충분히 이상할 법했다.

종이 쳐서, 황급히 자리로 돌아와 앉으면서 나는 은지호의 말을 생각했다.

그의 평소와 다를 것이 없는 시큰둥한 말과 태도, 그러나 내 안색을 읽어 내고, 내가 걱정하는 문제에 대해 알아주었다. 나는 은지호가 보여 주는 그런, 자연스럽게 챙겨 주는 모습이 참 좋았다.

'역시 소설 속 인물이구나, 은지호는' 하고 생각하며 턱을 괴고 앉아 있는데 앞문이 열리며 이루다가 들어왔다.

나는 이루다가 은지호도 없겠다, 아까의 얘기를 계속하겠거니 생각했는데 이루다는 의외로 입을 다물고 아무런 말이 없었다. 그녀는 다만, 턱을 괸 채로 나를 향해 간간이 불만스러운 듯한 시선을 던질 뿐이었다.

*　*　*

나는 이루다의 말을 곱씹고, 곱씹고 또 곱씹었다. 이루다의 어이없을 정도로 긍정적인 사고 체계에 그저 한숨이 나올 뿐이었다.

아니, 나에게서 그렇게까지 날카로운 말을 들었다면 그냥 저 녀석이 나를 싫어하는 모양이다, 생각하면 그만일 것을 대체 어떻게 그런 긍정적인 결론이 도출된단 말인가? 내가 솔직해서 좋다고?

돌직구를 잘 날린다는 이유로 나랑 친구를 하고 싶은 거라면, 차라리 유천영을 소개해 줄까 하는 생각도 들었다. 돌직구를 잘 날리기로는 유천영을 따라올 자가 없었으니까.

매우 다행히도 점심시간이 될 때까지 이루다는 나에게 단 한마디도 걸지 않았다. 반 아이들은 우리의 냉전 상태가 오랫동안 유지되어 온 것을 알기에, 이루다가 말이 없는 것을 이상하게 여기지 않았다. 다만 이루다가 평소와 달리 나를 힐끗거리는 것을 조금 신기하게 생각하기는 한 모양이었다.

점심시간에는 같은 반 아이가 나를 보고 묻기도 했다.

"단아, 혹시 루다한테 고백 받았어?"

"어? 아, 아니!"

나는 당황해서 혀를 깨물 뻔하다가 그렇게 대답했다. 3층 계단을 올라가는 도중이었는데, 후식으로 나온 바나나를 입에 베어 문 신시현과 윤정인이 약간 놀란 듯한 얼굴로 나를 힐끗거렸다.

김 쌍둥이는 아침의 일을 보았기에 말없이, 그러나 짓궂게 웃고 있을 뿐이었다. 나에게 물은 여자아이는 호기심 어린 다갈색 눈으로 나를 올려다보면서 대답을 기다리고 있었다.

나는 일단 대답을 하기 전에 주변을 휘휘 둘러보았다. 1반과 8반은 정반대 방향이라서, 1반에서 제일 멀리 있는 이쪽 동편 계단에 그들이 올 일은 없었다.

나는 그 휘황찬란한 머리통이 보이지 않는다는 것을 확인하고 나서야 여자아이를 다시 돌아보았다. 그녀는 제가 더 신 난다는 양 말을 이었다.

"지금 소문 쫙 퍼졌어. 뭐지, 그 4층 올라가는 계단 쪽에

서 루다랑 너랑 서 있는 거 봤다고. 그런데 너 사대천왕이
랑 친하다던데, 진짜야?"

"어?"

맙소사, 등하교도 첫날을 제외하고는 거의 따로 하는 데
다가 반도 너무 멀어서 마주치는 일은 거의 없다시피 한데,
그럼에도 불구하고 소문이 났다는 게 신기할 따름이었다.

사대천왕이나 반여령이 나와 친구임을 숨기는 성격은 아
니지만, 그들은 학기 초에는 반 아이들에게 자신의 이야기
를 쉽게 꺼내지 않았다. 사실 아이들이 그들에게 기가 눌
려서, 궁금한 것을 물어보지 못한다는 쪽이 맞다.

그러므로 1반에서 정보가 새어 나간 것은 아닐 테고, 역
시 첫날에 다 함께 하교한 것이 문제였나? 나는 복잡한 심
경이 되어 눈앞의 여자아이를 응시했다. 여전히 그녀는 싱
글거리며 나를 보고 있었다.

그래, 어디에나 눈도 귀도 많다. 모의고사가 끝난 어제,
시내에서 우리가 다 같이 돌아다니는 것을 본 사람이 있을
수도 있다.

어떡하지, 나는 고민했다. 그러나 이렇게 다 밝혀진 통
에 거짓말을 할 수는 없는 노릇이었다. 나는 일단, 최대한
별거 아니라는 듯한 투로 짧게 대답했다.

"아, 같은 중학교 출신이라서."

"그럼 혹시 번호도 있어?"

"응, 있기는 한데."

나는 연락을 잘 하지 않는다는 듯한 뉘앙스를 담아 대답했다. 사실을 알고 있는 김혜힐을 흘긋 돌아보자, 그녀는 말하지 않겠다는 뜻인지 고개를 끄덕여 주었다. 나는 안심하고 다시 앞을 돌아보았다.

여자아이가 무언가 말하려는 찰나, 신서현이 옆에서 특유의 차분한 목소리로 말했다.

"지금 우리 통행 방해하고 있는 것 같은데, 교실에 가서 얘기하지."

"아, 그, 그래?"

나는 조금 놀라서 신서현을 바라보았다. 돌직구라면 신서현 역시 나 못지않은 것 같았다. 윤정인이 고개를 끄덕이고, 여자아이는 함께 매점을 가고 있었던 것 같은 아이들에게 먼저 가라고 말을 했다.

계단을 올라가며 나는 살풋 미간을 좁혔다. 그냥 친구들이랑 매점이나 갔으면 했는데, 돌려보내는 모양새를 봐서는 나에게 무언가를 부탁할 심산인 것이 분명했다.

교실이 가까워지자 여자아이가 나를 향해 손짓했다. 따로 복도에서 얘기하자는 듯한 모양새였다. 아, 진짜 싫은데. 나는 울상을 짓고 창가에 섰다.

그녀는 한동안 입을 열지 않고, 잘 손질한 손톱으로 창가를 초조한 듯 두드렸다. 자세히 보니 눈에 잘 띄지 않는,

연분홍색 매니큐어가 칠해져 있었다. 햇빛을 받은 머리카락은 단발, 끝이 약간 말려 들어가 있었다.

이름은 아마 이수연이던가, 그랬을 것이다. 그녀의 손톱을 멀거니 바라보는데 그녀가 입을 열었다.

"있잖아, 음, 혹시 사대천왕 중에 아무나 한 명, 번호 좀 줄 수 있을까?"

나는 속으로만 짧게 한숨을 내쉬었다. 예상하던 그대로의 질문이었나. 내체, 이 아이는 내가 몇 명에게서 이런 질문을 받아 왔는지 짐작이나 갈까? 심지어 친해졌던 몇몇 남자아이들은 반여령의 번호를 물어 오기도 했었다.

아 씨, 진짜. 차라리 친한 여자아이라면 '야, 그게 되겠냐? 아니, 내가 걔 번호를 어떻게 줘. 걔 그런 거 엄청 기분 나빠 하는데. 그냥 가서 직접 물어봐'라고 말하겠지마는, 눈앞의 여자아이는 나와 자리가 멀어서 말도 몇 번 섞어 본 적이 없었다.

사실 눈앞에 없다고 본체만체하다가, 갑자기 소문을 듣고 찾아와서 이렇게 대뜸 부탁하는 것이 마음에 들지 않았다. 그러나 벌써부터 적을 만들고 싶지는 않았다.

나는 미간을 꾹꾹 누르며 대답했다.

"아, 어쩌지…… 그건 좀 힘들 것 같아."

왜냐하면, 내가 같은 중학교 나와서 아는데 걔들이 그런 거 진짜 안 좋아하거든. 너한테 번호 어떻게 얻었냐고 화

낼지도 몰라. 나는 그렇게 대답하려고 했다. 그 여자아이가 끼어들지만 않았어도.

그녀는 당장 그 큰 눈에 눈물을 그렁그렁 달고 물어 왔다.

"아, 진짜? 왜? 왜 안 돼?"

아, 그걸 이제 설명하려고 하잖아. 개학한 지 며칠도 되지 않아서 이런 상황이라니, 스트레스 받아서 머리가 쪼개질 것 같았다.

이런 상황이 정말 싫었다. 사대천왕과 반여령은 나와는 달리 너무 대단한 존재들이라는 게 실감이 나서이기도 했고, 또 이렇게 부탁해 오는 이들은 하나같이 안면도 없는 사이인데도 갑자기 친한 척 말을 걸어오는 것이 대부분이어서였다.

눈앞의 여자아이는 한술 더 떠서 아예 금방이라도 울음을 터트릴 듯한 기색이었다. 그러나 어쩔 수 없었다. 아까 매점을 간 이들도 이 여자아이와 한 무리일 것이 분명한데, 이들끼리 번호를 공유할지 어떨지 내가 어떻게 알겠는가.

이렇게 곤란한 티 많이 냈는데, 상식이 있으면 좀 꺼지지. 나는 미간을 꾹꾹 누르며 대답했다.

"걔들 막 모르는 사람이 번호 알아내서 연락하고 그러는 거 진짜 싫어하거든. 아무래도 안 될 것 같아."

"아, 딱 한 번만. 많이 연락 안 할게. 그냥 궁금해서 그래, 응?"

사람 번호가 다 열한 자리고 똑같지, 궁금할 게 뭐가 있겠는가? 게다가 연락을 절대 안 한다는 것도 아니고, 많이는 안 하겠다니, 어이가 없었다.

기분이 많이 상해서 그냥 말도 없이 돌아서 버릴까, 생각했지만 학기 초부터 적을 만드는 것은 역시 현명하지 않다는 생각이 들었다.

아, 진짜 어떡하지. 차라리 사대천왕과 같은 반이었더라면 하는 생각이 들었다. 그랬더라면 시선은 지금보다 더 쏟아졌겠지만, 그래도 사대천왕의 보는 눈이 있어 이러는 이들은 별로 없었을 텐데.

내가 그렇게 생각하는데, 갑자기 교실 쪽에서 쾌활한 목소리가 들렸다. 누구인가 싶어 고개를 돌리기는 했지만 사실 내가 알기로는 저런 독특한 말투를 지닌 사람은 단 한 명뿐이었다.

이루다, 그녀였다. 그녀가 교실 쪽에서 쾌활한 목소리로 나를 불렀다.

"아, 단아! 잠깐 들어와 봐! 내가 전에 네가 보고 싶다고 했던 그거 있잖아, 찾았어!"

"어, 어?"

내가 언제 뭘 보고 싶다고 했다는 건가? 그렇게 생각하기가 무섭게 이루다가 안 되겠다 싶었는지 직접 교실에서 나왔다. 그리고 그녀는 내 앞의 여자아이가 멍해 있는 것을 틈타 내 손목을 잡아 이끌었다.

나는 얼떨떨해서 교실로 이끌려 갈 수밖에 없었다. 힐긋 고개를 돌리니 교실의 모두가 우리를 보고 있었다. 몇몇 이들은 입술을 'O' 자로 오므리고 심술궂게 휘파람을 불기도 했다.

아, 그런 거 아닌데! 내가 그렇게 생각하기가 무섭게 이루다가 나를 자리에 앉혔다. 그리고 그녀는 내 옆에 앉아서, 턱을 괴고 나를 보며 미소 지었다.

이루다가 낮은 목소리로 속삭였다.

"아, 계단으로 갔다. 매점 가려나 봐."

"……."

이루다가 여타 인터넷 소설의 주인공처럼, 눈치가 전혀 없을 거라는 내 예상은 완벽하게 빗나갔다. 그녀는 아주 진화한 형태의 주인공으로, 사람들에게 일부러 동정심을 끌어내 그들을 자신이 원하는 대로 조종하는 것은 물론이고 상황이 어떻게 돌아가고 있는지를 정확히 파악할 수 있는 것 같았다.

나는 조금 망설이다가, 물었다.

"어떻게 알았어? 내가 곤란한 거."

"뒤에서 쌍둥이들이 하는 얘기를 들었거든. 아마 번호 물어볼 것 같던데, 나가서 구해 줘야 하나 하고 속삭이는 거."

"아."

납득하고는 뒤를 돌아보자, 김혜힐이 나를 보고는 이루다를 손가락으로 가리켰다. 그러더니 그녀는 난데없이 박수를 치는 것이었다.

왜, 뭐야, 뭐. 내가 그렇게 생각하는데 옆에서 이루다가 낮은 목소리로 속삭였다.

"피곤하겠다."

"응?"

"피곤하겠다, 너도 참."

나는 새삼 놀라서 이루다를 돌아보았다. 그녀의 목소리가 어딘가, 나는 너를 이해한다는 듯한 뉘앙스를 풍기고 있었다.

어제까지만 해도 다른 이들을 대할 때는 변함없이 쾌활한 모습만을 보여 주던 그녀였다. 그런 그녀가 내 앞에서 가면을 벗어던졌다.

지금, 반쯤 기울인 의자에 앉아 고개를 비스듬히 기울여 햇빛을 받고 있는 이루다는 확실히 한 꺼풀 벗은 듯한 모습이었다. 금색 속눈썹 아래로 보이는 푸른 눈동자는 서늘하게 식어 있었다.

수없이 파도에 휩쓸려 온 조약돌 따위를 떠올리는데, 이루다가 앉은 채로 흘긋 눈을 들어 나를 보았다. 그리고 입술 끝을 말아 올려 웃는데, 평소의 환한 미소가 아닌, 어딘가 위험한 듯한 미소가 매혹적이었다.

역시 소설 주인공이다. 나는 박수를 치려다 말고 책상에 머리를 박았다. 이루다가 당황해서 의자를 바로 하며 물었다.

"뭐, 뭐야!? 단아, 괜찮아?"

"응, 괜찮아. 세게 안 박았어."

"아니, 애초에 왜 박았어?"

그렇게 물으며 이루다가 걱정스러운 듯한 시선을 던졌다. 나는 그 시선을 슬그머니 피하며 속으로 중얼거렸다.

순간, 단 한순간이었지만 이루다가 남자로 보였다. 여자아이처럼 생기기는 했지만 분명히 어딘가, 남자 특유의 내력을 간직하고 있는 위험한 분위기의 미소년처럼 보였다.

내가 미쳤지, 눈앞의 녀석은 검은 양복을 입은 남자들에게 쫓겨 다니기나 하는 남장 여자인데. 나는 다시 한 번 책상에 머리를 박으려다가 주변에서 이상하게 볼 거라는 생각에 관두고 말았다. 대신 나는 이루다를 돌아보았다.

그래, 아까는 말하지 못했는데, 아무래도 지금이라도 말해야겠다. 나는 입을 열었다.

"이루다."

"응?"

그녀는 걱정스러운 듯 내 이마를 보는 것을 멈추고는 물었다. 나는 이마를 긁적였다. 아, 정말 이런 말은 하고 싶지 않았지만 할 수 없었다.

"그, 솔직하게 말해 주는 사람을 친구로 갖고 싶은 거라면……."

"거라면?"

이루다가 무어라 반박할 거라고 생각했는데, 의외로 그녀는 책상에 한 팔을 올려놓은 채 이쪽을 보면서 차분하게 물어 왔다.

그녀의 그런 차분한 태도가 도저히 적응이 되지를 않았다. 나는 당황하지 않은 처하려 노력하며 말을 맺었다.

"돌직구가 특기인 사람은 어디에나 있을 테니까, 그런 사람을 찾기는 쉬울 거고."

"무슨 소리를 하는 거야?"

어? 나는 놀라서 고개를 들었다. 내 말을 굳이 해석하자면 '굳이 내가 아니더라도 너에게 돌직구를 날려 줄 사람은 많으니 그런 사람을 찾아라' 정도였으니, 이루다가 화를 낼지도 모른다는 생각은 했었다.

그러나 뜻밖에도 그녀는 전혀 화난 표정이 아니었다. 그녀는 다만 황당한 듯 나를 보다가, 다시금 물었다.

"무슨 소리를 하는 거야, 지금?"

"아니, 그러니까. 돌직구가 특기인 사람은 세상 천지에 널리고 널렸으니까……."

"이상한 소리를 하네."

내 말을 자르며 이루다가 그렇게 말했다. 여전히 그녀는 전혀 화난 얼굴이 아니었다. 놀랍게도 다음 순간, 그녀는 어이없다는 듯 웃기까지 했다. 이번에는 내가 물을 차례였다.

"이상한 소리라니?"

"그렇잖아?"

"그렇다니?"

창가 자리에 앉아서, 햇빛을 받은 이루다의 얼굴이 환했다. 그녀의 새파란 눈은 흡사 나를 꿰뚫어 보는 것같이 느껴졌다.

그녀는 나를 보며 물었다.

"왜 그게 이상한 소리인지 정말 모르겠어?"

"응?"

"내가 친구가 되고 싶다고 한 사람은 너야, 단아."

나는 여전히 그녀의 말뜻을 이해하지 못해 눈을 깜빡였다. 놀라운 일이었다. 그녀가 나의 말을 잘못 이해하는 경우는 있어도 내가 그녀의 말을 이해하지 못하는 일은 거의 없었다.

내 반응에 이루다는 짧게 한숨을 내쉬더니 말을 이었다. 어린아이를 가르치듯 분명하고 단호한 목소리였다.

"사람이 친구를 사귈 때, 아, 솔직한 친구도 한 명쯤 있었으면 좋겠어, 용감한 친구도 한 명쯤 있었으면 좋겠어, 하고 미리 자리를 만들어 놓는 건 아니잖아. 그리고 그 자리에 조건에 맞는 사람을 아무렇게나 끼워 맞추는 게 아니잖아. 이게 무슨, 영화 배역 캐스팅하는 것도 아니고."

"……."

나는 조금 놀라서 눈을 크게 떴다. 영화 배역 캐스팅……이라고. 놀라서 아무 말이 없는 나에게 이루다가 마지막 말을 내놓았다.

"왜 네 자리를 대체할 수 있는 사람이 있는 것처럼 굴어? 내가 그럼, 솔직한 사람이라면 아무나 상관없다고 손을 붙잡고 친구를 하고 싶다고 말할 것 같아? 난 다른 누구도 아니고 너에게 친구가 되어 달라고 말했어. 네가 도플갱어라도 있지 않는 한은, 세상에서 유일한 사람일 거 아냐?"

"……."

"정말, 나도 많이 숙이고 들어가는 건데. 나랑 친구가 되고 싶은 마음은 없는 거야?"

그렇게 말하며 이루다가 조금 쓰게 웃었을 때, 그제야 비로소 굳어 있던 내 머리에 어떠한 깨달음이 찾아왔다. 영화 배역 캐스팅, 세상에서 유일한 사람. 나는, 지금까지 대체 어떠한 생각을 가지고 이들을 대해 왔던 걸까.

나는 지금까지 단순하게 이렇게만 믿어 오고 있었다. 나 자신이 무언가 조건이 충족되어 반여령의 소꿉친구, 사대천왕의 친구, 이러한 역할을 맡고 있을 뿐이라고. 누군가의 의지에 의해 다른 사람이 내 자리를 대신 차지할 수도 있는 일이라고, 그저 그렇게만 생각하고 있었다.

이 세상은 내게 너무나 잘 짜여 돌아가는 한 편의 연극처럼 보였으니까, 내가 그렇게 생각한 것이 이상하지는 않다. 그러나 내 눈앞의 이루다가 나에게 말하고 있었다.

친구가 된다는 것은 영화의 배역을 정하는 것이 아니라고. 그냥, 다른 누구도 아닌 내가 좋을 뿐이라고.

그 말을 듣는 순간 갑자기 마음 한구석에서 안도감 같은 것이 치고 올라왔다.

따뜻하고 뭉클한 느낌. 아마도 이루다가 이런 느낌을 받지 않았을까 싶었다.

어느 누구도, 이런 식으로 말해 준 적은 없었다. 왜냐하면 일부러 티 내지 않았으니까. 내가 언제든지 대체될 수 있는 존재라고 생각한다는 것을, 그들에게는 한 번도 말하지 않았으니까.

갑자기 눈물이 날 것 같았다. 나는 눈물을 참으려고 고개를 숙였다. 그런데 이루다가 그것을 오해했는지, 그녀가 손을 내밀어 내 턱을 들어 올리려고 했다. 나는 다만 그녀의 손을 두 손으로 꾸욱 붙들었다. 내가 말했다.

"이루다."

"어, 어?"

아까와는 달리 반대와의 상황이 되어 버린 것이 당황스러운지, 이루다의 목소리는 심하게 떨리고 있었다. 나는 눈물이 나지 않는다는 것을 확인하고 나서야 고개를 들었다. 그리고 그녀의 새파랗고 영롱한 눈을 보면서 말했다.

"너 진짜 되게 멋진 여…… 아니, 놈이다."

"그, 그래?"

그녀의 얼굴이 아까보다도 더욱 홧홧하게 달아올랐다. 그럼, 물론이지. 내가 고개를 끄덕이며 그녀의 손을 더욱 꾹 쥐는데, 뒤에서 김혜우가 내 뒤를 지나가면서 들릴 듯 말 듯한 목소리로 중얼거렸다.

"외국에서 온 누구는 심장 질환 조심하셔야겠네."

"그러네."

김혜힐까지 그렇게 툭 내뱉다니, 내가 당황해서 뒤를 돌아보는데 이루다가 자신의 손을 슬그머니 잡아 빼었다. 그리고 그녀는 손을 들어 얼굴을 식히는 듯 부채질을 했다.

확실히 그녀와 나의 행동이 다른 사람의 오해를 살 만 하기는 했다. 그러나 우리 둘 다 여자인데 무슨 일이야 있겠는가, 나는 그렇게 중얼거리며 다음 수업에 필요한 교과서를 꺼냈다.

채 점심시간이 5분이 남지 않은 시점에 갑자기 담임 선생님이 교실로 들어오셨다. 그리고 그는 탁상 위에 무언가를 신경질적으로 탁, 내던지고는 다시 교실을 나가 버렸다.

뭐, 뭐야? 심지어는 교실 뒤편에서 한창 떠들던 몇몇 이들은 선생님이 왔다 간 줄도 눈치채지 못한 것 같았다.

신서현의 소망을 무참히 짓밟고, 얼마 전 반장 선거에서 선출된 윤정인이 앞으로 걸어가서 탁상 위의 종이 뭉치를 집어 들었다. 아, 잠깐, 불안한데. 내가 눈썹을 찡그리는데, 윤정인이 뒤를 돌아보며 말했다.

"아, 이거 그거다. 우리 학교에 수능 채점 기계 있는 거 알지? 그래서 우리 학교에서 먼저 모의고사 채점해서 점수 매긴다던데, 이거 그거다. 번호별로 부를 테니까 나와서 가져가."

아, 씨, 무슨 시험 본 지 하루도 안 돼서 점수가 다 나오나. 몇몇 아이들이 죽을상이 되어 투덜거렸다. 나 역시 표정이 그리 좋지 못한 것은 마찬가지였다.

솔직히 말해서 반 배치고사나 열심히 공부했지, 고등학교 모의고사는 제대로 공부하지 않았다. 더군다나 반여령과 사대천왕이 놀러 다니는 데라면 어디든 같이 다녔는데, 나는 그들과는 달리 천재가 아니잖은가?

거의 끝에 가서야 내 번호가 나와서, 쿵쾅거리는 심정으로 그것을 받아 드는데 옆에 앉은 이루다의 성적표를 누군가 뺏어 들었다. 나는 흠칫 놀라서 그를 돌아보았다.

평소에 이루다와 친하게 지내는 남자아이였다. 그는 신난 모양으로 중얼거렸다.

"이루다, 어디 보자. 외국어는 당근 100점이겠지?"

"뭐야."

이루다가 어이없다는 듯 웃으며 성적표를 뺏으려고 했다. 바로 그때, 남자아이의 눈이 커졌다. 그는 어이없다는 듯 이루다를 보면서 외쳤다.

"야, 이루다! 거의 올백인데? 이 새끼 언어도 졸라 잘해!"

"아, 왜 말 하냐. 왜."

그렇게 말하며 자리에서 일어난 이루다가 남자아이의 머리에 헤드록을 걸었다. 그러거나 말거나 남자아이는 특종이라도 났다는 양 사방팔방을 보며 외쳐 댔다. 이루다 거의 올백이야! 대박!

내가 그 모습을 황망하게 바라보는데, 복도에서 무어라 떠드는 소리가 났다. 성적표가 배부된 것은 우리 반만이 아니었던 모양인지, 곧 한 남자아이가 머리카락을 휘날리며 우리 반으로 뛰어들었다.

윤정인과 아는 사이인지 그는 고개를 휘휘 내젓다가 교실 안으로 성큼성큼 거침없이 걸어 들어왔다. 그러고는 윤정인의 어깨를 붙들고는 외치다시피 말했다.

"야, 우리 반에 모의고사 올백 있어!"

"무, 뭐?"

남자아이의 목소리가 하도 커서, 그의 말을 들은 것은 비단 윤정인뿐만이 아니었다. 우리 반 모두가 황당해져서 그를 주시하고 있었다.

그리고 나는 다만, 말없이 고개를 슬그머니 숙였다. 그가 말하는 '올백'이 누구인지 잘 알 것 같아서였다. 누구겠는가?

"반여령 있잖아! 진짜, 졸라 예쁜 애. 걔가 이번에 모의고사 올백이래!"

"헐."

"신몰빵 쩌네."

아이들이 어이없다는 얼굴로 그렇게 말하는 것을 듣다가 나는 슬그머니 고개를 돌려 버렸다.

이루다 역시 아주 황당하다는 듯한 얼굴을 하고 있었다. 그러다가 그녀는 나를 돌아보며 다시금 조그맣게 속삭였다.

"진짜 피곤하겠다."

"익숙해."

나는 그렇게 말하며 눈썹을 찡그렸다. 그렇다, 반여령과 사대천왕이 돌아 버리게 잘난 것 따위 나에게는 이미 익숙한 일이었다. 성적표를 슬그머니 내려다보다가, 나는 100으로 가득할 반여령의 성적표를 떠올리고는 기분이 상해서 가방에 집어넣어 버렸다.

내 친구가 공부를 잘하는 것이 싫은 것은 아니었다. 오히려 내 친구니까 그녀가 잘하면 나도 기분이 좋았다. 그러나 그것과는 별개로, 그녀가 내 옆집에 살고 있고 부모님끼리도 친한 사이라는 것은 별로 유쾌한 일이 아니었다.

나는 관자놀이를 검지로 꾹꾹 누르며 창밖을 바라보았

다. 아직 해가 지기까지는 많은 시간이 남아 있었다. 아마도, 오늘 집에 가서 나는 털릴 것 같다는 예감이 들었다.

참으로 신기한 일이었다. 요 며칠간 내가 기분이 좋지 않았던 원인, 이루다가 이제는 기분이 좋은 이유가 되고 있으니. 이루다와 기분 좋게 헤어지려는데 또 교문 쪽이 떠들썩하다 싶었다.

아마 지금쯤 교문 앞에는 또 그 새카만 리무진이 즐비하게 들어서 있을 것이고, 검은 양복을 입은 아저씨들이 곧 운동장을 가로질러 다가올 것이었다.

이루다는 창문 아래를 내려다보며 거리를 가늠하는 듯하다가, 나와 눈이 마주치자 머쓱한 듯 웃어 보였다. 그리고 그녀는 휙 뛰어내리며 인사처럼 말했다.

"내일 봐!"

"응! 잘 가!"

이루다는 이제 나와 말할 때는 목소리를 한층 낮추고는 했는데, 그녀의 말소리를 듣고 있자면 정말로 소년 같은 느낌이 들 때도 있었다.

운동장을 가로질러 사라지는 번쩍이는 금색 머리카락을 보다가 기지개를 한 번 켜고는 교실을 나서려는데, 교실 앞에 누군가 기대어 서 있는 것이 보였다.

허리께까지 떨어지는 윤기 나는 흑발은 익숙한 것이라,

나는 대번에 그녀의 이름을 불렀다.

"반여령, 왔어?"

"응."

"가자."

나는 가방을 어깨에 걸치고는 교실 앞으로 나왔다. 그런데, 정면으로 보게 된 반여령의 표정이 조금 이상했다. 올백을 맞았으면 표정이 좋을 법도 한데, 그녀의 눈가에는 어두운 그림자가 드리워 있었다.

뭐야, 무슨 말을 들었나? 나는 그렇게 생각했다.

반여령은 얼굴도 예쁘고, 공부를 비롯해서 못하는 게 없다는 이유로 재수 없다는 뒷말을 몇 번 들은 적이 있었다. 대표적으로 중학교 1학년 때의 백여민이 그러한 경우였다. 다들 반여령의 앞에서는 얼굴에 웃음이 가득해서, 생각하면 생각할수록 참 어이가 없는 노릇이지만 그런 사람들은 어디에나 있었다.

반여령의 기운을 북돋워 주려고, 나는 그녀의 손을 슬쩍 잡으며 물었다.

"왜? 무슨 일 있어?"

"……."

내 앞에서는 숨기는 것이 없는 그녀이니, 금방 대답해 주겠거니 했는데 그것이 아니었다. 그녀는 선홍색이 도는 입술을 꾹 깨물고는 고개를 내젓더니, 나보다 앞서 성큼성큼 걸음을 옮기기 시작했다.

뭐, 뭐야? 나는 당황해서 빠른 걸음으로 그녀의 뒤를 쫓았다. 반여령의 새카만 머리카락은 그녀의 걸음에 맞추어 작게 흔들렸다.

그러다가 그녀가 갑자기 뚝 걸음을 멈추었다. 나는 하마터면 계단에서 그녀의 위로 넘어질 뻔했다. 나를 돌아보는 반여령의 새카만 눈에는 물기가 가득했다. 내가 어리둥절해서 보는데, 그녀가 말했다.

"우리, 지금까지 한 번도 다른 반이었던 적 없었잖아."

"으, 응?"

그랬나? 내가 이 세상에 온 것은 14살 때의 일이었으므로, 초등학교 때의 일에 대해서는 확신할 수 없었다.

반여령은 입술을 다시금 꾹 깨물었다. 나는 문득, 그것이 그녀가 울음을 참을 때 으레 하던 행동이라는 것을 알아차렸다. 그녀가 떨리는 목소리로 말을 이었다.

"난, 난 그냥."

"응."

"아, 역시 말 안 할래."

뭐야, 잔뜩 뜸 들여 놓고. 내가 황당해서 그녀를 보는데 그녀는 부끄러운 듯 귀 끝까지 벌게져서는 빠르게 계단을 내려갔다. 그렇게 빨리 계단을 밟아 내려가면서도 동작에는 한 치의 흐트러짐도 없는 것이, 그녀의 운동신경이 얼마나 좋은지를 알 수 있었다. 퍽이나 쓸모없는 운동신경이다. 나는 그렇게 생각하고는 웃으며 반여령의 뒤를 따라 걸어갔다.

옅은 황토색 운동장 위로 황혼이 짙게 깔려 있었다. 그 위를 삼삼오오 무리 지은 학생들이 느리게 가로질러 갔다.

신발장 앞에 선 반여령은 나를 보며 여전히 불퉁한 얼굴을 하고 있었다. 결국 내가 참지 못하고 묻고 말았다.

"왜, 뭔데?"

"어리광 부리는 것 같아서…… 말 안 할래."

"……."

나는 조금 당황해서 반여령을 올려다보았다. 예쁘고, 못하는 게 없는 반여령에게도 이런 면이 있구나 싶어서. 사실은 많이 놀랐다. 오늘은 사람에게서 의외의 면모만 보는 날인가, 싶었다.

내가 며칠 전 핸드폰을 끌어안고 생각했던 것, 이들에게 돌아서지 않겠다고 약속해 달라는 것은 결국 나의 어리광이라서 말하지 않았다. 그런 것은 나 스스로 견뎌 내야 하는 문제라고 생각했었다.

이들은 나에게 어리광 부리고 싶은 순간 같은 것은 없을 테니까. 그런데 모든 것을 다 가진 반여령조차 내 앞에서는 이렇게 한없이 연약한 얼굴을 내보였다.

나는 조금 머뭇거리다가, 반여령을 향해 오랜만에 웃어 보였다. 그리고 말했다.

"듣고 싶어. 말해 줘."

"아냐……."

"즐거울 때만 같이 웃으려고 네 옆에 있는 거 아냐."

어리광 부리는 것이 될까 봐, 차마 꺼내지 못한 말을 마음 한편에 품고 지새우던 괴롭던 밤. 그것을 반여령도 겪게 하고 싶지 않았다.

반여령은 눈을 조금 크게 뜨더니, 갑자기 성큼 내 목에 매달렸다. 그녀는 그렇게 내 목을 끌어안다시피 하고는 외쳤다.

"네가 남친 생기는 거 싫어!"

"……?"

뭐야, 이 획기적인 개소리는.

내가 반여령에게 목을 끌어안긴 채, 한쪽 눈썹만 추켜올리자 내 표정을 보고 있던 반여령이 다시금 외쳤다.

"단이 네가 남친 생기면 우리랑 노는 시간도 적어지고, 또, 아, 문자 답장도 잘 안 해 주고 그럴 거 아냐!"

"아직 안 사귀어 봤는데 그럴지 어떨지 어떻게 알아?"

"아, 그래도."

"야, 그리고 너 나를 너무 나쁜 인간으로 보는 거 아냐? 내가 남친 생긴다고 친구 다 버리고 갈 것 같아?"

내가 그렇게 말하자, 그제야 반여령은 평소의 얼굴로 돌아와서는 헤헤 웃으며 내 옆에 붙어서 걷기 시작했다. 노을을 받은 반여령의 얼굴은 붉게 타고 있었다. 그녀가 말했다.

"몰라. 그리고 염색한 사람은 진짜 안 돼."

이루다를 염두에 두고 하는 말인 듯했다. 어이가 없어서, 이참에 사대천왕의 머리카락과 눈동자에 대해서는 어떻게 생각하느냐 물을 참이었는데 갑자기 누군가 뒤에서 다가와 내 팔을 덥석 쥐었다.

화들짝 놀라서 뒤를 돌아보기도 전에 반여령의 어이없다는 듯한 목소리가 들렸다.

"은지호, 너 무슨 귀신 놀이 해? 그렇게 말도 없이 나타날 건 뭐야?"

"야, 반여령, 너 조용히 하고 이리 와. 뒷문으로 가자."

"뭐? 왜?"

반여령의 물음을 뒤로하고 은지호는 나와 반여령을 신속하게 잡아끌었다. 마치 정문에 우리가 알아서는 안 되는 무언가라도 있다는 듯한 태도였다. 문득 무언가에 생각이 미친 내가 은지호에게 말했다.

"아, 맞다. 너 나 차로 태워 주는 것 때문에 그래?"

"결과적으로는 같이 차를 타고 갈 거긴 한데, 그런 거 아니거든? 속 편한 소리 하고 있네."

"뭔데?"

은지호의 대답에 반여령이 다시금 물어 왔다. 몇 분 걷지 않아 뒷문 앞에 선 새카만 차에 도착하자, 은지호는 주변

학생들이 우리를 향해 호기심 어린 시선을 던지는 것도 아랑곳하지 않고 뒷문을 열어 주며 턱짓을 했다.

빨리 타라는 듯 재촉하는 게 눈에 보여서, 나와 반여령이 들어가 앉자 은지호가 바로 뒤따라 타고는 뒷문을 탁 소리 나게 닫았다. 그리고 그가 운전석을 보고는 말했다.

"아저씨, 성삼 아파트로 가 주세요."

"네, 도련님."

오, 도련님이래. 이제까지 한 번도 은지호의 차를 얻어 타지 않은 것은 아니지만, 도련님이라는 호칭이 제법 새로웠다. 내가 은지호를 보는데 반여령이 옆에서 중얼거렸다.

"은지호 박력 쩔어서 네가 운전하는 줄 알았는데."

"뭐?"

"아니, 영화에서 보면 꼭 어디 탈출할 때 '타, 타' 하고 나서 운전대 붙잡고 파워 후진하잖아. 안 그래?"

그렇게 말하며 여령이가 나를 돌아보는데, 나는 대답할 말이 없어 그저 어깨를 으쓱하고는 문득 이 상황이 웃겨서 웃음을 터트렸다. 옆에서 은지호가 황망한 듯 중얼거렸다.

"세상에, 내가 이런 또라이한테 지다니."

"졌냐?"

내가 묻자 은지호는 눈썹을 슬쩍 찡그리더니 대답했다.

"어, 아, 또 두 문제 차이. 반여령 잘하기는 잘해."

"됐고, 둘 다 재수 없으니까 입 다물라."

"어, 그래."

입 다물라는 말에도 전혀 기분이 상하지 않은 듯, 은지호는 어깨를 으쓱하고는 갑자기 무언가를 깨달은 듯 표정이 변했다.

아, 그러고 보니 아직 우리를 끌고 온 이유에 대해 듣지 못하기는 했었다. 내가 어리둥절해서 그를 보는데, 은지호가 진지한 얼굴로 말했다.

"야, 반여령, 너 조심해라."

"왜?"

"황시우인가? 그 녀석이 똘마니들 다 데리고 아까 정문에 포진해 있다더라. 은형이랑 유천영한테 문자 와서 알았다. 우주인도 문자 보고 눈치껏 잘 빠져나간 모양이고."

"문자? 전화로 안 하고?"

"주변이 하도 시끄러워서 전화를 해도 못 알아들을 것 같다더라."

그렇게 말하고 은지호가 핸드폰을 보여 주었다. 과연, 은형이답지 않게 문자가 마구 흐트러져 있었다. 그래도 전달하려는 내용은 대강 읽을 수 있었다.

보낸 사람 : 무서운권은형
여령이랑 단이 정문쪽으로 ㅁ·ㅗㅅ 오게해

나는 문자를 읽다 말고 어리둥절해서 물었다.

"야, 근데 왜 무서운 권은형이야?"

"너는 모르는 게 있어. 아, 권은형이랑 유천영이라면 걱정 마라. 어차피 걱정 안 하겠지만."

"어, 안 한다."

나는 그렇게 말하고는 좌석에 바로 앉았다. 일당백이란 바로 권은형을 두고 하는 말이었으니까. 나는 그다음으로 우주인의, 은형이와 다를 것 없는 문자 내용을 확인하고는 소파에 앉았다. 반여령이 옆에서 의아한 듯 물었다.

"그래서, 얘가 지금 뭘 어떻게 하겠다는 건데? 천영이랑 은형이한테 싸움 건 거 보면 우리 중에 누군가한테 목적이 있다는 건데."

"그걸 몰라서. 네가 자기 고백을 거절해서 마음이 상한 건지, 아니면 그때 우리가 건방지게 굴어서 우리를 혼내겠다는 건지. 목적이 너인지, 우리인지 둘 다인지 모르겠으니까 일단은 조심해라. 함단이, 너는……."

은지호가 나를 보며 말끝을 흐렸다. 나 뭐, 내가 시큰둥하게 어깨를 으쓱하자 은지호는 한숨을 푹 내쉬더니 말했다.

"일단 조심하기는 해라. 네가 제일 눈에 안 띄게 행동하기는 했는데, 사람 일이 어떻게 될지 모르는 거라잖냐. 가급적이면 반여령이랑도 따로 하교하는 게 좋을 거다."

"그래."

"너 진지하게 듣고 있냐?"

아니, 솔직히 말해서, 얘네는 학교에서도 첩보물을 찍을 수 있구나 싶을 뿐이었다. 그러나 그렇게 말하지는 않고 다만 고개를 끄덕이는데, 은지호는 역시나 내 생각을 읽었는지 내 이마를 한 대 툭 쳤다.

아 씨, 나는 퍼뜩 고개를 들었다. 그런데 나를 향하는 은지호의 눈이 뜻밖에도 진지했다. 새카만 눈으로 나를 보다가, 그가 한숨 섞인 목소리로 말했다.

"좀 조심해라. 진짜, 부탁이다."

"아, 알았어."

"그래."

그리고 그는 머쓱한 듯 눈처럼 새하얀 머리카락을 한 번 쓸어 넘기고는 창밖을 바라보았다. 새카맣게 선팅이 되어서 보이는 것이라고는 회색 풍경뿐이건만, 뭐가 볼 게 있다고 그는 집에 가는 내내 창밖만 바라보고 앉아 있었다.

그의 뒤통수를 바라보다가 나는 자그맣게 웃었다. 그래, 이루다의 말이 정말로 맞을지도 모른다는 생각이 들었다. 대체 불가능한 소중한 존재, 이들에게 있어서 내가 그런 존재일지도 모른다는 생각이 들었다.

환하게 웃는 얼굴로 은지호를 배웅하고 돌아서는데, 반여령이 내 뒤에서 불만스러운 모양으로 속삭였다.

"단아."

"어?"

"생각해 봤는데, 금발도 안 되고 은발도 안 돼."

"……."

은발인 시점에서 은지호는 네 남자거든. 나는 반여령을 향해 짜게 식은 눈빛을 보내고는 집으로 성큼성큼 걸어 들어가 문을 닫아 버렸다. 내일은 수업이 없는 토요일이니까, 걱정할 것이 뭐 있겠냐 싶었다.

* * *

집에서는 내가 예상했던 것 그대로의 일이 벌어졌다. 왜, 있잖은가. 아무리 옆집 반여령네 부모님이랑 친한 사이라고는 하지만, 부모님들 사이에는 일반적으로 경쟁 심리라는 것이 존재하기 마련이다. 특히 모의고사라는 잔인할 정도로 객관적인 학력 평가제도 아래서는 더욱더.

그래서 내가 어제 어떻게 되었느냐고? 말했잖은가, 내가 예상했던 그대로의 일이었다고. 개 털렸다. 골프채나 매 따위로 두들겨 맞았다는 것이 아니라, 언어 폭력적인 의미에서였다.

저녁, 밥상에는 싸늘한 침묵이 맴돌았다. 나는 숟가락으로 밥을 깨작거리면서, 제발 누가 이 식탁 구석에 훤하게 펼쳐진 채로 나뒹굴고 있는 내 성적표를 치워 주었으면 하고 간

절히 소망했다. 도저히 밥이 목구멍으로 넘어가지 않았다.

어머니는 입가에 의례적인 미소를 띠고는 있었지만 말이 없었다. 아버지는 평소와 같이 먹성 좋게 밥을 퍼 드시다 말고, 나뒹굴고 있는 종이를 향해 시선을 한 번 던지고는 고개를 돌리면서 이렇게 중얼거렸다.

"아따, 내가 저 돌대가리를 어쩌믄 쓰까."

마음이 상한 나는 울상이 되어서 반찬도 없이 맨밥만 퍼먹었다. 아버지의 중얼거림은 점점 표현이 풍성해지고 있었다. 돌대가리, 멍충이, 왜 똑같이 공부했는데 애는 이 모양일까.

그러나 나는 내가 공부를 그리 못하는 편은 아니라고 생각했다.

내 언수외 합은 300점 만점에 264점으로, 전교권에서 보았을 때 그리 나쁘지는 않은 수준이었다. 내가 모의고사 선행학습을 제대로 하지 않은 것을 생각하면 더더욱 그랬다. 그런데 우리 아버지와 어머니는, 옆집의 반여령이 올백을 맞았다는 사실에 내 성적표가 일반적이라는 사실도 잊어버린 것 같았다.

도저히 밥이 넘어가질 않아서 잘 먹었다는 소리도 없이 와락 자리에서 일어난 나는 방문을 쾅 닫아 버렸다. 그러나 곧, 아버지의 '뭘 잘했다고 문을 닫아, 문을!' 소리에 금세 쭈그러들어서는 힘없이 방문을 열고야 말았다. 아, 자식 이기는 부모 없다는 것도 다 옛말이었다.

식사하는 내내 웃는 얼굴로 말이 없으시던 우리 어머니는, 밤에 슈퍼를 다녀오신 아버지가 검은 비닐봉지에서 술병 몇 개를 주섬주섬 꺼내는 것을 시작으로 2라운드에 돌입하셨다.

　그날 저녁, 우리는 식사를 하면 으레 그러하듯 거실에 모여앉아 텔레비전을 보았다. 텔레비전에서는 새카만 양복을 단정하게 차려입은 남자가 어떠한 첨단 장비도 없이, 권총 한 개만을 들고 적진을 누비는 복고풍의 액션 영화를 상영 중이었다.

　별 눈요깃거리는 없었으나 남자 배우의 연기만은 일품이라서, 멍하니 그것을 바라보고 있는데 어머니가 술잔을 탁소리 나게 내려놓으셨다. 맙소사, 나는 그때 방 안으로 냉큼 도망쳤어야만 했다.

　어머니는 나를 돌아보고는 더없이 침울한 눈을 하셨다. 금방이라도 눈물을 터트릴 듯했다. 그러다가 그녀가 말했다.

　"단이를, 어쩌면 좋을까……."

　"……."

　"단아, 공부 열심히 해야 해. 요즘 세상이, 우리가 살던 때랑 세상이 많이 달라. 저기 밖에 애들 봐, 너희 반에서 학원 안 다니는 애 없지?"

　"아, 엄마."

　"단아, 좀 들어 봐. 엄마 지금 진지한 얘기 하고 있어."

진지한 얘기라는 것은 알고 있었지만, 엄마가 그런 이야기를 하는 이유가 내가 반여령보다 눈에 띄게 점수가 낮기 때문이라는 것을 나는 잘 알고 있었다. 오히려 과외 하나 받지 않은 것치고는 나는 제법 높은 점수를 받지 않았던가. 그러나 어머니가 저렇게 말씀하시는데 듣지 않고는 도리가 없었다. 더군다나 소파에 앉아 계신 아버지에게서 어디서 어른이 말하는데 도망가느냐는 서슬 퍼런 호통이 날아올 것이 분명했다.

그렇게 어머니는 나에게 '성적을 잘 받으면 인생에 있어 유리한 점'을 주제로 30분짜리 강의를 펼치셨고, 그사이에 영화 하나가 끝났다.

다음으로 흘러나온 것은 내가 좋아하는 트랜스포머 시리즈였는데, 트랜스포머가 시작되는 바로 그 순간 어머니의 2차 강연이 시작되었다. 1회와 똑같은 내용의 강연이었다. 앉아서 듣고 있는 나에게는 토씨 하나 틀린 것이 없는 것처럼 느껴져서, 상황이 그쯤 되자 나를 괴롭히는 것은 어머니의 강연이 아니라 내 내면의 목소리였다.

내가 그렇게 시험을 못 봤나. 아닌데, 나도 나름대로 잘한다고 한 건데. 나도 공부를 안 한 건 아닌데, 내가 반여령보다 공부를 더 하면 더 했지 덜 하지는 않았을 건데.

그리고 마침내 어머니에게서 세 번째 강연이 시작될 즈음, 나는 참지 못하고 자리를 박차고 나왔다.

                          *   *   *

"허엉, 엄마 미워, 으어엉…….."

 엄마가 내가 공부하는 모습을 제대로 지켜보셨다면 내게
저런 말씀은 안 하실 텐데, 이대로라면 반여령이 옆집에 사
는 한 나는 평생 인정받지 못할 거야, 이불을 뒤집어쓰고 서
럽게 울나가 나는 핸드폰 자판을 꾹꾹 눌러 문자를 보냈다.

 이런 일이 있고는 할 때 속마음을 털어놓기 제일 편한 상
대는 다른 누구도 아닌 은지호였다.

 받는 사람 : 은지랄호

 ㅠㅠㅠㅠㅠㅠㅠ

 역시 머리가 잘 돌아가는 은지호답게, 채 몇 분도 지나지
않아 이런 답장이 왔다.

 보낸 사람 : 은지랄호
 뭔데ㅋㅋ 또 혼남?

 받는 사람 : 은지랄호
 ㅇ,,,,

여기 점쟁이가 그렇게 용하다면서요? 예언가세요? 〈189〉

하, 나는 문자를 보내고는 베개에 머리를 퍽퍽 박았다. 이러고도 스트레스가 풀리기는커녕 더욱 쌓여만 갈 뿐이었다. 문 밖에서 지금도 술잔을 기울이고 계실 어머니와 아버지를 생각하니 더더욱 머리가 지끈거렸다.

왜, 왜 나라고 시험을 잘 보고 싶지 않겠는가. 대표적인 사기캐, 반여령과 은지호를 옆에서 보면서 아무리 노력해도 머리를 타고난 사람은 따라갈 수 없다는 것을 실감한 것이 삼 년이었다.

엄마랑 아빠는 모르니까 나한테 이런 소리를 할 수 있는 거야. 부모님이 나를 생각해서 하는 말씀이라는 것을 아는데도 그저 한없이 서럽고, 눈물만 났다.

눈물에 뿌옇게 흐려진 시야로 핸드폰 액정을 노려보는데, 그 위로 문자 메시지 이모티콘이 흰색으로 번쩍였다. 은지호겠거니, 하고 폴더를 열어 본 나는 곧바로 얼굴을 딱딱하게 굳혔다. 은지호에게서 온 것은 MMS 사진 문자였다.

보낸 사람 : 은지랄호
이미지 : 아프니까 청춘이다.jpg

산뜻한 하늘색 위로 '아프니까 청춘이다' 하고 근사하게 새겨진 글귀를 보고 나는 얼굴을 찡그렸다. 어딘가의 유명

한 교수가 쓴 책으로 이 달의 베스트셀러로 선정되었다고
들은 것도 같았다.

　아프니까 청춘이라고? 나는 곧바로 손가락을 움직여 답
장을 보냈다.

　받는 사람 : 은지랄호
　야이 개새야.

　보낸 사람 : 은지랄호
　이미지 : 천 번을 흔들려야 어른이 된다.jpg

　받는 사람 : 은지랄호
　——

　보낸 사람 : 은지랄호
　ㅋㄱㅋㄱㅋㅋㅋㅋㅋㄱㅋㅋㅋ

　나는 하마터면 핸드폰을 부러트릴 뻔했다. 하기는 전 과
목에서 고작 두 문제를 틀린 위인이시니, 내 상황이 웃길
법도 했다.

　아, 그놈의 인터넷 소설 주인공 보정! 보정!

　나한테나 주지, 왜 하필이면 이런 얄미운 녀석한테!

화가 나서 베개를 두들기다가 나는 손가락을 꾹꾹 눌러 다른 사람에게 문자를 보냈다.

받는 사람 : 반여랭
자?

몇 초도 안 되어 답장이 돌아왔다.

보낸 사람 : 반여랭
아ㄴ

'아니'겠지. 반여령은 은근히 소설 여주인공답지 않게 성격이 급했다. 문자를 보내는 것만 해도 평소에는 오타가 많은 것이, 오타가 많아도 뜻만 전달되면 된다는 주의인 것 같았다.
나는 곧바로 자판을 두드려 답장을 보냈다.

받는 사람 : 반여랭
나 너네집 가고싶어……

보낸 사람 : 반여랭
오ㅏ

'와'인가 왜인가 궁금했지만 '왜'였다면 적어도 이 뒤에 물음표 하나쯤은 붙여 주었을 것이라고 생각했다.

뒤통수를 긁적인 나는 고개를 숙여 내 차림을 확인했다. 목이 약간 늘어난, 노란 헬멧을 쓴 스누피가 그려진 남색 긴팔에 아래는 진한 파란색 아디다스 추리닝. 옆으로 난 줄무늬가 붉은색이라서 조금 눈에 띄기는 했으나 옆집에 놀러 가는 데 이보다 편한 복장은 없을 듯했다.

내가 방문을 휙 열고 나오자 거실에서 술잔을 기울이던 아빠, 엄마가 나를 놀란 듯한 눈으로 보았다.

나는 퉁퉁 부은 눈을 가리려 눈도 마주치지 않고는 말했다.

"나 옆집 잠깐."

"얼른 와라."

반여령을 보러 감을 짐작하셨는지, 엄마는 그렇게 말했고 아빠는 아예 말이 없었다. 아빠가 아직도 심기가 불편해 보임을 확인한 나는 슬그머니 슬리퍼를 신고는 발을 질질 끌며 문을 나섰다.

아파트 난간 아래로 보이는 야경이 찬란했다. 사거리에 들어선 이마트, 그 아래를 분주히 오가는 새카만 인영들을 보다가 콧날이 시큰해서 손으로 문지르고는 옆집 문을 두드렸다.

내가 원하는 것은 조심스럽게 반여령의 방에 들어가는 것이었기에, 눈에 띄지 않도록 조심스럽게 몇 번 문을 두드리는데 채 네 번도 두드리지 않아 문이 벌컥 열렸다. 그리고 그 사이로 드러난, 주황색 현관 불빛을 받은 얼굴을 보고 나는 그대로 굳어 버리고 말았다.

"여, 여단…… 오빠."

"아."

나는 최대한 아래를 보지 않고자 노력했으나, 여단 오빠는 키가 180센티미터를 막 넘어 있었으므로 나와 20센티도 약간 넘게 차이가 났다. 그 결과 나는 부러 고개를 숙이지 않아도 오빠의 판판한 가슴을 볼 수밖에 없었다.

아, 아니. 제발, 나는 나도 모르게 슬그머니 눈을 가리며 중학교 때의 일을 떠올렸다.

작년 중3 여름, 반여령네 집의 거실에서 늘어지게 자고 있던 나는 화장실 쪽에서 인기척이 들리자 서서히 몸을 일으켰다. 세수를 하고 나온 반여령이겠거니 했는데 웬걸, 화장실에서 튀어나온 것은 목에 새하얀 수건을 걸친 여단 오빠였다.

물기를 머금어 더욱 촉촉한 속눈썹, 선명한 눈매, 정교한 턱선과 그 아래로 이어지는 탄탄한 목덜미, 그리고 무엇보다도 내 시선을 사로잡은 것은 배 가운데에 선명하게 자리 잡은 복근이었다.

사실 내가 알기로는 여단 오빠는 의외로 게을러서 몸을 움직이는 것을 그다지 좋아하지 않았다. 그런데도 체대생이라고 해도 믿을 만큼 저 탄탄한 복근이라니, 장담하건대 나는 변태가 아니었지만 그 몸매에는 불가항력이었다.

여단 오빠의 섹시함을 이기지 못하고 그 자리에서 그대로 기절한 나는, 후에 여단 오빠가 내 앞에서는 유독 몸가짐을 조심하는 것을 보고 나서야 뒷이야기를 들을 수 있었다. 기절한 나를 붙들고 엉엉 울던 반여령이 여단 오빠를 보고는, 단이가 오빠 때문에 죽은 거라면 용서하지 않겠다고 비통하게 외쳤다는 것이었다.

세상에서 의미 있는 여자라고는 여령이밖에 없는 여단 오빠가 얼마나 큰 충격을 받았을지는 불 보듯 뻔했다. 그래서 그 사건이 있은 이후로 내가 여단 오빠의 벗은 상체를 보는 것은 처음 있는 일이었다.

중학교 3학년 때의 사건을 기억해 냈는지, 나를 마주 보는 여단 오빠의 무표정하던 얼굴이 서서히 굳어졌다. 그를 망연히 올려다보던, 아니, 정확히는 그의 손대면 베일 듯한 콧날과 잘 뻗은 목덜미를 보던 나는 생각했다.

옛날의 나는 대체 이 좋은 것을 놔두고 왜 기절을 했을까, 그리고 나는 필사적으로 눈을 부릅떴다. 나는 기절하지 않는다, 아무리 여단 오빠가 섹시하더라도 기절하지 않는다!

그렇게 속으로 되뇌고 있는데, 갑자기 여단 오빠가 새하얀 손을 내뻗었다. 그가 당장 뒤돌아 방으로 달려 나가 티

셔츠부터 챙겨 입을 것이라고 생각했기에, 그의 행동은 전혀 의외의 것이었다.

뭐, 뭐야? 내가 눈을 깜빡이는데 얼어 있던 내 뺨에 그의 미지근한 손가락이 닿았다. 그리고 그는, 내 코 아래를 천천히 매만지더니 중얼거렸다.

"단아."

"으, 응?"

"많이 피곤한가 보다."

그의 말을 듣고 나서야 나는 내 코에서 뜨뜻한 액체가 흘러나오는 것을 알아차렸다. 왜, 왜 이 타이밍에. 나는 당황해서 뒤로 물러나며 코를 훔쳤다. 아, 이래서는 내가 완전히 변태인 것 같잖아. 아니, 물론 내가 여단 오빠의 복근을 보면서 변태 같은 생각을 하지 않은 것은 아니지만…….

다행히도 여단 오빠는 내 코피가 자신의 섹시함에서 기인한 것이라고는 전혀 생각하지 않는 것 같았다. 며칠 만에 보는 여단 오빠는 여전히, 어느 화가라도 기꺼이 그리겠다고 나설 만큼 잘생긴 얼굴에 바위처럼 담담한 눈을 하고 있었다.

그가 현관을 활짝 열어 나를 집 안으로 들어오도록 하는데, 뒤에서 반여령 특유의 높은 목소리가 날아왔다.

고개를 들고 보니 반여령은 웃통을 벗고 있는 그녀의 오빠를 보고는 비명을 지르고 있었다. 누가 보면 여단 오빠

가 반여령의 친오빠가 아니라 강도라도 된다고 오해할 만
한 모양새였다.

곧 표정을 추스른 그녀가 비명 섞인 목소리로 외쳤다.

"오빠아아악! 내가 단이 앞에서는 벗지 말라고 했잖아!"

"네가 단이 온다고 안 했잖아. 봐, 기절 안 했어."

"단이 코피 흘리잖아!"

"그게 왜 나 때문이야."

여단 오빠가 자기는 전혀 모른다는 듯 천연덕스러운 얼
굴로 묻고 나서야, 반여령은 비명을 지르는 것을 멈추었
다. 그리고 그녀는 갑자기 내 얼굴을 빤히 바라보는 것이
었다.

반여령이 그즈음에서 멈춰 준 것이 다행이라고 생각한
나는, 손등으로는 코피를 훔치며 다른 손으로 검지를 들어
입술 위에 가져갔다.

여령이는 그것을 보고는, 알겠다는 듯 고개를 끄덕이더
니 여단 오빠를 보고 말했다.

"아, 맞다. 어제 모의고사였지. 어쨌든 오빠, 다음부터
조심해. 단이는 남자 형제도 없어서 이런 거 보고 잘 놀란
단 말야."

아차, 나는 속으로 혀를 내둘렀다. 그럼 그렇지, 반여령
은 내가 너무 놀란 나머지 스트레스를 받아서 코피를 흘렸
다고 생각하고 있었던 것이다.

여단 오빠는 무심하게 고개를 끄덕이더니 화장실에서 휴지를 돌돌 말아서는 내게 내밀었다. 그것을 받아 코 밑에 대고, 나는 반여령을 물끄러미 바라보았다.

여단 오빠가 휴지 좀 더 줄까, 하고 묻는 것에 고개를 끄덕이려는데, 여령이가 퉁명스럽게 옷이나 입고 와, 하는 바람에 여단 오빠는 휘적거리며 방으로 들어갔다.

오늘은 어머니도, 아버지도 늦으시는 모양인지 불이 켜진 곳은 여령이와 여단 오빠의 방뿐이었다. 문틈에서 새어 나온 빛줄기를 받아 여단 오빠의 등 위로 솟아오른 단단한 척추 뼈와 날개 뼈를 홀린 듯 바라보는데 여령이가 내 팔을 잡아끌었다. 아, 여단 오빠에게 홀려 서러운 것도 잊고 있었다.

아파트라는 것이 구조가 대부분 비슷해서, 여령이의 방과 나의 방에 다를 점은 거의 없었다. 한 가지 다른 점이라면 내 이불이 산뜻한 파스텔 톤의 하늘색이라는 데 반해 여령이의 이불은 연분홍색이라는 것 정도.

나는 여령이의 침대에 힘없이 풀썩 앉고는, 그 즉시 무릎을 끌어안고 울음을 터트렸다. 내가 이런 것이 하루 이틀이 아님을 잘 알고 있는 반여령은 나를 그냥 울도록 내버려 두었다.

반여령에게는 자세한 일을 말하지 않아서, 반여령은 그

저 내가 또 부모님과 싸웠겠거니 짐작할 뿐이었다. 내가 부모님과 싸우는 이유라면 대부분이 성적 문제였다.

한참을 펑펑 울고 있는데, 딩동거리며 벨소리가 울렸다. 뭐야, 내가 고개를 퍼뜩 들고 현관을 노려보는데 반여령이 중얼거렸다. 누구지?

하기는, 여령이네 부모님이라면 벨을 누를 필요도 없이 그냥 비밀번호를 입력하고 들어오셨을 테니, 여령이네 부모님은 아니리라. 내가 그렇게 생각하기가 무섭게 밖에서 아버지 특유의 시큰둥한 목소리가 날아왔다.

"여령아, 거기 단이 있냐."

"아, 아저씨."

"단이한테 집으로 좀 오라고 해라."

"네, 네!"

여령이는 현관에서 깨금발을 들고는 현관을 기웃거리다가, 아버지가 갔음을 확인했는지 다시 방으로 돌아왔다. 그사이 나는 퉁퉁 부은 눈을 소매로 문질러 닦고 있었다.

곧 나는 게슴츠레하게 눈을 뜨고는 여령이를 보았다. 방으로 돌아오는 여령이는 영 곤란한 듯한 얼굴이었다. 나를 보내지 않으면 안 될 터인데, 내가 울고 있어서 가라고 말하기도 곤란한 것이었다.

어차피 오래 있을 생각은 없었기에, 나는 뒤통수를 긁적이고는 자리에서 일어나며 말했다.

"나 가 볼게. 내일 우리 집에서 봐."

"괜찮겠어?"

내일까지 부모님이랑 화해할 수 있겠어, 정도의 의미인 것 같았다. 나는 모르겠다는 뜻으로 어깨를 으쓱하고는 안 되겠다 싶으면 문자 하겠다고 말했다. 밖으로 나가는 것도 나쁘지 않으리라.

그리고 집으로 돌아온 나는, 아버지에게 어디서 여자애가 밖으로 나다니냐고 빗자루로 등을 두들겨 맞고는 다짐했다.

아, 내일은 무조건 집 밖으로 나다니자. 그렇게 나는 퉁퉁 부은 얼굴로 토요일 아침을 맞이했다.

＊　＊　＊

"엄마……."

내 얼굴을 본 주인이의 안색이 눈에 띄게 흐려졌다. 어, 그래. 나도 내 눈 제대로 부은 거 알아. 자세히 보지 말라는 뜻으로 손을 내저었는데 그것을 무어라 받아들였는지 주인이는 오히려 한 걸음 더 성큼 다가왔다.

그런 주인이를 제지한 것은 은지호였다. 그는 우주인의 뒷덜미를 낚아채더니 주인이의 뒤통수에 대고 속삭였다.

"야, 함단이도 그, 여자로서의 자존심이라는 게 있지 않겠냐.”

“너 뒤진다.”

그렇게 말한 것은 내가 아닌 반여령이었다. 반여령이 어금니를 악물고 상냥하게 웃으며 말하는데, 그 모습이 어찌나 무섭던지 은지호가 아닌 나조차 오금이 저릴 정도였다. 은지호는 당장 우주인의 멱살을 놓고 물러나며 이거 어디무서워서 놀리겠냐고 툴툴거렸다.

오랜만에 본 유천영이 은지호를 보며 혀를 차는데, 그의 뺨 위로 수평으로 길게 누운 붉은 상흔 하나가 보여서 나는 조금 놀랐다.

나는 내 몰골이 엉망이라는 것도 잊고 그에게 황급히 다가가서 물었다.

“야, 유천영. 너, 너 얼굴 왜 그래?”

“아, 이거.”

“어제 싸워서 그래? 얼굴로 먹고사는 애가…….”

그렇게 말하면 내가 우리 집 생계를 꾸리는 것 같잖아, 유천영이 머쓱한 듯 그렇게 대답하기가 무섭게 은형이가 뒤에서 웃는 얼굴로 대답했다.

“그거 아침에 졸다가 전봇대에 박은 거야.”

“…….”

나는 민망해져서 유천영의 볼 위에 갖다 대고 있던 손가락을 슬그머니 내렸다. 고개를 돌려 은형이를 바라본 나는 그의 멀끔한 얼굴에도 생채기 하나 없음을 확인했다.

생긴 것은 온통 새하얗게 생겨서는, 남극의 왕자님처럼 보이는 은지호는 의외로 추위를 많이 타서 주머니에 손을 넣으며 춥다고 툴툴거렸다.

그러다 그는 나를 보고 대뜸 물었다.

"야, 그래서 우리 어디로 가는데?"

"나도 몰라."

"아, 계획을 좀 세워 놓지."

은지호가 투덜거리자 반여령이 기어이 은지호의 정강이를 한 대 걷어찼다.

아, 씨! 은지호가 방정맞은 모양새로 펄펄 뛰는 것을 보다가 나는 뒤통수를 긁적이며 한숨을 내쉬었다. 그리고 나는 은지호를 보며 말했다.

"야, 그래. 미안하다. 우리 집 제4의 거주자 은지호."

"뭐?"

"맞잖아, 너 거의 우리 가족이잖아. 하도 들락날락해서."

"하?"

"아, 어디로 가지."

내가 콘크리트 바닥을 신발 앞부리로 통통 두들기며 고민하는 동안, 은지호는 네가 그렇게 단이네 집에 많이 다녔냐는 둥의 의심 섞인 시선을 받고 곤혹스러워하는 것 같았다. 쌤통이다, 새꺄. 나는 그를 그대로 두기로 했다.

아닌 게 아니라 우리 집에 제일 많이 불쑥 나타나 들락날락하는 사람은 다름 아닌 은지호였다. 집이 가깝기도 하고, 중학교 2학년 때 즈음에는 아예 반여령과 은지호가 들락날락거린 횟수가 거의 비등한 정도였다.

내가 한참을 고민하는데, 그런 게 아니라고 막 변명을 하던 은지호가 갑자기 주머니에서 핸드폰을 꺼냈다. 그러고는 문자를 보더니 눈을 동그랗게 떴다.

그는 나를 보고 말했다.

"야, 함단이."

"어."

"너희 부모님이 지금 두 분 다 외출하신다고 집에서 놀라는데?"

"뭐?"

나는 퍼뜩 고개를 들고 사방을 살폈다. 아니나 다를까, 아파트 입구에 선 우리에게서 얼마 떨어지지 않은 곳에 막 시동을 걸고 있는 중형차가 보였다.

헐, 내가 황당해서 입을 벌리고 있는 동안 중형차는 매끈하게 후진을 해서는 빛의 속도로 주차장을 빠져나가 버렸다.

먼지구름만 일으키고 떠나가는 그 뒷모습을 황망하게 바라보는데, 은지호가 짓궂게 중얼거리는 목소리가 들렸다.

"야, 내가 너네 가족 맞나 보다. 너도 아니고 나한테 문자 주신 거 보면."

그 말에 핸드폰을 꺼내 확인했더니, 정말로 문자라고는
없었다.

아, 씨. 엄마 아빠 진짜 미워. 내가 울상을 짓는데 누군
가 은지호의 정수리에 딱 소리 나게 딱밤을 먹였다. 고개
를 들고 보니 모처럼 엄격한 얼굴을 하고 있는 은형이가
보였다.

은지호는 억울한 모양으로 무어라 대답하려다가, 나와 눈
이 마주치자 입을 다물었다. 그리고 그는 심통이 난 듯한
얼굴로 앞서서 아파트 단지를 향해 걸어갔다. 은형이는 나
와 눈이 마주치자 그 선한 눈매가 휘어지도록 곱게 웃었다.

나는 어리둥절해서 눈을 깜빡이다가 그들을 따라 발걸음
을 옮겼다.

＊　　＊　　＊

그렇게 사대천왕과 반여령이 오랜만에 우리 집을 방문
했다. 말이 방문이지 거의 점령이라고 표현하는 것이 옳은
수준이었다.

은지호는 소파에 앉아서 텔레비전을 보고 유천영은 한쪽
구석에서 자고, 우주인은 내 사진 앨범을 구경하는가 하면
은형이는 제멋대로인 이들을 단속하는 그런 거 말이다.

은지호는 화장실에서 나오다 말고 주방을 보더니 멈춰

섰다. 소파에 앉아 있던 나는 그를 보고, 쟤 지금 뭐 하나 하는 생각을 했다. 그러다가 나는 곧바로 은지호가 호기심을 느낀 대상을 알아차렸다. 그가 시선을 주고 있는 것은 다름 아닌 얼마 전 엄마가 구입한 에스프레소 머신이었다.

곧장 주방으로 걸어 들어간 그는 새빨간 기계 앞에서 멈춰 서서 이쪽을 보고 외쳤다.

"야! 함단이! 이거 뭐냐?"

"아, 기다려! 그거 너 함부로 손대면 엄마한테 혼나! 엄마가 큰 맘 먹고 산 거란 말야!"

나는 그렇게 말하고 급하게 소파에서 몸을 일으켜 후다닥 뛰쳐나갔다. 솔직히 말해서 지금 심정으로는 은지호가 고장을 내든 말든 그냥 두고 싶었지만 까딱 잘못했다가는 내가 뒤집어쓸 수도 있었다.

소파 한구석에 구겨져 자고 있던 유천영은, 진동을 느꼈는지 눈을 조금 떠서 나를 보고는 곧바로 고개를 푹 떨어트렸다. 어제 밤새 촬영을 했다고 들었는데 그 때문에 피곤한 모양이었다. 나는 주방으로 성큼성큼 걸어갔다.

과연 매사에 자신감이 넘치는 은지호답게, 그는 내가 무어라 말하지도 않았는데 곧바로 커피를 내리고 있었다.

내가 그 광경을 보고 어이가 없어서 입을 벌리자, 은지호는 나를 돌아보더니 친절을 베푼다는 듯한 얼굴로 말했다.

"뭐, 너도 한 잔 따라 줘?"

그렇게 말하더니 그는 또 다른 컵을 꺼내어 기계 위에 올렸다. 그러고는 김이 모락모락 오르는 컵을 제 입술로 가져갔다.

그는 한 모금 마시더니 입맛을 다시고는 나를 향해 말했다.

"뭐, 그럭저럭 먹을 만하네."

"그러냐?"

나는 그렇게 말하고는 직접 손을 내밀어 컵 손잡이를 끌어당겼다. 은지호는 빛이 드는 좁은 주방 창문을 뒤로하고, 싱크대에 팔을 걸치더니 여유로이 기대서는 커피를 홀짝이기 시작했다.

광고 찍나, 은지호를 향해 못마땅한 시선을 한 번 던진 나는 하얀 머그컵에 고여 있는 진한 커피를 한 모금 들이마시고는 그대로 내뱉을 뻔했다.

내가 갑자기 싱크대를 붙들고 켁켁거리자 은지호가 놀란 얼굴로 물었다.

"야, 뭐야? 뭐, 왜 그래? 커피에 뭐 들어갔냐?"

"아, 완전 써."

나는 한참 만에 정신을 추스르고 그렇게 대답했다. 은지호는 눈을 동그랗게 뜨고 있다가, 얼굴을 와락 구기더니 '아씨, 놀랐네' 하고 중얼거렸다.

그는 다시 여유로운 얼굴이 돼서는 커피를 홀짝이다가 툭 던졌다.

"초딩 입맛."

"아, 야. 진짜 쓴데?"

"네가 너무 단것에 길들여져서 그래. 너랑 유천영이랑, 둘이 단것 중독이잖아."

"내가 뭐?"

순간 약간 덜 트인 목소리가 머리 위에서 흘러나오는 바람에 나는 흠칫 놀랐다. 하마터면 커피를 쏟을 뻔했는데, 타이밍 좋게도 뒤에서 나온 손이 머그컵을 쥔 손을 단단하게 받쳤다.

뒤를 돌아보자 잠에 취한 얼굴을 하고도 눈썹을 찡그리고 있는 유천영이 있었다. 그는 나를 힐긋 내려다보더니 말했다.

"조심해."

"아, 깜짝아. 말 좀 하고 다니지."

"저 거실에서 '야, 나 주방으로 간다, 준비해라' 이렇게 말하고 와야 해?"

대수롭잖다는 듯 그렇게 대답한 유천영은 내 손에서 하얀 머그컵을 받아 갔다. 유천영의 대답에 은지호가 개구지게 웃는 것으로 보아 그는 내 뒤에 유천영이 있다는 것을 알고 있었던 것 같다.

유천영이 컵 안을 들여다보고는 이건 뭐냐는 듯한 얼굴을 했다. 은지호가 말했다.

"야, 그거. 한번 마셔 봐."

"이게 뭔데?"

"너희 같은 초딩 입맛은 못 마시는 거."

"한약?"

그렇게 중얼거린 유천영은 컵을 직접 제 입가로 가져갔다. 나는 약간 놀랐다. 쓴 것이라면 나와 똑같이 치를 떠는 유천영이 저런 것을 마실 리 없다고 생각했기 때문이었다.

곧 유천영의 미간이 와락 일그러졌다. 그는 입가를 한 번 훔치고는 은지호를 보았다.

"뭐야, 이거. 커피?"

"그냥 블랙커피인데 진짜 더럽게 못 마시네, 초딩들."

그렇게 말하며 은지호는 얄밉게 커피를 호로록 들이켰다.

나와 유천영은 그런 은지호를 잠깐 노려보다가 눈이 마주치자 옅게 한숨을 내쉬었다. 그리고 유천영은 망설임 없이 내 컵의 커피를 은지호의 컵에 그대로 부어 버렸다.

은지호가 당황해서 말했다.

"야, 야, 너 뭐 하냐?"

"너 많이 마시라고."

"아, 씨. 내가 거지냐?"

은지호가 그렇게 말하거나 말거나 유천영은 빈 머그컵에 물을 받아서는 그대로 꿀꺽꿀꺽 마셨다. 그리고 그는 나를 보고 거실로 가자는 듯 턱짓을 했는데, 그에 맞추어 우주인이 나타났다.

"아, 엄마. 나 방금 웃긴 사진…… 어? 그거 뭐야?"

우주인이 은지호의 앞으로 쪼르르 달려갔다. 은지호가 심술궂게 웃으며 우주인의 앞에 잔을 내밀었다. 그는 동시에 나를 보며 말했다.

"어, 주인아. 이게 어른만 마실 수 있는 거다."

"술? 고량주? 냄새는 되게 커피 같네."

"……"

기묘한 정적이 찾아온 가운데 우주인은 단숨에 커피를 받아 들어 홀짝홀짝 들이켰다. 그는 그러더니 멀쩡한 얼굴로 컵을 돌려주며 말했다.

"커피네. 맛있는데?"

"어, 그러냐?"

"엄마, 나도. 나도 저거."

그는 그렇게 말하며 대뜸 내 뒤에 매달렸다. 나는 알았다고 대답하고 기계를 꾹 눌렀는데, 작은 액정에 영어로 뭐가 없다는 표시가 떴다.

저게 뭐야? 내가 단어를 해석하기 위해 머리를 굴리고 있는데 옆에서 은지호가 말했다.

"원두 없대."

"아, 그러냐? 너 영어 잘한다."

"내가 좀."

"네 사전에 겸손이란 게 있니?"

"그런 거 안 키운다."

잘났다. 나는 그렇게 말하고는 한 번 웃은 뒤에 주방을 나섰다. 주인이 뒤에서 당황한 듯 나를 불렀다.

"엄마, 어디 가? 밖에 나가게?"

나는 거실에 아무렇게나 굴러다니던 점퍼에 팔을 꿰었다. 주머니에 지갑이 들어 있는 것도 확인했다. 그러고 나서 나는 주방을 향해 대답했다.

"응, 나 원두 좀 사 오게. 뭐 먹고 싶은 거 있어?"

"아니, 나 커피 안 먹어도 되는데……."

주인이 그렇게 대답하며 말끝을 흐렸다.

말간 황금색 눈동자에 곤란한 기색이 엿보이는 것이 웃겨서, 나는 웃으며 주인이의 앞으로 다가가 그의 머리칼을 한 번 쓸어 넘겼다. 그의 갈색 머리카락은 내 손에 부들부들하니 착 감겼다. 내가 말했다.

"아니야, 너 때문이 아니고 엄마가 저거 기계에 원두 떨어지는 일 없게 잘 관리하라고 시켜서. 뭐 다른 거 없어?"

"단아, 나가게? 같이 가자."

그렇게 말하며 은형이가 거실에서 이쪽으로 걸어왔다. 나는 은형이를 힐긋 돌아보고는 방긋거리며 말했다.

"잠깐 갔다 올게."

"나중에 사도 되잖아. 게다가 너, 황시우……."

은지호는 부엌에 서서 말을 하다 말고, 황시우라는 대목에 이르러서 내 뒤에 선 은형이를 힐긋 보더니 말을 멈추었다. 그리고 잠시 후, 그는 고개를 주억거리더니 납득했다는 듯 말했다.

"……를 트럭으로 데려와도 저 녀석은 못 이기지."

"트럭으로 데려오면 좀 무리 아닐까."

은형이가 곤란한 듯 웃으며 그렇게 말하자, 은지호의 뒤에 선 유천영이 대수롭잖다는 듯 덧붙였다.

"어제 트럭으로도 다 못 옮길 사람들을 혼자 잡은 게 누구더라."

"혼자 했어?"

내 물음에 유천영은 눈썹을 찡그리고는 고개를 설레설레 내저으며 대답했다.

"난 손도 안 댔어."

"오케이, 낙찰. 안전히 조심히 자알 다녀와라."

은지호가 그렇게 말하고는 손을 흔들자, 은형이는 눈썹을 찡그리며 더더욱 곤란한 듯 웃었다.

방에 있던 여령이는 단이 데려오라니까, 하고 주인이를 보면서 말하다가 점퍼를 걸친 나를 보고는 눈을 동그랗게 떴다. 그녀가 물었다.

"어디 가?"

"나 잠깐, 은형이랑 요 앞에."

그렇게 대답하며 나는 신발을 신었다.

여령이는 곧 고개를 끄덕이더니 내게 말했다.

"얼른 와! 보여 줄 거 있어."

"옹야, 금방 갔다 올게."

나는 그렇게 말하고는 고개를 들었다. 은형이는 어느새 회색 코트 차림이 되어서는 열린 문을 등으로 받치고 서 있었다.

아직 문틈으로 들어오는 바람이 약간 싸늘해서, 나는 코 끝을 한 번 찡그리고는 은형이와 같이 아파트 문을 나섰다.

아파트 단지 입구로 들어서자 벽 근처에 심어진 벚꽃 나무들이 저마다 분홍색 이파리를 날렸다.

그 모습을 보면서 나는, 아무리 추워도 어쨌든 봄은 봄이 구나 하는 생각을 했다.

은형이의 붉은색 머리카락이 바람에 헝클어졌다.

그의 머리카락 위로 문득 분홍색 꽃잎 하나가 내려앉았 다. 꽃잎이 내려앉은 그가 어찌나 고와 보이던지, 나는 하 마터면 웃음을 터트릴 뻔했다.

갑자기 어깨를 한 번 들썩이는 나를 본 은형이가 의아한 듯 물었다.

"왜?"

"아니."

나는 웃음으로 얼버무리고는 횡단보도 앞에 섰다.

토요일 낮인지라 거리는 교복을 입은 고등학생들과 사복을 입은 중학생들로 넘쳐 났다. 사거리 저편에 대형마트 앞에도 사람이 바글거렸다.

신호를 기다리는 이들은 어림잡아 스무 명쯤 되었다.

우리 건너편에도 그 정도 되는 사람이 서서 저마다 신호등을 응시하고 있었다.

커다란 차들이 씽씽 내 앞을 지나다녔다. 나는 저 멀리서 굴러 오는 커다란 화물 트럭을 무심코 응시하고 있었다.

교통사고라, 점쟁이의 말을 입속으로 되뇌 보았다. 역시 실감이 나지 않았다.

붉은빛을 뿜어내는 신호등을 무심코 응시하는데, 문득 은형이의 회색 코트 자락이 온데간데없다는 것을 깨달았다.

뭐, 뭐야? 나는 당황해서 옆을 돌아보았으나 그는 여전히 아무 데도 없었다. 곧바로 뒤를 돌아본 나는 우리 학교의 교복을 입은 누군가가 은형이의 등짝을 후려치는 것을 보고 경악했다.

그러나 놀랍게도, 사대천왕 타이틀을 괜히 달고 있는 것이 아닌지 은형이는 손쉽게 그 공격을 피해 내고는 단숨에 남학생의 팔을 꺾어 그러나 그에게 달려드는 남학생은 한둘이 아니었다.

신호등에 서 있던 몇몇 사람들이 그쪽을 보면서 신고해야 하는 것 아니냐며 술렁였다.

어, 어떡해!? 112를 불러야 하나, 하지만 보통 인터넷 소설에서는 패싸움이 시작되었을 때 경찰을 부르라는 둥의 조언은 해 주지 않았다. 안 되겠다, 싶어 일단 112를 누르고 보려는데 군중 속에서 튀어나온 누군가가 나를 붙들었다.

막 한 남학생의 발차기를 피해 내고 그를 간단하게 엎어트린 은형이가 이쪽을 보고는 무어라 외쳤다. 내게는 잘 들리지 않았다.

흔들리는 시야 위로 남학생의 얼굴은 잘 보이지 않고, 가슴팍에 달린 명찰의 색으로 같은 1학년이라는 것을 확인했을 뿐이었다.

남학생은 나를 때리기보다는 그냥 핸드폰을 빼앗으려는 심산인 것 같았다. 아, 안 돼. 신고해야 한단 말야!

힘껏 남학생의 팔을 뿌리치는데, 그대로 몸의 균형을 잃었다. 하필이면 인적이 없는 곳으로 쓰러져서, 나는 뒷걸음치다가 누군가의 발에 걸려 구르고 말았다.

시야가 다시 둥글게 흔들리는 와중에 은형이가 무어라 외치는 것이 들렸다. 그러나 여전히 목소리가 잘 들리지 않았다.

그리고 다음 순간, 열기에 그을린 콘크리트 바닥이 뺨에 닿았다. 그리고 내 앞으로 곧장 돌진해 오는 거대한 덤프트럭의 바퀴가 보였다.

나는 너무 놀라서 눈을 질끈 감아 버렸다. 그런데도 불구하고 뺨에 닿은 콘크리트로부터 올라오는 눅진한 열기는 사라지지 않았다.

몸에 힘이 들어가지 않았고, 설령 일어난다 하더라도 몸의 균형을 되찾기도 전에 내 몸이 그대로 튕겨 나가 버릴 것이었다.

끼기기기긱! 막 나를 발견하고 브레이크를 밟았는지 소름 끼치는 마찰음이 후끈한 대기를 찢어 놓았다. 지금쯤 맹렬하게 회전하며 저 육중한 트럭의 무게를 감당하는, 고무 타는 냄새를 피워 올리고 있을 바퀴가 내게서 채 1미터도 떨어지지 않았을 것이라는 데 생각이 미치자 그대로 죽어 버릴 것 같았다.

진짜로, 이러다가는 트럭에 받히기도 전에 내 심장이 멎어서 그냥 죽을 것 같다.

여전히 바퀴의 맹렬한 마찰음은 내 바로 귓가에서 울리고 있었다. 나는, 그리고 이 순간이 내 삶의 마지막 순간일지도 모른다고 생각했다. 그러나 주마등 따위는 없었다. 그게 억울했다. 이렇게 머리가 새하얗게 얼어 버릴 것 같은 상태에서, 아무런 생각도 하지 않고 죽음을 맞이한다니!

이어 침묵이 찾아왔다. 눅진한 열기, 온 대기를 찢어 놓는 듯하던 그 흉포한 마찰음, 모든 것이 사라졌다. 아니, 사라졌다고 생각했는지도 모르겠다. 수면 아래로 잠겨 들어가는 듯 귀가 먹먹했다.

그러나 나는 생각을 할 수 있었고, 생각을 할 수 있는 한
은 죽지 않았을 것이 분명했다. 아니, 모르는 일이다. 영혼
이 되었다고 해서 생각을 못하리란 법은 없으니.

눈을 뜰까? 하지만 혹시라도 눈을 떴는데 트럭 바퀴 아
래에 깔려서 피를 흘리고 있는 내 시체와 마주치면 내 멘
탈은 어쩌란 말인가? 도저히 용기가 나지 않아 눈을 뜰 수
가 없었다.

눈을 질끈 감고 한동안 있는데, 서서히 감각이 돌아오기
시작했다. 코가 비틀릴 듯 지독한 고무 타는 냄새, 콘크리
트의 것과는 비교도 안 되는 후끈한 열기, 그리고 흡사 강
너머에서 들려오는 듯 희미한 사람들의 웅성거림.

나는 천천히, 용기를 내어 눈을 떠 보았다. 그러고는 내
가 어둠 속에 갇혀 있음을 깨닫고 하마터면 무서워서 죽을
뻔했다가, 곧 내가 누워 있는 곳이 트럭 머리 바로 아랫부
분임을 깨달았다.

아아, 내 바로 옆에 얌전히 누워 있는 한 쌍의 거대한 바
퀴를, 내 머리통은 단숨에 으스러뜨릴 만한 그 거대한 모
양을 보고 있다가 나는 눈물이 그렁해져서 고개를 돌렸다.

눈물로 뿌옇게 흐려진 시야 위로, 트럭 아래로 고개를 내
밀고 내 상태를 살피는 듯한 몇몇 사람이 보였다. 누군가
나에게 손으로 추정되는 것을 내밀었고, 나는 트럭 아래를

무릎으로 기어 밖으로 나왔다.

무릎으로 기기에도 높이가 충분치 않은 데다가 온몸에 힘이 빠져 있다시피 해서, 중간에 몇 번이고 다리에 힘이 풀려 땅으로 무너졌다.

만신창이가 되어 트럭 아래에서 빠져나오자 눈부신 햇살이 나를 반겼다. 문득, 심장이 턱 하고 떨어지는 것 같아서 눈물이 다시금 차오르려는 찰나 군중 속의 누군가가 소리쳤다.

"이, 이 머리에 피도 안 마른 가시나가! 어디서 도로에 몸을 던져, 몸을, 엉? 사람 인생 말아먹으려고 작정했어!? 카악, 퉷, 별 빌어먹을!"

트럭을 몰던 기사가 정말로 걸쭉한 가래침을 도로변에 위협적으로 탁 뱉고는 나를 노려보았는데, 여전히 시야가 흐려서 잘 보이지 않았지만 그 기세가 날카롭다는 것은 충분히 알 수 있었다.

무어라 말을 하려고 했으나 내 입에서 나온 것은 정체불명의 앓는 소리뿐이었다. 머리를 굴리는 것조차 부품 몇 개가 빠진 기계가 간신히 돌아가는 것처럼 엉성하고 위태로웠다.

창백한 얼굴로 서 있는 내가 안쓰러웠는지, 누군가 뒤에서 내 어깨를 단단하게 받쳐 주었다. 이어서 군중 속의 누군가, 아마도 대학생으로 추정되는 길쭉한 몸의 남자가 상냥한 목소리로 말해 주었다.

"아저씨, 진정하시고요. 아, 제가 봤는데 어떤 남학생이 이 여자애를 밀었어요. 제가 봤어요. 아니, 애가 무슨 억하심정이 있어서 일부러 트럭 앞에 몸을 던졌겠어요?"

"맞아요. 저도 봤어요."

다행이다. 본 사람이 있어서. 나는 눈을 꾹 감고 고개를 숙였다. 긴장이 순식간에 풀려서일까, 머리가 깨질듯이 아팠다. 그러다가 나는 문득 아직도 사람이 몰려 있는 횡단보도 너머를 응시했다.

그런데 그곳에 사람이 모여든 모양새가 심상치 않았다. 흡사 그 한가운데에 무언가 시선을 끄는 것이 모여 있는 듯한 그런 느낌이 들었다.

은형이는? 그 이름을 떠올리자마자 나는 벼락을 맞은 듯 몸을 한 번 떨었다. 그 뒤로 곧바로 은형이에게서 들었던 어머니의 교통사고에 대한 이야기, 그리고 점쟁이의 말을 듣고 유난히 얼굴을 굳히던 그의 모습이 줄줄이 떠올랐다.

나에게 욕을 내뱉었던 트럭 기사 아저씨는, 동료가 만류하자 한 번 혀를 차더니 다시 차를 출발시켰다. 지나치게 날카로운 소음을 가까이서 들어서인지 귀가 윙윙거리고 아팠다.

누군가 내 어깨를 짚으며 괜찮으냐고, 병원에 가지 않겠냐고 물었던 것 같았으나 내게는 모두 꿈속의 것처럼 느껴졌다. 나는 횡단보도를 둘러싼 군중들을 향해 삐걱거리는 다리를 이끌고 걸어갔다. 한 걸음 한 걸음, 힘겹게 내딛는데 사람들의 목소리가 들렸다.

"어떡해, 숨도 못 쉬는 것 같아, 저 남자애."

"아까 혼자서 싸우던 남자애 맞지? 맞아서 저러는 건 아닌 것 같은데."

"어머어머, 어떡해. 누가 119 좀 불러 봐!"

숨도 못 쉰다고? 불에 덴 듯 정신이 번쩍 들었다.

까맣게 모인 사람들 사이를 비집고 들어가려고 했으나 쉽지 않았다. 간신히 팔을 끼워 넣고, 그다음으로 머리를 끼워 넣고 걸음을 옮기려 하자 양옆에서 불만 섞인 목소리가 터져 나왔다.

이대로는 안 되겠다 싶어 나는 입을 열었다. 아까, 트럭 기사에게 추궁당할 때는 조금도 나오지 않던 목소리가 지금은 잘만 나왔다. 나는 필사적으로 외쳤다.

"일행이에요! 일행이에요, 저 애랑. 좀, 좀 지나가게 해 주세요!"

목소리가 그리 크지 않았는데도 그 혼란 속에서 용케 알아들은 사람들이 나를 돌아보았다. 이어 그들은 내 엉망진창인 몰골을 보고는 기겁한 듯한 얼굴로 길을 비켜 주었다.

누군가가 둘 다 119를 불러 주어야 하는 것이 아니냐고 말하는 것을 들으며 나는 간신히 사람들의 가운데로 빠져나올 수 있었다.

내 주변을 벽처럼 지탱해 주던 사람들이 사라지자 몸의

균형이 흔들려서, 몇 번 비척거리다가 나는 결국 그 자리에 주저앉아 버렸다.

예상대로 군중 사이에 쓰러져서, 가슴께를 부여잡고 가쁜 숨을 내쉬는 사람은 은형이었다. 그의 안색이 너무나 창백해서, 또 호흡은 너무나 빨라서 그의 모습을 보는 내가 다 숨을 쉬기 어려울 지경이었다. 일어날 시간조차 아까웠다.

나는 무릎으로 기어서 그의 옆으로 다가갔다. 몇몇 어른들이 은형이의 등을 두드리며 어떻게 하냐고 서로에게 묻고 있었다.

바로 그때, 군중 사이에서 몇몇 흰 가운을 입은 이들이 걸어 나왔다. 복장으로 보아 인턴이나, 아니면 인근에서 식사를 해결하던 의사와 간호사 무리인 듯싶었다. 젊어 보이는 남자가 곧 무릎을 꿇고 은형이를 살피는 듯하더니, 여자를 돌아보며 말했다.

"과호흡 증후군이야. 비닐봉지, 비닐봉지 있어? 얼른 갖고 와!"

나는 숨도 못 쉬고 다만 은형이를 바라보았다. 그의 하얀 이마 위로 서늘한 땀방울이 흘러내리고 있었다. 봄의 초입이라서 아직 더운 날씨가 아닌데도 그랬다. 항상 단정하던 붉은 머리카락은 콘크리트 위에 엉망으로 흩어져 있었다.

곧 남자들에 의해 하늘을 보는 모습으로 눕혀진 그는 눈을 가늘게 뜨고 먼 곳을 보았다. 나는 망설이다가 손을 내밀어 그의 손을 쥐었다.

흠칫, 놀란 듯한 은형이의 암녹색 눈동자는 곧 나를 향했다. 나는 그것에 안도했다.

곧 의사로 보이는 젊은 남자가 은형이의 입에 비닐봉지를 씌웠다. 공기가 완전히 막히지는 않을 정도로, 느슨하게 봉지를 씌운 그는 은형이가 숨을 들이쉬도록 내버려 두었다.

은형이는 눈을 느리게 깜빡이는 듯하더니, 속눈썹을 파르르 떨다가 눈을 감았다. 동시에 그의 가슴이 오르내리는 것도 느껴져서, 나는 그제야 안심하며 젊은 남자를 보았다.

내가 물었다.

"그, 은형이한테 심각한 병이 있는 거예요?"

나에게 은형이와 무슨 관계냐고 물을 법도 한데, 의사는 다만 나를 힐긋 보더니 짧게 대답했다. 전문직에 종사하는 이 특유의 단호하고 명확한 말투였다.

"아니, 그런 건 아니고. 환자가 평소에 자주 이런 증세를 보였나?"

나는 울상을 지으며 고개를 내저었다. 은형이가 다른 사람의 입에서 환자로 지칭된다는 것이 새삼스럽게 두렵게 느껴졌다.

남자는 은형이에게 짧게 시선을 던지더니 다시 나를 보고는 말을 이었다.

"과호흡 증후군의 원인에는 신체적인 원인과 정신적인 원인이 있을 수 있는데, 평소에 이런 일이 없었다고 하니까 호흡기가 안 좋은 건 아닌 것 같고. 그럼 극심한 스트레스를 받았거나 한다는 건데, 방금 무슨 일이 있었지?"

"제가……."

나는 말을 하다 말고 말꼬리를 흐렸다. 나를 향해 맹렬한 속도로 다가오던 죽음, 사납게 회전하던 거대한 바퀴, 타는 고무의 매캐한 냄새, 그 모든 것을 떠올리자 구역질이 치밀었다.

내가 말하다 말고 갑자기 입을 틀어막자 남자가 당황한 모양으로 괜찮으냐고 물어 왔다. 나는 입에서 손을 떼고는, 고개를 가까스로 저으며 대답했다.

"아, 죄송해요. 제가 방금 차에 치일 뻔했어요."

"아, 그래. 그렇다면 그게 원인일 가능성이 높지. 정신적인 거라면 일단은 병원에 다닐 필요는 없고, 일단 좀 쉬면 괜찮아질 거다."

"감사합니다."

나는 은형이의 손을 쥔 채로 고개 숙여 인사했다. 고개를 숙여 은형이의 얼굴을 살피니, 그는 비닐봉지에 입을 댄 채로 숨을 들이쉬고 있었다. 비닐봉지 위로 입김이 뿌옇게 흩어졌다.

평소보다도 파리한 안색이 마음에 걸렸다. 곧 그의 눈꺼

풀이 올라갔다. 초록색이 감도는 검은 눈동자는 곧 나를 향했다. 그의 호흡이 완전히 진정된 듯하자, 의사는 그에게 무어라 말을 하려다 말고 나를 보았다. 그것이 내게 잘 설명하라는 뜻인 것 같아 나는 고개를 끄덕였다.

은형이는 잠시 어지러운 듯 미간을 찡그리고 있다가, 곧 땅을 뒤로 짚고 상체를 일으켰다. 그리고 그는 내 얼굴을 찬찬히 살피는 듯했다.

내가 그에게 괜찮냐고 묻기도 전에 그가 물어 왔다. 아직 호흡이 완전히 돌아오지 않은 듯, 평소의 듣기 좋은 목소리와는 다르게 쇳소리가 섞여 있었다.

"어떻게 된 거야. 몸은, 괜찮아? 다친 데 없어?"

나를 찬찬히 살피던 그의 시선이 내 무릎에서 멎었다.

긴 바지를 입고 있었으니 무릎에 피가 났을 리는 없겠지만, 전체적으로 옷이 엉망이라는 것을 알아차린 모양이었다. 실제로 몇 번 쓰러지기도 해서 손바닥 위에도 쓸린 자국이 있었다.

은형이의 얼굴이 눈에 띄게 일그러졌다. 걱정으로 미미하게 일렁이는 초록색 눈이 보였다. 그 눈에 대고 나는 조금 주저하다가, 말했다.

"아니, 나 그…… 트럭 앞에 쓰러진 게 아니야."

"뭐?"

"조금 미묘하게 쓰러져서, 넌 아마 사람 때문에 잘못 본 것 같은데…… 죽을 뻔한 건 아니야."

나는 말을 하다 말고 꿀꺽 침을 삼켰다. 그리고 은형이를
바라보니, 은형이는 나를 보며 그저 떨떠름한 얼굴을 하고
있을 뿐이었다.

내가 무어라고, 굳이 사실대로 말해서 괜히 그의 교통사
고에 대한 안 좋은 기억을 늘리고 싶지 않았다. 적어도 반
여령과 은지호, 주인이, 유천영에게는 제대로 말하는 일이
있더라도 은형이에게만은 그러고 싶지 않았다.

더군다나 방금 과호흡 증세까지 보인 은형이다. 더 이상
충격을 안기고 싶지 않았다. 내가 그렇게 생각하며 은형이
를 바라보는데, 별안간 그가 크게 한숨을 내쉬었다.

그러더니 그는 내 어깨 위로 풀썩 무너져 내렸다. 농담이
아니고, 정말로 그랬다. 그의 찰랑이는, 붉은 머릿결이 내
뺨을 간질였다.

나는 곤혹스러워서 눈을 깜빡였다. 사실대로 말하자면
포옹은 아니었다. 그는 그냥 너무 안심해서 힘이 빠진 듯
싶었다. 실제로 그는 두 손으로 어떻게든 바닥을 짚고서
몸을 일으키려 노력하고 있었다.

그의 머리는 내 어깨 위에 놓여 있었는데, 그는 심지어
내 쪽으로 고개도 돌리지 않고 필사적으로 바깥쪽을 바라
보고 있었다. 하기는, 그가 고개를 돌리면 내 얼굴과 완전
히 가까운 곳에서 마주 보게 되는데 그러면 너무 어색할

것 같다.

필사적인 시도가 결실을 보아서 곧 은형이는 내게서 떨어질 수 있었다. 그는 엉망으로 헝클어진 것은 물론이고, 가루가 묻어 있는 머리카락을 한 번 쓸어 올리고는 부스스 몸을 일으켰다.

그의 자세가 어쩐지 위태위태해 보여서 나도 모르게 그의 팔을 붙들자 은형이가 나를 돌아보았다. 그는 곧 특유의 사람을 안심시키는 듯한 부드러운 미소를 지었다.

사람들이 도와주겠다는 것을 사양하고 나는 조금 머뭇거리다가, 아예 은형이의 팔을 꽉 잡고는 걸음을 옮겼다. 내가 아파트 쪽으로 부축해 가는데 은형이가 물었다.

"장 보러 안 가?"

"오늘은 횡단보도를 건너고 싶지 않아."

내 말에서 짙은 진실성을 느꼈는지, 은형이는 곧 입을 다물었다. 그리고 그는 조금 망설이는 듯하더니, 내 머리를 위로하는 듯 부드럽게 문질렀다.

우리는 마치 전쟁터를 갓 빠져나온 패잔병처럼 너덜거리는 걸음으로 집으로 향했다.

집 밖에 나왔던 그대로의 옷차림으로 우리는 아파트 앞에 섰다. 방금까지만 해도 콘크리트의 열로 후끈거렸던 볼이 싸늘하게 식어 갔다.

머리가 멍해져서, 잠깐 걸음을 멈춘 사이 은형이가 나를 돌아보았다. 우리는 아직도 서로의 팔을 어깨에 두른 채 사이좋게 부축하고 있었다.

나도 고개를 돌려 은형이의 얼굴을 보았다. 안 그래도 안색이 안 좋았는데, 지금은 완전 지친 얼굴색이었다. 마음이 아팠다.

얼마나, 얼마나 놀랐을까. 붉은 자동차를 타고 안개 속으로 잠겨 가는 모습이 그가 본 어머니의 마지막이었다.

이게 소설이 아니라면, 나는 생각했다.

단순히 소설이라서 은형이의 어머니가 죽음을 맞이한 것은 아니리라.

그러나 교통사고에 대해 트라우마가 있는 은형이의 앞에서 내가 죽을 뻔했다는 것은 상당한 의미를 내포하고 있다.

누군가의 악의적인 손길이 내 운명의 실을 멋대로 잡아당기는 듯한 느낌, 사람이 성숙해지는 데 필요한 것은 다른 무엇도 아닌 상처다. 그런 생각을 하며 나는 말간 봄 햇살 아래로 찬연히 빛나는 은형이의 얼굴을 물끄러미 올려다보았다.

햇살이 길게 맺힌 다갈색 속눈썹 아래로, 멀리 시선을 던지는 듯하던 은형이의 눈이 곧 나를 향했다.

"왜?"

그의 부드럽게 웃는 얼굴 위로, 나는 처음 보았던 그의 얼굴을 가만히 겹쳐 보았다. 하얀 이마 위로 달라붙은 붉은 머리카락, 그 아래 생채기가 가득하던 그의 말간 얼굴. 내가 알고 있는 이 중 육체적으로든, 정신적으로든 가장 강한 사람을 꼽으라면 그것은 은형이었다.

나는 문득 억울해져서, 내 어깨 위에 얹힌 그의 팔을 힘주어 꾹 쥐고 말았다. 다시금 시야가 뿌옇게 흐려졌다. 울지 않으려고 입술까지 깨물었는데도 기어이 눈물은 볼을 타고 흐르고 말았다. 작가 나쁜 놈. 아니, 나쁜 년. 진짜 진짜 나쁜 년.

그래, 내가 은형이가 강하다고 말하는 것은 단순히 그가 싸움을 잘해서가 아니다. 그렇게 많은 상처를 끌어안고도, 그럼에도 불구하고 아직도 우리를 향해 부드럽게 웃어 주고는 하는 그의 얼굴, 나는 그 안에서 은형이의 강함을 보고는 한다.

정말, 뭐야. 이만하면 충분하잖아. 나는 눈물로 젖은 입술을 짓씹으며 그런 생각을 했다.

이만하면 충분히 상처받고, 충분히 강해졌는데 왜 다른 사람도 아니고 은형이 앞에서 이런 일이나 벌이는 거야. 눈앞에서 사람이나 교통사고로 죽이려 들고.

은형이는 내가 우는 것을 보고도 당황하지 않았다. 그는 내 눈물의 이유가 자신의 기구한 팔자가 아닌, 다른 데 있다고 생각한 모양이었다.

조금 머뭇거리는 듯한 태도로 엄지를 내민 은형이는 그 엄지로 내 눈가를 부드럽게 꾹 눌렀다. 이어 그는 내 어깨에 얹고 있던 손을 내려 내 등을 토닥이기 시작했다. 그가 말했다.

"많이 놀랐지."

"⋯⋯."

"이제 괜찮을 거야. 아니, 내가 괜찮게 할게."

괜찮게 한다는 그의 말이 무슨 뜻인지는 잘 알 수가 없었다. 내가 교통사고를 당할 뻔해서, 비록 그에게 내 목숨이 위험할 정도는 아니었다고 말하기는 했지만, 그는 내가 그일 때문에 놀라서 이제야 울음이 터진 것이라고 생각하는 것이리라.

그나저나 그가 그런 것을 어떻게 괜찮게 한다는 말인가?

그의 생각을 알았더라면 나는 당장 그를 말렸겠지만, 물론 아무것도 알 수 없었다. 그래서 나는 다만 고개를 내젓고는, 은형이에게 말했다.

"난⋯⋯ 소설이⋯⋯ 진짜, 싫어."

"소설?"

우느라 내 말은 드문드문 끊어질 수밖에 없었다. 사실 은형이가 알아들었는지조차 의문이었다. 그러나 용케 중요한 단어는 알아들었는지, 그는 대번에 어리둥절한 얼굴을 했다.

나는 입술을 꾹 깨물고 고개를 숙인 채 소매로 눈물을 문질러 닦아 냈다.

왜 소설이 싫냐 하면, 아픈 사람의 상처를 계속 찌르기 때문이다. 찌르고, 찌르고 또 찔러서 결국 상처에서 피고름이 새어 나올 때까지, 그렇게 해서 아픈 사람이 상처를 견디다 못해 다른 사람에게 손을 내밀게 될 때까지 그렇게 계속.

사실 모든 인터넷 소설의 인물들에게, 사랑이란 불행이 남긴 상처로부터 강요된 것일지도 모른다.

*　*　*

코미디 프로를 보고 있다가, 시계를 힐긋 바라본 은지호는 의아해서 슬그머니 미간을 찡그렸다. 어느덧 그 둘이 나간 지 30분도 넘어 있었다.

이상하다, 사거리를 건너면 바로 대형 마트가 있는 걸로 아는데. 이곳에서 빠른 걸음으로는 5분도 걸리지 않는 곳에 살고 있는 은지호는 근처 지리를 잘 알고 있었다.

둘이 산책이라도 하나? 조금 느긋하게 생각해 보려 했지만 요즘 일이 일이다 보니 마음이 진정되지 않았다.

은지호는 주머니에서 핸드폰을 꺼내어 버튼을 꾹꾹 눌렀다. 하지만 함단이의 수화기 너머에서는 메시지를 남겨 주십시오, 어쩌고 하는 녹음된 여자의 목소리만 단조롭게 흘러나올 뿐이었다.

이어 은형이의 번호를 누른 은지호는 벨소리가 거실 탁자 바로 위에서 울리고 있음을 보고는 눈썹을 찡그렸다.

그는 핸드폰을 탁 소리 나게 접어 주머니에 쑤셔 넣고는 다시 소파에 몸을 묻었다. 아, 곧 오겠지.

그러나 한 번 이들이 심상찮게 늦는다는 것을 자각하고 나니, 시곗바늘이 똑딱거리는 소리에 온 신경이 곤두설 지경이었다. 은지호는 괜히 옆에서 늘어지게 자고 있는 유천영이 부러워졌다.

젠장, 나도 저렇게 속편하게 잠이나 잘걸. 권은형이 있는데 설마 무슨 일이 있겠어?

지나치게 걱정이 많은 스스로의 속 좁음을 한탄하던 은지호는 잠시 후 결국 잠바를 걸쳐 입고 있는 자신의 모습을 발견했다. 곧 낌새를 느꼈는지 거실로 나온 반여령이 물었다.

"야, 단이한테 전화해 봤어? 안 받는데."

은지호는 애써 불안을 숨기고 담담하게 대꾸했다.

"원래 전화 진동으로 해 놓고 잘 꺼내 보지도 않잖아. 취미가 부재중 전화 쌓아 놓기잖냐."

"그런데 겉옷은 왜 입고 있어?"

"……"

산책, 가려고. 자신도 불안해서 그 둘을 찾으러 갈 생각이었다고는 차마 말할 수 없는 은지호가, 그렇게 대충 둘러대려는데 현관에서 도어락이 열리는 소리가 났다.

아, 왔다. 반여령이 검은 머리카락을 너풀거리며 뛰어가는 것을 본 은지호는 길게 한숨을 내쉬었다. 그는 털썩 소파에 걸터앉으며 중얼거렸다, 뭐야, 괜히 걱정했잖아. 괜히.

그러나 잠시 찾아온 마음의 평화는 반여령의 비명 같은 외침으로 인해 산산이 부서져 버리고 말았다. 그녀가 놀란 듯 외쳤다.

"너, 너희들 옷이 왜 이래! 굴렀어?"

그제야 후다닥 달려 나오다가 은지호는 현관 앞에 선 그들의 모습을 보고는 딱 멈춰 섰다. 자신의 바로 앞에는, 이미 방에서 막 나온 듯한 우주인이 드물게 날카로운 눈을 하고 그들의 모습을 면밀히 살피고 있었다.

우주인보다 관찰력이 좋지 않은 은지호가 한눈에 보기에도 예삿일로 얻을 상처가 아니었다.

무릎이 새카매진데다가 뺨에는 생채기가 드문드문 나 있는, 심지어 머리카락이 헝클어져서 거의 사자머리에 가까운 수준의 함단이. 그리고 마찬가지로 머리카락이 엉켜 있는 데다가 성격답게 목 위까지 단단하게 채우고 나갔던 코트 단추가 전부 풀려 있는 권은형.

특히 함단이라면 모를까, 권은형의 흐트러진 모습은 은지호로서도 중3 수학여행 이후로 1년 만에 보는 것이었다.

둘의 모습을 입을 벌리고 살피는데, 바로 앞에서 우주인의 심기 불편한 듯한 목소리가 흘러나왔다.

"엄마, 황시우야?"

"……."

그 말에 거실의 공기가 영하 40도로 치닫는 것은 순식간이었다. 함단이가 아무 말이 없자 우주인의 기운이 더더욱 흉포해졌다. 그리고 잠시 후, 어깨를 약간 움츠린 함단이의 얼굴을 무심코 바라본 은지호는 그녀의 눈가가 붉어져 있음을 깨달았다.

은지호가 기억하기로는 함단이가 자신들 앞에서 운 적은 거의 없었다. 반여령이나 함단이나 독하기는 둘 다 독해서, 어지간한 일로는 울지 않는 것이다.

심지어는 결말이 비극적인 멜로 영화를 보러 갔을 때도, 함단이와 반여령 둘 다 눈물 한 점 없이 팝콘만 무섭도록 씹어 대서 얼마나 무섭던지.

후에 슬프지 않았냐고 묻자 반여령은 '어, 슬프기는 하던데 울 정도는 아니었어.'라고 말했고, 함단이는 묘하게 비틀린 듯한 미소를 지으며 '내가 더 슬퍼.'라고 대답했다―그 대답의 의미는 지금도 잘 모르겠다―.

드라마를 볼 때든, 영화를 볼 때든, 심지어 현실의 일을 겪을 때도 거의 눈물을 보이지 않는 그녀였다.

권은형이 전에 졸업여행 때 바닷가에서 함단이를 울린 그네들에게 그토록 단호하게 폭력을 행사했던 것도 그 때문이 아닌가? 자신이 함단이의 우는 얼굴을 처음이자 마지막으로 본 것은 개학 전날의 고기 파티에서가 전부였다.

보통 심각한 일이 아닌 듯했다.

은지호가 얼굴을 굳히는데, 함단이의 등을 토닥이고 그녀를 반여령에게 넘겨준 은형이가 우주인의 어깨를 두드리고 자신에게는 턱짓을 해 보였다. 우리들끼리만 무언가 할 말이 있다는 은근한 암시였다.

은지호는 고개를 끄덕이고는, 아직도 소파에 얼굴을 파묻고 곤히 잠들어 있는 유천영을 깨웠다.

푸르스름한 속눈썹이 두어 번 팔랑이는가 싶더니 곧 새파란 눈동자가 드러났다. 아직 잠이 덜 깬 듯, 초점이 맞지 않는 눈을 마주한 은지호는 그에 대고 입을 열었다. 유천영의 잠을 깨우기에는 이만한 방법이 없었다.

"야, 함단이 맞고 왔다."

정확한 사실이 아니기는 했지만, 실상을 파헤쳐 보면 그리 다를 것도 없을 건데 뭐 어떠랴 싶었다. 뻔뻔해지기로 마음먹은 은지호는 대답을 기다렸다.

과연, 곧바로 반응이 왔다.

"뭐?"

조금 덜 트인 목소리로 그렇게 물은 유천영은 곧 두통이 밀려오는지 눈썹을 찡그렸다. 그러나 그는 곧바로 소파에 쓰러지는 대신 억지로 몸을 일으키더니 자세를 바로하고 앉았다.

피곤할 때는 유난히 맥을 못 추는 유천영이 종종 전봇대에 얼굴을 박는 것을 잘 알고 있는 권은형이 유천영을 부축했다. 곧 고개를 든 유천영이 다시 물었다.

"방금, 뭐라고 했어."

"권은형, 얘기해 봐. 뭐가 어떻게 된 거냐?"

은지호가 묻자 그제야 권은형이 입술을 떼었다. 은지호와 마주 보고 앉은 우주인의 맑은 눈동자 위로 예리한 기운이 흐르는 것이 보였다.

권은형은 특유의 부드러운 목소리로 담담히, 그리고 단호하게 말했다.

"단이 교통사고 날 뻔했어."

"뭐?"

되묻는 유천영의 목소리가 조금 더 높아졌다. 유천영이 저렇게 목소리를 높이는 것이 흔한 일은 아니었지만, 은지호는 그것에 놀라는 대신 말없이 신음을 삼켰다. 생각보다도 심각했다. 그냥 단순히 어디, 누군가에게 밀려서 바닥을 구른 정도이겠거니 생각했건만.

붉은 기가 도는 속눈썹을 내리깐 권은형은 곧, 다시 정면을 보며 말을 이었다.

"본인 말로는 목숨이 위험할 정도는 아니었다고 하는데, 많이 놀란 모양이더라. 한참 울고 들어왔다."

"……."

"전에 여령이 건드린 데부터 빚이 남아 있기는 했지. 어떡할래?"

지금까지 그러했듯, 여전히 담담한 목소리로 묻는 권은형을 보다가 은지호는 흠칫 놀랐다.

지금까지 서늘하게 얼어붙어 있다고 생각했던 암녹색 눈동자, 그 안에서 싸늘하게 일렁이는 분노의 불길을 본 것 같았다. 감정을 갈무리하는 데는 우주인보다도 능숙한 사람이 권은형이라는 것을 잠시 잊고 있었다.

권은형은 분명히 자신을 보면서 물은 것 같았다. '어떡할래'라고. 그 안에 서린 희미한 분노의 칼날을 읽어 낸 은지호는 곧바로 되물었다.

"넌 어떡하고 싶냐?"

이미 권은형의 안에서 답은 나와 있으리라고 생각했다. 매사에 나서기보다는 뒤에 서서 이들에게 조언하는 것을 주로 하는 권은형이었지만, 이번만큼은 다르리라고 생각했다.

과연, 질문을 받은 권은형의 표정에는 조금의 흔들림도 없었다. 조금 생각하는 듯한 빛을 띠던 차분한 눈에 곧 날카로운 빛이 떠올랐다. 그가 웃으며 대답했다.

"한 번 나설 거면 제대로 나서야지."

은지호는 생각했다. 권은형의 오래된 삶의 신조를.

자기의 일은 스스로 하자. 그리고 일을 벌이려면 제대로 처리해서 다시는 기어오를 생각도 못하도록 하자.

은지호는 하필이면 권은형의 앞에서 일을 벌인 황시우 패거리에게 조금이나마, 아주 조금이나마 동정심이 피어오르기 시작했다.

* * *

"손 다 까졌다."

"아, 아."

나는 인상을 찡그리며 손을 움찔거렸다. 그러거나 말거나, 단호한 얼굴로 내 손바닥에 소독약을 문지른 여령이는 곧 아주 우울한 얼굴을 했다.

제가 더 아프다는 듯한 얼굴에, 나는 차마 더 이상 엄살을 부리지 못하고 다만 반여령의 손등을 토닥였다. 그러자 나를 본 그녀는 이번에는 아주 화난 듯한 얼굴을 했다. 이거, 그런 일을 당한 것은 나인데도 오히려 내가 반여령을 말려야 할 듯한 모양새였다.

반여령은 그 붉은 입술을 몇 번 짓씹더니, 이제는 아예 피가 날 듯 붉어진 얼굴을 하고는 침대에서 벌떡 일어났다. 내가 의아해서 물었다.

"너 어디 가?"

"거실. 뭐 좀 물어보게."

"그래, 다녀와라."

나는 조금 어이가 없어서 그렇게 대답하고는 침묵을 지켰다.

평소에는 매우 걱정된다는 얼굴로 내 옆을 지키거나, 그도 아니면 어떻게 된 거냐고 경위를 캐물을 여령이가 저렇게 훌쩍 사라져 버리니 조금 당황스러웠다.

사실, 지금 혼자만의 시간이 필요하기는 했다. 하, 나는 멀쩡한 손을 들어 머리카락을 쓸어 올렸다. 이제야 손이 떨리기 시작했다.

무서웠다. 진짜, 죽는 줄만 알았다.

죽도록 무서웠고, 왜 부모님과 싸웠을까, 하는 생각, 내 장례식장에서 부모님이 나를 두고 대성통곡하실 거라는 생각, 하고자 했던 것들, 이루고자 했던 것들, 아직 이루지 못한 것들, 온갖 생각이 떠올라 내 마음을 괴롭혔다.

우습게도 한때는 삶의 의미를, 이유를 도저히 모르겠다는 이유로 가볍게 죽어 버릴까 하는 생각을 한 적도 있었다. 그러나 그 순간 느꼈다. 나는 한순간도 죽고 싶어 한 적이 없었다.

후, 나는 천천히 참았던 숨을 터트렸다. 다행히도 눈물은 나지 않았다.

바닥에 널브러져 숨을 가쁘게 몰아쉬는 은형이를 보고 너무 놀랐던 터라 나 자신을 달랠 여유조차 갖지 못했던 것은 사실이다. 그러나 시간이 지나서인가, 감정은 많이 가라앉아 있었다.

나는 두 손을 기도하듯 모아 쥔 채로 이마에 가져다 대었다. 그 상태로 얼마나 웅크리고 앉아 있었을까, 나는 천천히 한숨을 내쉬었다.

은형이의 얼굴을 볼 자신이 없다. 나쁜 것은 작가니 뭐니 했는데도, 결국 더더욱 나쁜 것은 나일지도 모른다.

은형이와 내가 친하지 않았더라면, 그랬더라면 그런 일을 당할 일도 없었을 거라는 생각을 하고 있는 나일지도 모른다. 이 모든 불행의 이유를 은형이로 돌려 버리고 혼자 편해지려는 나야말로 진짜로 이기적이고 나쁜 년일지도 모른다.

이미, 내가 이렇게 생각하지 않더라도 은형이는 스스로를 죄인이라고 여기고 있을 것이다.

어머니의 죽음, 나의 사고, 그의 책임이 없는 일인데도 모두 제 책임이라고 생각하고, 그 무거운 어깨에 스스로 짐을 얹는 그였다. 지금까지 그렇게, 스스로를 학대하고 살았으면서도 무너지지 않은 것이야말로 그가 진짜로 강하다는 증거였다.

그리고 나는, 나는 너무 나약한 사람이라서…… 순간 은형이와 함께 있지 않았더라면 교통사고를 당하지 않았을지도 모른다는, 그런 생각이나 해 버리는 사람이라서.

은형이의 얼굴을 볼 낯이 없다.

나는 눈을 꾹 감고, 방에 그렇게 앉아만 있었다.

어서 어른이 되었으면 좋겠다. 소독약이 핏물처럼 빨갛게 말라붙은 손을, 통증을 무시하고 세게 쥐면서 나는 중얼거렸다.

어서 어른이 되어서 이 소설이 언제 끝날까, 하는 지긋지긋한 생각에서 해방되고, 또, 더 이상 나약한 내 모습을 마주하지 않을 수 있었으면 좋겠다.

* * *

"……그래서 관건은 일단 그 새끼를 혼자 불러내는 건데."

"어, 그러니? 그렇구나, 그게 관건이구나."

"……헉."

은지호는 놀라서 헛바람을 삼켰다. 어쩐지 어깨가 간지럽다 싶더니, 착각으로 여겼건만 반여령의 자줏빛이 도는 새카만 머리카락이 제 어깨에 닿아 있었다.

머리 바로 위에서 목소리가 들려온 것으로 보아, 반여령은 지금 제 머리 위로 고개를 숙이고 있는 것이 분명했다. 우주인이 맞은편에서 웃는 얼굴로 물었다.

"여령아, 왔어?"

"응, 너희 무슨 얘기 해? 아니, 잠깐, 내가 맞혀 볼게."

그렇게 말한 반여령이 더 말하지 말라는 듯 검지를 내밀고는, 미간을 찡그리며 고민하는 얼굴을 했다.

이게 어디서 약을 팔아, 은지호는 얼굴을 구겼다. 이미 그 반여령의 잘 돌아가는 두뇌로는 결론이 도출되고도 남았을 것이다.

반여령은 기본적으로 눈치가 매우 빨랐는데, 이들이 자주 그 사실을 잊곤 하는 이유는 오직 하나, 반여령은 연애 문제에 관해서는 눈치가 빵점이었기 때문이었다. 과연, 잠시 후 눈을 반짝 뜬 반여령이 말했다.

"정답! 단이를 교통사고 당하게 할 뻔한, 그 쳐 죽일 새…… 사람을, 아니, 놈을, 흠흠, 처단하려고 계획 짜는 중이다."

"와! 똑똑하다."

그렇게 말하며 해맑게 웃는 우주인의 모습에서 농담하는 기색이라고는 조금도 찾아볼 수 없었다. 기분 좋게 웃으며 손을 내뻗은 반여령은 우주인과 하이파이브를 하고는, 은지호와 권은형의 사이에 끼어 앉았다.

시답잖은 농담을 하며 웃기는 했으나, 자리에 앉은 반여령에게서 흘러나오는 기도는 사뭇 비장한 것이었다. 그녀의 눈매에서는 금방이라도 얼음이 뚝뚝 떨어질 듯했다. 은지호는 침을 꿀꺽 삼켰다.

앉은 것을 보아하니 반여령은 결코 빠질 생각이 없는 듯했다. 은지호는 조금 주저하다가 입을 열었다.

"야."

"아."

아? 먼저 부른 것은 자신이었는데, 반여령이 문득 할 말이 떠올랐다는 모양으로 자신을 돌아보았다.

뭐야? 의아해서 보고 있는 은지호에게 반여령이 말했다.

"너, 나한테 여자니까 빠져라, 위험해서 안 된다, 이런 소리 할 거면."

"할 거면?"

"저면 스플렉스라구, 나 전에 오빠 친구들한테 기술을 하나 배웠는데. 혹시 아니? 그, 상대방 허리를 뒤에서 두 팔로 붙잡고 그대로 뒤로 넘겨 버리는 거야."

"그래서?"

"나 체육 잘하는 거 알지? 배운 건 완벽하게 소화하잖아."

"그…… 래서?"

"아니, 그냥 그렇다고. 하, 하하."

그렇게 말하면서 늠름하게 웃은 반여령이 제 등을 툭툭 두드리는데, 힘이 예사롭지 않았다.

은지호는 점차 얼굴을 굳혔다. 이거야말로 눈 가리고 아웅이 아니고 뭐겠는가? 즉, 방금 반여령의 말을 조합해 보자면 이러했다.

그 쳐 죽일 새끼—권은형을 생각해서 욕을 자제한 것이지, 그녀가 하고 싶은 말은 이것이었으리라―에게 복수하는 것을 방해했다가는, 너에게 저먼 스플렉스를 먹여 주겠다, 내가 배운 건 완벽하게 소화하니까 너한테 완벽한 저먼 스플렉스를 먹여 줄 수 있을 것이다.

그야말로 완벽한 협박이었다.

젠장, 물론 은지호도 알고 있었다. 반여령이 보기처럼 마냥 착한 것은 아니고, 가녀린 것은 더더욱 아닌, 그야말로 괴물 같은 17세 소녀라는 것 정도는.

그러나 일을 진행시키다 보면 필연적으로 일진 무리와 부딪치게 될 텐데, 여자인 반여령을 그런 데 끼운다는 것이 조금 껄끄러웠다.

은지호는 도와 달라는 뜻으로 눈빛을 보냈으나, 유천영은 한숨을 내쉬는 것이 반여령이 하겠다는데 어떻게 말리겠냐는 듯한 얼굴이었다. 그 옆의 권은형을 돌아보니 마찬가지로 머쓱하게 웃어 보일 뿐이었다.

우주인은 오히려 아까보다도 환하게 웃었다. 이미 머릿속에서 반여령을 백배 활용한 시나리오가 굴러가고 있는 것이 틀림없었다.

늦었군, 젠장. 은지호는 뒤통수를 긁적이고는 말했다.

"알았다. 알았다고. 아, 넌 진짜 무슨 애가 그렇게 겁이 없냐?"

"헐, 이럴 때는 겁이 없다고 하는 게 아니라 의리가 있다고 하는 거거든. 나라고 안 무섭겠니?"

어. 은지호는 반사적으로 그렇게 말했다가 반여령에게 다시 한 번 등짝을 얻어맞았다. 수줍은 얼굴을 하고서도 단숨에 은지호를 내려친 반여령은, 이어 입매를 약간 굳히더니 낮은 목소리로 말했다.

"야, 솔직히 진짜 소중한 친구가 차에 치일 뻔해서는 완전 너덜너덜해져서 왔는데, 여기서 가만히 넘어가는 게 진짜 병신 아니야? 아니면 그냥 존나 비겁하거나."

"흠."

그것은 은지호도 동의하는 말이었기에, 그는 턱을 쓰다듬으며 고개를 끄덕였다. '어화둥둥'하는 오빠와 부모님 아래에서 자라서, 평소에는 말을 험하게 쓰지 않는 반여령이었다.

흘긋 권은형을 돌아보니, 욕을 싫어하는 그가 어째서인지 반여령의 말을 듣고도 아무렇지도 않은 얼굴이었다.

이어 유천영이 손을 들더니 반여령의 머리를 툭툭 쓰다듬었다. 무언가, 또 혼자만의 생각에 골몰하는 듯하던 반여령이 흠칫 놀라서 물었다.

"왜, 왜?"

"말 잘한다 싶어서."

"흠, 내가 좀."

곧바로 뿌듯한 얼굴을 하는 반여령을 보고 유천영은 피

식 웃었다. 이어 그는 아까부터 팔짱을 낀 채 말이 없는 우주인을 향해 물었다.

"그래서, 계획은 다 세웠어?"

계획을 세우기 시작한 지 불과 30분도 채 되지 않은 시간이었다. 그러나 유천영은 이미 우주인의 머릿속에 계획의 전체적인 줄기는 물론이고, 세부적인 사항까지 다 완성되었을 거라 확신하고 있었다.

과연, 잠시 후 우주인은 입을 열었다.

커튼을 치고 있어 거실은 어두웠다. 옅은 어둠 사이로 우주인의 갈색 눈동자가 생긋 웃어 보였다.

* * *

침대에서 얼마나 그러고 있었을까, 깜빡 잠이 든 모양이었다. 눈을 떴을 때는 놀랍게도 저녁 5시가 조금 안 된 시간이었다. 그러니까, 나는 무려 5시간을 그 자리에서 내리 잔 셈이었다. 그러나 나는 침대에 편하게 누워 있었다.

내가 무의식적으로 누웠나, 그것도 아니면 누군가 나를 눕혔나? 후자라면 조금 민망한데, 그렇게 생각하다가 나는 미간을 찡그렸다.

속이 울렁거렸다. 그러고 보니까, 토할 뻔했던 것 같은데, 그것 때문에 괜히 속이 안 좋은지도 몰랐다.

창밖이 이미 주홍빛으로 물들어 있었다. 조각배 위에 떠 있는 것처럼, 어딘가 아득한 기분이었다. 그러고 있으려니 조금 어지러워서 다시 눈을 감는데 문 쪽에서 삐걱거리는 소리가 났다. 누군가 문을 열었다.

　아직 안 갔나? 어차피, 내 집을 거의 제2의 집처럼 여기는 이들이었으니 내가 잠들었어도 노는 데는 전혀 지장이 없었으리라.

　나는 눈을 뜨며 자연스럽게 일어나려고 했는데, 그 순간 누군가 내 머리카락을 매만지는 바람에 타이밍을 놓치고 말았다.

　나는 누운 그대로 아무것도 할 수가 없었다. 아니, 물론 이들이 내 머리카락을 만지는 것은 별로 새삼스러운 일은 아니었다. 여기에서 만진다는 것의 의미는 사실상 '헝클어트린다, 그것도 아니면 툭툭 친다'에 가까웠다.

　그러나 무언가, 눈을 감고 있는 상태에서 누군가가 내 머리카락을 부드럽게 쓸어내리는 것은 좀, 그냥, 이상한 느낌이 들었다. 상대방은 아무런 사심 없이, 그냥 평소에 하듯이 그럴 뿐인 것 같아서 더욱 그랬다. 내가 여기에서 괜히 두근거리고 그러면 안 될 것 같았다.

　얼마나 고민했을까, 나는 결국 눈을 떴다. 이대로는 내 머리카락을 몇 분이고 매만지고 있을 것 같았다.

　흐릿하게 번지는 시야 위로 주홍색 노을에 물든 새카만

머리카락이 보였다. 이국적인 새파란 눈동자, 아, 유천영이었다.

유천영은 내가 눈을 뜬 것을 곧바로 알아차린 듯했다. 그는 내 머리카락에서 조용히 손을 떼고는, 한동안 말이 없었다. 뭐야, 나는 괜히 기분이 이상해졌다.

노을이 진하게 타는 하늘, 창문으로 쏟아지는 주홍빛, 어둑어둑한 공기에 잠겨 있는 우리 두 사람. 순간 내 앞의 유천영이 환상은 아닌가, 이것이 모두 꿈은 아닌가, 하는 생각이 들었다.

한동안 말이 없던 유천영은 갑자기 무슨 생각에서인지 이불을 내 코까지 끌어 올려 덮어 주었다. 그리고 그는 내 머리를 툭툭 두드리며 속삭이듯 말했다.

"더 자."

그의 낮은 목소리는 무겁게 바닥으로 흩어졌다. 그를 빤히 보다가, 나는 조용히 마른 입술을 열었다.

"안 졸려."

"그래도."

그는 그렇게 말하며 이불을 내 입에 대고 꾹 내리눌렀다. 말을 하지 말라는 건가, 싫었지만 그는 별 표정이 없었다. 유천영은 조금 미간을 좁히더니, 뜻밖에도 이렇게 말했다.

"많이 피곤하잖아."

"안 피곤한데?"

내가 피곤한 걸 네가 어떻게 알아? 내가 그렇게 묻자 유천영은 한숨을 내쉬었다. 그러더니 그는, 이불을 걷고는 나에게 손을 내밀었다. 잡고 일어나라는 건가, 나는 웃고는 말했다.

"뭐야, 나 환자 아닌데. 왜 이렇게 막 잘해 줘?"

"현대인의 병 중에 90퍼센트는 정신적인 게 원인이라던데."

"뭐, 지금 나 우울증이라고?"

"아니, 너…… 많이 놀랐을 것 같았는데, 속은 괜찮고, 배는, 안 고파?"

유천영이 미간을 찡그리며 걱정된다는 듯 그렇게 물었을 때 나는 아까보다도 놀랐다.

유천영은 우리끼리 있어도 말을 잘 하지 않는 데다가, 그가 나에게 무언가를 묻는 것은 드물었다. 그것도 저렇게 연속적으로 묻는 것은 더더욱. 나는 곧 정신을 차리고는 웃으며 고개를 내저었다.

"사실 좀 속 안 좋아. 지금 뭐 먹으면 토할 것 같아."

"그래. 이따가, 아니, 은형이한테 죽 끓여 달라고 해 놓을게."

그렇게 말하면서 유천영은 나를 자연스럽게 침대에 밀어 넣었다. 속도 안 좋겠다, 잠이나 더 자라는 말인 것 같아서 나는 웃었다. 내가 말했다.

"아니, 안 그래도 돼. 곧 부모님 오실, 아…….."

나는 대수롭잖게 그렇게 대답하다 말고, 갑자기 말을 멈추었다. 아, 씨. 어쩌지. 원두커피는 그렇다 쳐도, 아, 어제 진짜 심하게 싸웠는데.

내가 말을 하다 말자 유천영은 그것이 걱정스러운 모양이었다. 그는 대번에 내 이마에 손을 얹었다. 이마에 닿은 차가운 손가락에 흠칫 놀라 고개를 들자, 그가 푸른 눈으로 날 보며 물었다.

"어디, 안 좋아? 약 사 올까?"

"아, 아니."

"병원 갈래?"

"아니, 그게 아니고, 나 어제 싸웠잖아."

"아."

유천영은 짧게 대답을 내뱉고는 침묵했다. 지금까지 내가 보아 온 바로는, 유천영은 자신이 조금 민감하게 반응한 것이 쑥스러운 모양이었다. 그의 민망한 듯한 얼굴이 웃겨서 웃으려고 했는데, 그런데 웃음이 나오지를 않았다.

아, 잠시 후 나는 손을 들어 마른 얼굴을 벅벅 문질렀다. 유천영이 나를 보고 뭐냐는 듯한 얼굴을 했다. 휴, 얼굴에서 손을 뗀 나는 울상이 되어 말했다.

"아, 화해해야 하는데."

"심하게 싸웠나 보네."

"좀 많이. 그렇게 싸워 본 거 한 세 달 만일걸."

"아, 중3 기말고사 이후로 처음이라고."

유천영이 대번에 알아들었다는 듯 그렇게 말해서, 나는 민망해서 얼굴을 문질렀다. 그래, 사실 이들은 다 알고 있었다. 내가 부모님과 싸우는 경우는 대부분이 성적표가 나왔을 때라는 사실을 말이다.

에이 씨. 한참을 머리를 긁던 나는 한숨을 푹 내쉬었다. 그리고 중얼거렸다.

"아, 어떻게 화해하지. 진짜, 아직 화해할 기분도 아니고, 아, 진짜…… 그냥 말하기도 싫고, 얼굴 보기도 싫고, 다 싫은데."

진지한 의미로 싫다는 게 아니라, 아직은 보고 싶지 않다는 의미였다. 그냥, 솔직히 말해서 미웠다.

내가 그렇게 비교하지 말라고 매일 말했는데도, 싸우다가 감정이 격해지다 보면 결국 나오는 것은 반여령에 대한 얘기다.

끝에 가서는 차라리 반여령을 딸로 삼지, 내가 말하고, 그럴 걸 그랬다, 엄마가 말하고, 서로 진심이 아니라는 것을 알고 있는데도 서로의 말에 상처받고 만다.

얼굴을 한참 문지르다가, 나는 흘긋 눈을 들어 유천영을 보았다. 그는 무슨 말을 해야 할지 모르겠다는 얼굴을 하고 있었다.

유천영은 위로할 때는 무슨 말이라도 해야 한다고 생각

하는 것 같았지만, 사실 나는 나를 위해 고민하는 듯한 그 얼굴에 힘을 얻고는 했다.

나는 그의 손을 잡고 슬쩍 흔들었다. 그가 나를 보았다.

"야, 같이 고민 안 해 줘도 돼. 가족이랑 관련된 문제는 원래 남이 해결 잘 못하더라."

"그래."

그렇게 대답하며 유천영은 조금 쓰게 웃었다. 나는 한 번 웃고는, 노을이 타는 하늘을 흘긋 보고는 말했다.

"나는 진짜 아직 많이 어린가 보다."

"갑자기 왜."

"아니, 어떤 책에서 보니까 그러더라."

나는 조금 창피해서 뺨을 한 번 문지르고는 말했다. 얼마 전에 읽은 자기계발서에 적혀 있는 문구였다.

"나한테 일어나는 일은 다 내 탓이라고 생각하래. 왜냐 하면, 문제의 원인을 밖에서 찾으려고 하면 결국 나는 아 무것도 바꿀 수가 없을 거래. 그러니까, 문제의 원인을 내 안에서 찾고, 그 원인을 바꾸려고 노력하는 게, 뭐지, 그, 나의 발전을 위한 길이다? 그런 내용이었어. 근데 좀 맞는 말 같더라."

"……."

"그냥, 내가 공부를 사실 죽어라고 열심히 한 건 아니니 까. 엄마가 화낸 것도, 내가 더 이상 못할 거라고 생각해서 화낸 게 아니라 더 잘하라고, 더 잘할 거라고 믿고 계셔서 화낸 거니까. 맞겠지?"

아니라면 진짜 슬픈데, 그렇게 생각하며 나는 뺨을 문질렀다.

고개를 흘긋 들어 유천영을 바라보니, 그는 나를 보는 채로 말이 없었다. 내 말을 되뇌고 있는 것일까, 그렇게 생각하는데 그가 나를 보았다. 그의 입술이 달싹였다.

"너는 가끔 보면……."

"보면?"

"스스로를 너무 몰아세우는 듯한 느낌, 그런 게 있어."

그렇게 말하며 유천영은 손을 뻗어 내 머리를 쓰다듬었다. 왠지 그의 손이 평소보다도 부드러운 것처럼 느껴져서 기분이 조금 이상해졌다.

내 머리에 손을 얹은 채로 그는 말을 이었다.

"내가 들은 얘기는 조금 다른 거였는데."

"뭔데?"

"무슨 얘기더라."

유천영은 눈을 감은 채 고민하는 듯했다. 새카맣게 감긴 속눈썹 끝에 진한 주홍빛이 맺혔다. 곧 그가 입을 열었다. 그의 목소리는 바닥으로 무겁게 흩어졌다.

"어린아이는, 어른이 되면 더 이상 나약하지 않을 것이라고 생각한다. 하지만 어른이 된다는 것은 나약함을 받아

들이는 것이다.”

나는 아무 말 없이, 그의 목소리를 다만 듣고 있었다. 곧 눈을 뜬 그는 나를 보고 말했다. 평소와 같이 담담한 모습이었다.

“살아 있다는 것은, 나약한 것이다…… 라고, 내가 들은 얘기는 그거였어.”

“……”

나는 말없이 눈을 깜빡이며, 유천영의 파란 눈을 마주 보고 앉아 있을 뿐이었다.

그냥, 조금 놀라웠다. 책을 별로 좋아하지 않는 유천영이 저런 글귀를 외우고 있다는 것도, 그리고 그 글귀가 삶에 대한 의지로 가득 찬 것도, 강한 의미를 품고 있는 것도 아닌, 단지 사람은 나약하다는 그 한마디만을 전하고 있다는 것도.

유천영은 나를 보고 잠깐 눈썹을 찡그렸다. 나는 저것이 그가 할 말을 고민할 때 짓고는 하는 표정이라는 것을 잘 알고 있었다.

먼저 입술을 뗀 것은 나였다.

“그러니까, 그 말이…… 결국 살아 있는 한은 나약할 수밖에 없으니까 더 이상 노력하지 않아도 된다, 그런 말이야?”

“그렇다기보다는.”

그렇게 말하고 유천영은 잠깐 눈썹을 찡그렸다. 그는 나를 보고 말을 이었다.

"세상에 나약하지 않은 사람은 없다는 거야. 사실 사람들은 네 생각만큼 강하지 않을지도 모르고, 그러니까…… 너무 스스로를 몰아세울 필요 없어. 내 생각엔."

그는 그렇게 말하고는 잠깐 곤혹스러운 듯 흘긋 옆을 보았다. 그러더니 다시 말했다.

"너는, 쉬는 법을 배울 필요가 있어."

그의 마지막 말에는 한숨이 섞여서 거의 속삭이는 듯이 들렸다. 나는 조금 의아함에 눈을 크게 떴다. 거실에서는 누군가 텔레비전을 틀어 놓은 듯, 두런거리는 말소리가 이어지고 있었다.

손을 들어 머리카락을 한 번 쓸어 넘긴 유천영은 나를 보고 말을 이었다.

"사실 내가 생각하기에는, 나는…… 자기 자신에게 엄격한 사람이 남에게는 너그러울 수 있을 거라고 생각 안 해."

"왜?"

"대개 세상은 똑똑한 사람, 유능한 사람, 착한 사람에게 많은 짐을 지게 하니까. 사람들이 그렇게 짐을 짊어지고도 남을 향해 마냥 너그러울 수 있을 거라고는 생각하지 않아. 다른 사람이 멍청하니까 내가 많은 일을 하게 된 거고, 다른 사람이 나쁘니까 착한 내가 손해를 보는 거니까."

"그건 그러네."

"다른 사람이, 너보다 강하다고 생각하지 않았으면 좋겠다. 그 사람들이 너와 같이 나약하고 미숙할 수 있다고 생각해야지, 그 사람들을 제대로 이해할 수 있으니까."

나는 고개를 들었다. 유천영은 조금 주저하는 듯하다가, 책상에 기대어 말을 이었다.

"내 생각에는, 너희 부모님이 성적 문제만 나오면 그렇게 화를 내시는 건…… 네가 처음이라서 그럴 수도 있어."

"처음?"

"첫째니까. 누구를 기준으로 두고 봐야 할지 잘 모르시는 거 아닐까."

"아."

나는 나지막이 앓는 소리를 냈다. 그래, 내가 반여령에게 항상 비교당해 왔던 이유가 바로 그것이었다.

내 얼굴을 살피는 듯하던 유천영, 내가 말이 없자 눈썹을 조금 찡그리고는 말을 이었다.

"그냥, 부모님이 너보다 나이가 많으시다고 해서 세상 모든 일을 다 알고 계시는 건 아니니까. 누군가를 키우는 건 네가 처음이라서 서툴고, 그래서 불안해서 자주 비교하게 되고, 화를 내게 되고. 나는 그런 게 아닐까 생각한다."

"……"

"내가 나약한 만큼, 상대방도 나약하다는 걸 깨달았을 때 비로소 둘 사이에 이해라는 게 생겨나지 않을까."

유천영은 그렇게 말하고는, 한동안 입술을 꾹 다문 채 가만히 서 있었다.

여전히 거실에서는 방청객의 웃음소리가 왁자하게 들려오는 가운데, 나와 유천영은 어둠 속에서 서로를 마주 보고 서 있었다. 나는 유천영의 바로 뒤편을, 그는 내 베개를 보고 있었다.

그렇게 서로에게서 시선을 비켜 내린 채 있다가, 내가 먼저 눈을 들었다. 나는 말했다.

"네, 말이…… 맞아."

"……."

"너 진짜 모처럼 말 많이 했다. 그런데 네 말 진짜 맞는 것 같아."

그렇게 말하고 나는, 무어라 말해야 좋을지 몰라서 입을 다물었다. 그냥, 뭐라고 말을 해야 할지 알 수가 없었다. 부모님에 대한 생각과 유천영에 대한 고마움이 섞여서, 무엇을 말해야 할지 잘 알 수가 없었다.

그때, 유천영이 다시 입을 열었다.

"어쩌다 너희 부모님 얘기까지 갔는지 잘 모르겠는데, 그냥 내가 말하고 싶은 건 이거였어."

"……?"

"너는 스스로 달라져야 한다고, 계속 그렇게 생각하는 것 같은데…… 난 그냥 이대로도 나쁠 건 없다고 생각해.

너무 몰아세우다가 괜히 스스로 더 상처받고, 힘들어지고, 그러는 것보다는."

나는 눈을 조금 크게 뜬 채로 침묵을 지켰다. 눈을 슬그머니 내리깔아 내 시선을 피한 유천영은 다시 입술을 열었다.

"어차피 완벽한 사람이라는 건 없으니까."

"은형이도?"

"은형이도, 너도, 나도……."

그렇게 말하고 유천영은 한동안 눈을 내리깔고 있었다. 그러다가 그는 갑자기 손을 뻗어 내 머리를 꾹 눌러 버렸다.

뭐야, 내가 물을 새도 없이 내 머리는 얌전히 베개 위에 누웠다. 그러고 나서야, 유천영은 입술에 옅은 미소를 띠더니 다시 이불을 목 위로 덮어 주는 것이었다. 내가 당황해서 물었다.

"왜 갑자기?"

"속 안 좋다며, 그러고 있어."

"그, 그래."

"잘해."

마지막으로 나직하게 말한 유천영이 문을 닫고 방을 나갔다. 뭘 잘하라는 거야? 나는 어리둥절해서 중얼거리다가, 곧 그가 말한 것이 부모님과의 화해라는 사실을 깨달았다.

살아 있다는 것은 나약한 것이다. 나는 그 말을 입속으로 한 번 중얼거렸다. 그대로 있어도 된다고, 갑자기 마음이 한결 가벼워지는 듯했다. 방금까지만 해도 내 마음을 묵직하게 틀어쥐고 있던 것이 떨어져 나간 듯한 기분.

그가 닫고 나간 문을 응시하다가 나는 천천히 눈을 감았다. 그냥, 자고 일어나면 부모님과 말해 볼 마음이 생길 것 같은 기분이 들었다. 이유는 잘 모르겠지만, 그랬다.

제8조. 전국 서열 1위, 그 사람이 지금 어디 있다고요?

전국 서열 1위, 그 사람이 지금 어디 있다고요?

머리의 좋고 나쁨도 대부분은 유전자에 내재되어 있다는데, 그 증거로 반여령의 친가와 외가는 전부가 괴물적인 스펙을 자랑했다. 카이스트에, 의대에, 심지어는 하버드에 재학 중인 사람도 있었다—이 사실을 처음 접했을 당시 함단이는 세상이 멸망하고 홀로 남은 것 같은 얼굴을 했다—. 그리고 우주인의 친가 역시 마찬가지였다.

우주인의 사촌들은 하나같이 머리가 좋았는데, 그러나 희한하게도 개중에 성실하게 학교생활을 하는 인간은 별로 없었다. 우주인을 포함해서.

주변 사람들은, 그런 우씨 집안의 자손들을 두고 공부가 너무 시시하다 보니 저렇게 된 것 아니겠나 하는 의견을 조심스럽게 내놓고는 했다.

그리고 우산은, 대단히 머리가 좋지만 게으른 우 씨 집안의 표본 같은 사람이었다.

흠, 그런데 내가 머리가 좋은가? 우산은 이맛살을 찡그리다가, 손을 들어 뒤통수를 벅벅 문지르며 생각했다. 다들 좋다고는 하는데 잘 모르겠네.

그러나 다른 사람들에 비해 적은 시간을 들이고도 시험을 잘 치르는 것은 사실이었다. 여기에서 적은 시간이라는 것은 시험을 10분 앞두고 교과서를 한 번 훑을 수 있는 정도의 시간을 말한다.

공부는 그게 다인 주제에 한 번도 전교 5등 밖으로 밀려난 적이 없는 우산은, 그러나 '흠, 좀 좋은가 보지' 하고 가볍게 결론을 맺어 버렸다. 사실, 다른 사람들과 비교해서 자신이 어느 정도의 위치를 차지하고 있는지에 대해 신경 쓰지 않는 것도 우 씨 가문 사람들의 특성 중 하나였다.

그는 고개를 들어 교실을 한 번 훑어보았다. 흘긋 내려다본 운동장에는 아직 새벽안개가 뿌옇게 서려 있었고, 복도에서는 발소리조차 들려오지 않았다.

학교에 빨리 온 이유는 없었다. 그냥 오랜만에 눈이 너무 일찍 떠지는 바람에 시계도 안 보고 습관적으로 집을 나왔을 뿐이다.

집. 우산은 그 단어를 한 번 입으로 중얼거리고는 조금 복잡한 심정이 되었다. 그래, 지난 주말에 자신은 친척 집에 다녀왔었다. 우산이, 아니, 우 씨 일가가 모두 끔찍하게 예뻐해 마지않는 사촌 동생, 우주인의 집에 말이다.

사실 좋게 말해서라도 우 씨 일가의 관계를 '돈독하다'라는 둥의 말로 표현할 수는 없었다.

할머니와 할아버지로부터 나온 것이 다섯 남매인데, 희한하게도 우주인을 제외하고는 각 집이 아들 하나, 딸 하나를 낳았다. 다시 말해서 우산의 항렬에 속하는 사촌은 자신까지 포함해서 아홉 명이었다. 남자 다섯에, 여자 넷.

그런데 이들은 모이면 서로 헐뜯고 싸우기에 바빴다. 진심으로 악의가 있냐고 한다면 그런 건 아니었지만, 그냥 성격도 잘 맞지 않고, 잘 지내 보려고 마음을 먹어 봐도 5초만 지나면 으르렁거리고 있기가 일쑤였다. 그러나 그렇게 서로를 못 죽여서 안달인 그들도 우주인의 앞에서만큼은 달랐다.

우주인을 처음 보았을 때, 그는 볼이 유난히 해쓱한, 작은 체구의 아홉 살 난 남자아이였다. 그의 어머니가 재혼하기 이전에 아버지에 의해 도박판에 끌려다니는 둥 고생을 많이 했다고 들었다. 그래서였을까, 모두가 그 아이에게 죽고 못 살게 된 것은.

평온한 날이 이어지면서 아이는 점차 살이 올랐다. 새하얀 볼에는 발그레한 생기가 감돌았고, 부드러운 갈색 눈동자는 점차 그 빛이 환해졌다. 배시시 어색하게 웃던 것이

엊그제 같은데, 이제 그 아이는 시답잖은 농담에도 환하게 웃음을 터트린다.

하지만 그럼에도 불구하고 아직까지도 우주인에게서 시선을 뗄 수 없는 이유는 첫인상이 너무 강렬해서였을까.

그, 세상의 모든 슬픔을 품고 있는 듯했던 갈색 눈, 어린 아이의 눈이라고는 도저히 생각할 수 없었던 그 눈은 지금도 우산의 뇌리에 선명하게 남아 있었다.

흠, 그런 부탁을 할 줄은 상상도 못했는데.

우산은 조금 당황스러워서 자신의 갈색 머리카락을 매만졌다. 그래도 기분이 나쁘지는 않았다.

항상 받기보다는 주고 싶어 하는 우주인이었기에, 그 아이에게서 부탁을 받는 것은 거의 처음 있는 일이었다. 이렇게 말하면 이상하게 들리지만, 조금 기뻤다.

처음으로 형이라고, 기댈 수 있는 존재라고 인정받은 듯한 느낌?

우산이 기분을 추스르지 못하고 실실 웃는 사이에 교실은 점차 밝아져 갔다.

학생들이 속속 들어오며 우산에게 인사를 건네었으나 우산은 웃느라고 그 인사도 듣는 둥 마는 둥했다. 몇몇 학생들은 우산의 모습을 보고 지레 겁부터 먹어서, 인사도 없이 그냥 지나가기도 했다.

이 학교 학생들에게 우산은 제법, 아니, 굉장한 유명 인사였다.

일단 잘생기기도 굉장히 잘생겼다. 게다가 머리는 또 어떤가, 맨날 수업 시간에 퍼 자고도 전교 5등 밖으로 결코 떨어지지 않는 놀라운 두뇌. 그리고 고등학교에 입학하자마자 이 고등학교의 서열 가장 윗자리를 꿰어 찬 무서운 싸움 실력.

유순한 눈매, 부드러운 갈색 눈동자를 가진 우산은 상당히 귀여운 얼굴을 하고 있었다. 그러나 그 귀여운 얼굴로, 미소 한번 흐트러지지 않고 이 학교 3학년을 복도에서 쥐어 패던 그의 모습을, 학생들은 결코 잊지 않았다.

흠, 우산이 심심하다는 모양으로 주위를 둘러보자 몇몇 학생들이 흠칫 놀랐다. 그와 동시에 뒷문이 벌컥 열리는가 싶더니, 머리카락이 화려한 이들이 모습을 드러냈다.

우산의 얼굴이 당장 환해졌다. 그는 제 옆의 의자를 탕탕 두드리며 말했다.

"야, 얼른, 얼른 앉아 봐! 왜 이제야 왔어?"

그 귀여운 반응에도 막 들어온 두 사람은 별다른 감흥이 없어 보였다. 아니, 정확히는 안색이 조금 창백해졌다.

우산의 절친, 서진운과 황해는 서로를 돌아보며 눈빛으로 대화를 시도했다. 쟤 왜 저래, 약 먹었냐?

그러나 그들은 텔레파시가 통할 만큼 사이가 좋지도, 머리가 좋지도 않았기에 곧 포기하고 말았다. 그래서 그들은 우산의 옆에 앉으며 말했다.

"야, 너 왜 그래? 왜 이렇게 열렬하게 맞아 주고 그러냐? 사람 불안하게."

"그리고 이제야라니, 지각 안 한 것만으로도 대단한 거 아니냐? 너 우리한테 왜 그래?"

서진운이 인상을 찡그리고 말한 것에 이어서 황해가 곧바로 물어 왔다. 우산은 눈을 동그랗게 뜨더니, 곧 웃으며 대답했다.

"아, 그러냐? 그래, 잘했다. 지각 안 해서 참 잘했어요. 우쭈쭈~."

그러더니 우산은 웃는 얼굴 그대로 둘의 턱 아래에 손을 올려서 애완견 대하는 것처럼 긁어 주었다.

에이 씨, 둘이 하나같이 짜증 난다는 듯 그 손을 쳐 내고 나서야 우산은 긁는 것을 멈추었다.

그는 웃는 얼굴 그대로 둘을 바라보았다. 그러나 그 눈매는 서늘하게 굳어 있었다. 그가 말했다.

"야들아."

"어?"

"아, 기분 개더러워. 왜?"

서진운과 황해는 제 턱 아래를 벅벅 문지르며 대답했다. 그들은 심지어는 우산의 얼굴을 보지도 않았다. 또 무슨 대수롭잖은 이야기가 나오겠거니, 생각했던 것이었다. 그러나 곧바로 이어진 말에 그들은 동작을 뚝 멈추었다.

우산이 말했다.

"우리, 밖에 싸움 좀 걸자."

"뭐?"

"뭐라고?"

그들은 동시에 그렇게 묻고는 당황해서 서로를 돌아보았다. 상대방의 눈에서 상대방도 자신 못지않게 당황했다는 것을 읽을 수 있었다.

아니, 대체⋯⋯. 둘은 다시 우산을 돌아보았다. 우산은 여전히 제가 무슨 말을 했는지도 잘 모른다는 듯 생글생글 웃고 있을 뿐이었다.

우산, 그는 싸움을 더럽게 잘하는데도 이제껏 싸움을 걸러 다닐 생각을 하지 않았다. 그게 그토록 세력이 강하던 선진 고등학교가 돌연 세력이 작아진 이유 아니었던가?

싸움을 하러 다니지를 않으니, 선진 고등학교를 따르던 주변의 고등학교들이 하나둘 고개를 돌린 것이다. 아직 반란을 일으키지는 않았으나, 조만간 싸움을 걸어올지도 모른다고 생각해서 우산을 설득하려고 그토록 노력했던 것이 지금까지 1년이었다.

그러나 우산은, 빙글빙글 웃는 얼굴로 싸우는 게 싫다고, 귀찮다고 거절했다.

그러려면 너 학교 짱은 왜 먹은 건데!!

서진운이 어이가 없어서 그렇게 말하자, 우산은 여전히 웃는 얼굴로 태연하게 대답했다.

　"아니, 3학년 선배가, 복도에서 지가 부딪혀 놓고 나한테 사과 하라잖아."
　"그래서?"
　"우리 아빠가 나를 어려서부터 패면서 가르친 게 하나 있거든? 뭐냐면, 시시한 일에 고개 숙이지 마라. 나 진짜 뭐 고개만 숙였 다 하면 얻어맞았어."
　"시시한 일? 그래서, 고개 한 번 숙이기 싫어서 학교 일진 무리 를 다 평정해 버렸다, 지금 이런 말을 하고 싶은 거냐?"
　"아니, 고개 숙이기 싫어서이기도 했고, 그 선배 나 보는 눈이 좀 변태 같았거든."

　그것으로 대화는 끝이었다. 하, 그 당시 서진운이 얼마 나 허탈하게 웃었던가. 새로 들어온 녀석이 싸움을 무진장 잘해서 아, 한번 제대로 싸워 보고 다니겠구나, 했더니 웬 사이코가 하나 들어와서는!
　서진운이 아는 우산은 지독하게 강하고, 지독하게 게으 른 남자였다. 그런 그가 먼저 싸움을 걸겠다고?
　아차, 이렇게 넋을 놓고 있을 때가 아니었다. 서진운이 입을 열려는 찰나, 옆에서 황해가 먼저 물었다.

"그래서, 어디랑 싸울 건데?"

자신 못지않게 기대감으로 부풀어 오른 목소리였다. 서진운과 황해는 초조하게 대답을 기다렸다. 만약 여기에서 뭐, '교장 선생님과 싸울 거야'라는 등의 말이 나온다면 서진운은 우산의 허리를 그대로 붙잡고 꺾어 버리고 싶을 것이었다.

우산은 조금 난처한 듯한 얼굴을 하더니, 책상 위에 팔꿈치를 올려 턱을 괴었다. 고개를 비스듬하게 기울인 그가 눈을 슬쩍 올려 뜨며 대답했다.

"소현 고등학교."

"……."

소현 고등학교라면…… 둘은 침묵했다. 서진운은 생각했다. 소현 고등학교라면, 걸어서 20분 정도 거리에 있는 유명한 사립 고등학교였다.

엄격하게 제한하여 성적이 좋은 학생들만을 받는다고 들었으나, 어디에나 일진은 있는 법. 소현 고등학교는 사립 고등학교답게 배경, 소위 백으로 들어온 이들이 꽤 있었다.

소현 고등학교의 일진을 이끌고 있는 이가 그중 한 명으로, 이름은 은겸. 명문 고등학교에 다니는 것 치고는 꽤 알아주는 싸움꾼이었다.

1년 전, 그 화려한 싸움 실력을 코앞에서 구경한 서진운은 심기가 조금 불편해졌다.

그러나 해볼 만한 싸움이었다. 평소에 싸움은 물론이고,

숨 쉬는 것조차 귀찮아 하는 우산이 제대로 두 팔 걷어붙이고 나선다면 분명히 승산이 있었다.

막 입학했던 1학년 당시, 다수를 상대로도 전혀 밀리는 기색 없이 휘몰아치는 듯 상대를 압도하던 우산의 모습을 떠올린 서진운은 입매를 굳혔다. 그래, 가능하다. 이 녀석과 함께라면.

하지만 왜? 왜 소현 고등학교란 말인가? 그렇게 생각하기가 무섭게, 황해가 옆에서 물어 왔다.

"너 설마, 드디어 서열을 좀 높여 보려는 거냐?"

그의 목소리에 섞인 열기를 알아차린 서진운은 흠칫 놀라 고개를 들었다. 우산을 보니, 그는 여전히 마당의 닭이나 잡으러 간다는 듯 태연한 얼굴로 귀엽게 웃고 있을 뿐이었다. 그의 얼굴에서 호승심 따위는 조금도 느낄 수 없었다.

전국의 모든 학교 짱들은 그 나름의 서열이 있었다. 서열전(序列戰)이라고 하면, 1년에 한 번 학교 짱들이 특정한 장소에 모여 서로의 싸움 실력을 겨루는 토너먼트 대회였는데, 서진운이 은겸의 싸움 실력을 본 것도 그때의 일이었다. 그는 당시 귀찮다고, 가기 싫다고 징징거리는 우산을 질질 끌고 그의 부하 자격으로 서열전에 참석했었다.

우산은 귀찮다던 말과는 달리 놀랍게도 꽤 성실하게 싸웠으나, 결국 일곱 번쯤 싸운 뒤에 귀찮다며 무대를 그대로 내려와 버렸다. 그래서 우산의 서열은 고작 102위에서 그쳤다.

　전국의 7천 개 고등학교를 대상으로 한 것이니, 102위만
으로도 이 고등학교 사람들은 대부분 만족하는 듯했으나
서진운의 생각은 달랐다. 이 괴물 놈은 그때 조금도 지치
지 않았었단 말이다!

　서열의 교체는 총 두 가지 방식으로 이루어졌는데, 하
나, 위와 같이 서열전에서 이루어지는 것이고 둘, 학교끼
리 정면으로 맞대결을 벌여서 서열을 빼앗는 일이었다.

　문득 서진운은 궁금했던 사실을 떠올렸다. 그러고 보니
올해 서열 1위는 어떻게 되었지?

　그는 황해를 향해 입을 열었다.

　"올해 서열 1위는 본 사람 있대? 서열전 직후 실종되었
다던데. 맞냐?"

　"어, 그랬지. 몰라, 서열 1위는 맨날 떴다 하면 실종이
네. 은퇴하고 싶나 보지, 그 자리 정도 되면."

　"그런가. 이번에는 되게 어린 녀석이었잖아. 이름이 반
휘혈인가, 열일곱 살 아니었어?"

　"아, 그러냐?"

　대수롭잖다는 듯 되물은 황해가 손을 뻗어 우산의 팔을 툭
툭 건드렸다. 우산이 뭐냐는 듯 그를 보자, 황해가 말했다.

　"야, 올해 서열 1위 말이야, 너네 그 귀엽고, 깜~찍한 사
촌 동생이랑 동갑이래. 우리보다 한 살 어리니까, 맞지?"

"아냐, 그거 틀렸어."

황해의 말을 듣고 있던 우산이 불쑥 대꾸했다. 황해가 당황해서 되물었다.

"어? 야, 한 살 어린 거 맞잖아, 아냐?"

"아니, 그 귀엽고 깜찍한 뒤에 '사랑스러운'까지 붙여야 되거든?"

"……."

"똑바로 알고 말해라. 알겠냐잉?"

그렇게 말하며 우산이 한쪽 눈을 찡그리고 웃었을 때, 서진운과 황해는 말없이 그를 보며 조용히 생각했다.

저 잘생긴 병신 새끼를 진짜 어쩌면 좋지. 씨발, 진짜 짱만 아니었어도 한 대 쳐 버리는 건데.

한편으로는 이런 생각도 했다. 사실 그, 우산의 말로는 귀엽고 깜찍하고 사랑스러운 사촌 동생 우주인이라는 녀석도 저 녀석만큼 무서운 거 아냐?

침묵을 먼저 깬 것은 황해였다. 그가 우산에게 물었다.

"야, 그런데 갑자기 무슨 바람이 불어서 싸움이야? 왜, 혹시 그 사촌 동생이 거기 녀석들한테 얻어맞기라도 했다든? 그 고등학교 다니잖냐, 그 녀석."

우산의 사촌 동생, 우주인의 신상 명세라면 이 학교 일진들은 모두가 줄줄이 꿰고 있었다. 물론 그들은 게이가 아니었으므로 사적인 관심이 있어서가 아니라, '건드리면 그날로 이 세상 뜨는 거예요'라는 마음에서일 뿐이었다.

눈을 동그랗게 뜬 우산은 잠시 후 와락 웃음을 터트렸다. 아주 재미있는 개그를 들었다는 듯한 반응이라서, 황해와 서진운은 조금 놀랐다.

잠시 후 웃음을 그친 우산은 말했다.

"야, 내 사촌 동생이 어디서 맞고 다닐 것 같냐? 물론 맞았으면 때린 새끼들 진짜 죽여 버릴 거지만, 그런 거 아니거든? 그런데 내 동생이 부탁한 건 맞아. 걔가 소현 고등학교 일진들이랑 좀 싸워 달래."

"그래? 네 말대로 그 동생 녀석 참 깜찍하고 착한 것 맞네. 난 대환영이다. 그래서, 당연히 은겸이 있는 3학년이겠지?"

황해가 기세등등한 얼굴로 물었다. 우산은 눈을 동그랗게 뜨더니 고개를 내저었다. 그가 말했다.

"야, 뭔 소리야? 우리는 2학년인데 당연히 2학년이랑 싸워야 하는 거 아니겠냐?"

"……?"

"……?"

황해와 서진운은 다시 한 번 황망한 얼굴로 서로를 마주보았다.

소현 고등학교의 2학년 짱은 황, 황, 황새인가, 잘 이름은 기억 안 나는데, 어쨌거나 별로 싸움에는 소질이 없어 보이는, 인상적이지 않은 녀석이었다. 그런 새끼랑 싸우자고? 은겸을 두고 그 새끼랑?

황해가 말했다.

"야, 그 황새 새끼? 그럼 아예 밥이잖아."

"졸라 시시하겠네."

서진운이 말을 받았다.

우산은 어쩔 수 없다는 양 빙그레 웃으며 어깨를 으쓱했다. 그가 말했다.

"어쩌겠냐, 내 사촌 동생이 걔들을 좀 잡고 있어 달라고 부탁하는데. 아마 황시우, 아니, 황새 새끼는 안 올 거래. 그냥 2학년 똘마니들 잡고만 있으래."

"뭐?"

둘은 더욱 어이가 없어졌다. 그러거나 말거나 우산은 황시우더러 황새 새끼라니, 재치 있다느니 어쩌니 떠들기 시작했다.

장난해? 그럼 그런 녀석들을 데리고 뭐 어떻게 싸우라고?

허탈해진 서진운은 조용히 물었다.

"지금 우리더러 뭐, 그 녀석들 데리고 손가락 장난이라도 하라 이거냐?"

"어? 아니, 손가락 발가락 팔다리 다 써도 되는데?"

우산은 장난스럽게 웃으며 그렇게 대답했을 뿐이다. 짧은 침묵이 흐른 뒤, 황해가 이런 씨발, 하면서 사물함을 걷어찼다. 철제 사물함 문이 단번에 우그러졌다. 서진운은 그렇게까지 행동하지는 않았지만, 그저 한숨을 내쉬며 머리카락을 한 번 쓸어 넘겼다.

그는 우산을 보고 말했다.

"야, 네 사촌 동생 깜찍하고 착하다는 거 취소."

"엉? 야, 무슨 말이냐, 그게? 착하다니까?"

곧바로 어이없다는 듯 웃으며 그렇게 되물은 우산은, 그러나 잠시 후 놀랍게도 돌연 입술을 다물었다. 그는 무언가 켕기는 구석이 있는 듯한 어두운 낯빛을 했다.

황해가 그 모습을 보고 대뜸 옆으로 달려왔다.

"오, 뭐야, 뭐. 사실은 사촌 동생 그 녀석이야말로 엄청 무섭고 사악하고, 뭐 그런 거 아니야?"

"주인이가 너인 줄 아냐, 새꺄."

황해는 곧바로 뒤통수를 얻어맞고는 투덜거리며 자리에 앉았다. 서진운이 몸을 앞으로 기울이며 물었다.

"왜, 뭔데? 너 지금 얼굴 보니까 뭐가 있기는 한 모양인데."

"아니, 그냥. 그런 게 아니고."

"뭔데?"

우산은 조금 고민하는 듯 미간을 찡그렸다가, 곧바로 표정을 풀며 배시시 웃었다.

얼씨구, 이건 또 뭐야. 서진운과 황해는 괜히 심기가 불편해졌다. 우산이 웃으며 입을 열었다.

"아니, 주인이가 원래 말야. 니들 말처럼 사악하고, 무섭고 그런 건 절대 아닌데 좀, 흠, 뭐라고 해야 하지? 차가운? 거리를 많이 두는? 그런 느낌이 있다."

"그런데?"

"변하고 있는 것 같아. 아니, 이미 많이 변했어."

"뭐?"

서진운이 의아해서 물었다. 변했다니…… 따뜻해졌다, 이런 말인가?

우산은 배시시 웃더니 고개를 들었다. 그가 말했다.

"그러니까, 평소 같으면 아마 부탁하면서도 이렇게 말했을 거란 말이야. '형한테 피해가 안 가도록 할게', 뭐 이런 식으로. 그런데 이번에는 좀 달랐어."

"뭐라고 했는데?"

우산은 다시 한 번 웃었다. 뭐라고 했냐면…….

"다치지 말라고 그랬어."

"뭐?"

서진운은 어이가 없었다. 얼마나 대단한 말을 했나, 했더니.

"나를 막, 그 엄청 순둥순둥한 눈 있잖아, 그걸로 올려다 보면서 막, '형, 다치지 마, 알았지?' 이러는데 내가 진짜, 귀여워서!!"

이어 우산은 두 손을 볼에 얹더니 귀여워서 어쩔 줄 모르겠다는 얼굴을 하는 것이었다.

우산이 귀엽게 생긴 얼굴이기는 했지만 키도 180이 넘은 사내새끼가 저러고 있으니까 진짜로 뭐가 올라오는 것 같았다. 서진운이 인상을 구김과 동시에 황해가 중얼거렸다.

"어우, 저 씨발 놈."

"개새끼. 야, 씨발, 진짜 소문내. 저 새끼 지 사촌 존나 빠돌이라고."

"이미 소문 다 났거든?"

"아, 진짜네. 아, 진짜…… 어우, 저 새끼를……."

차마 말을 잇지 못하고, 서진운은 참을 수 없다는 듯 벽에 대고 머리를 박기 시작했다. 아 씨발, 아, 진짜, 미친 새끼. 이어 그 모양을 조용히 보고 있던 황해가 곧 서진운의 옆에서 머리를 박아 댔다. 아 진짜, 저 새끼가 짱이 된 이후로 싸움도 못 하고, 아, 씨발, 속 터져.

두 사람은 벽에 머리를 박아 대고, 한 사람은 황홀한 얼굴을 하고 허공을 보는 교실의 풍경은 평화롭다고 할 수는 없었다. 그럼에도 불구하고 학생들의 얼굴은 평온하기만 했다. 1학년에 이어서 1년하고도 1개월째 이 지랄인데, 적응하지 않고 별수 있겠는가.

그렇게 오늘도 평범하게 흘러가는 풍경 속에, 얼굴에 홍조를 띠고 웃고 있던 우산은 문득 얼굴을 굳혔다. 의도하지는 않았으나, 대수롭잖게 생각하고 노크 없이 들어갔던 우주인의 방에서 보았던 것들 때문이었다.

생각해 보면 우주인의 방에 가는 것은 몇 년 만이었는데, 갈 일이 없어서라고 생각했으나 곰곰이 생각해 보니 우주인이 일부러 자신들을 방에 들여놓으려고 하지 않은 것 같았다. 언제부터 그랬지? 확신이 가지 않았다.

마지막으로 들어간 것은 중학교 2학년 때였다. 우산의 뛰어난 두뇌는 그 사실을 어렵지 않게 기억해 냈다.

우씨 일가의 대부분이 그렇듯, 우주인도 메모라는 것은 별로 필요하지 않은 머리의 소유자였다. 의외로 일상적인 것은 잘 잊어버리고는 했으나, 한번 기억하려고 마음먹은 것은 절대로 잊지 않았다.

중학교 2학년 때, 그의 유리가 덮인 책상은 맑고 깨끗했다. 책상 유리 사이에는 가족사진 한 장만이 끼워져 있을 뿐, 책상 위에도, 벽에도 메모라고는 찾아볼 수 없었다.

그런데 어제 보았던 그 방의 풍경은 조금 달라져 있었다.

책상 바로 앞의 벽에, 색색의 메모지들이 빼곡히 붙어 있었다. 태어나서 그렇게 많은 메모를 본 것도 아마 처음이었을 것이다.

그것이, 대개는 무언가 중요한 일을 메모해 놓았다가 그것이 필요하지 않으면 버리고는 하지 않는가? 그런데 우주인의 경우에는 그것이 조금 달랐다.

마치, 기억 상실증에 걸려 하루하루 기억을 잊어버리는 사람의 방을 보는 듯했다. 자신이 그날 본 모든 것을 필사적으로 기록해 놓으려는 듯이, 잊어버리지 않겠다는 듯이, 그 메모는 차라리 발악처럼 느껴졌다.

뒤에서 우주인이 소리 없이 걸어 들어왔을 때, 우산은 흠칫 놀라서 뒤를 돌아보았다. 그는 하마터면 우주인을 향해서 '너, 기억 상실증에 걸리지는 않았냐'라고 물어볼 뻔했다.

그러나 마음을 추스르고 우주인과 대화해 본 결과, 그의 기억은 아주 멀쩡했다. 그는 어렵지 않게 사건이 있던 날들의 날짜와 연도까지 기억해 냈다.

그렇다면, 우산은 조금 고민하다가 결국 묻고야 말았다. 그 메모들의 정 가운데에 붙어 있던, 굵은 글씨로 새겨진 세 글자의 이름에 대해서.

"그, 아까 방에서…… 메모를 많이 봤는데. 네가 메모가 그렇게 많이 필요한 일이 뭐가 있어?"

그 함단이라는 여자아이와 뭔가 관련이 있는 거냐, 하는 말은 너무 캐묻는 것처럼 보여서 하지 않았다.

소파에 앉아서, 긴장해서 입술을 꾹 다물고 있는 우산을 향해 우주인은 희미하게 웃어 보였다. 그의 그런 힘없는 미소는 오랜만이었다. 이어 눈을 감은 우주인은, 속삭이듯 대답했다.

"제가 기억하기 위해 노력해야 할 유일한 사람요."

돌아온 것은 의미를 알 수 없는 말이었다. 충분히 길게 생각한 지금도 결국 그 말의 의미는 알아내지 못했다. 다만, 어쩐지 그 모래처럼 금방이라도 흩어질 듯하던 그 연약한 목소리는 오래도록 귓가에서 사라지지 않았다.

에이 씨, 심란해졌다. 뒤통수를 신경질적으로 벅벅 긁은 우산은 고개를 휙 돌렸다. 서진운과 황해는 아직도 벽에 머리를 박아 대는 중이었다. 우산이 그들을 향해 버럭 외쳤다.

"야, 얼른 가서 알려! 소현고 2학년 쭈구리들한테, 한판 붙자고."

우산이 그렇게 큰 소리로 말하는 것도, 싸움을 하겠다고 자발적으로 나서는 것도 흔치 않은 일이었기에 몇몇 학생들이 놀라서 뒤를 돌아보았다.

곧 고개를 바로 한 서진운이, 부은 이마를 하고는 툴툴거렸다.

"아, 진짜 시시할 건데. 싸우기 싫다."

"그럼 싸우지 말든가."

"아, 됐어. 가끔 이렇게 몸이라도 풀어야지. 문자 보낸다?"

"오냐."

서진운은 곧바로 손가락을 바쁘게 움직여 문자를 보냈

다. 그것으로 끝이고, 아마 선진 고등학교는 근방에서 꽤 알아주는 고등학교이니 소현 고등학교에서 이쪽으로 찾아올 것이다. 더군다나 그곳은 규율이 엄격해서 패싸움 현장을 걸렸다가는 징계 정도로 안 끝난다.

잠시 굳어진 얼굴을 하고 책상을 내려다보던 우산은, 문득 떠오른 듯 고개를 퍼뜩 들더니 서진운의 뒤통수에 대고 말했다.

"야, 맞다! 내 사촌 동생이 말하는 건데, 너무 심하게 하지는 말래!"

그 말에 대답한 것은 황해였다. 어이없어 하는 서진운의 뒤로 사나운 목소리가 와락 튀어나왔다.

"뭐, 씨발? 그 새끼는 무슨 나이팅게일이래? 싸움에 적당히가 어디 있어?"

"주인이한테 새끼라고 하지 마라, 새꺄. 니 주둥이 받아 버린다."

"……."

"주인이 말로는, 자기 손으로 꼭 쳐 죽여야 하는 새끼가 하나 있는데, 그 새끼가 누군지 몰라서 일단 다 적당히만 두드려 놓으래. 너무 아쉬워하지 마라."

그렇게 말한 우산이 눈을 찡긋하는 것을 보며 서진운과 황해는 조용히 입을 다물었다. 이어 둘은 다시 한 번 눈빛으로 대화를 시도했다.

나이팅게일? 내가 엄청난 말실수를 했네. 나이팅게일이 뭐냐, 그냥 저승사자네.

이어 둘은, 다시 한 번 서로의 눈빛을 읽을 수 없음에 답답함의 한숨을 한 번 내쉬었다.

＊　＊　＊

어제저녁에 우리 부모님과 나는 깔끔히 화해했다. 과정은 쪽팔려서 말하지 않겠는데, 간략하게나마 설명하자면 대학교 동창 모임에 다녀오신 부모님이 말문을 여는 것으로 대화가 시작되었다.

어머니가 아주 머쓱한 얼굴로 말하기를, 친구들한테 딸이 모의고사 점수가 이것밖에 안 되어서 큰일이라고 말했다가 하마터면 맞아 죽을 뻔했다는 것이었다. 과외도 안 하고 그 정도면 대단하지 뭘 더 바라느냐고. 아버지를 바라보니 머쓱한 얼굴로 헛기침만 하고 계셨다.

나는 시선을 어디 두어야 할지 몰라서 눈을 마구 굴리다가, 거실 바닥을 보면서 조용히 말했다.

"난 엄마가 막, 여령이랑 나랑 성적 비교할 때마다 내가 엄마 딸로 태어나지 않았으면 엄마가 더 좋았을 거라는 생각이 들어서 너무, 흡, 슬프단 말야……."

낮에 눈물이란 눈물은 다 쏟아 내었다고 생각했는데, 참으로 신기한 것이 입을 열자마자 눈물이 봇물 터진 듯 쏟아지는 것이었다.

내 말에 엄마는 당장 고개를 내저으며 대답하시는데, 엄마의 눈에도 눈물이 그렁그렁하게 맺혀 있었다.

"아니야, 딸. 엄마는 네가 엄마 딸로 태어나서 너무 좋아. 그냥, 나중에 엄마랑 아빠 다 늙어 죽고 나면 그땐 우리 딸 돌봐 줄 사람도 없는데, 딸이 공부를 잘해야 엄마랑 아빠가 마음이 편할 텐데, 그래서 그랬어."

"어어엉, 엄마, 벌써부터 무슨 늙어 죽는다는 소리를 해. 그런 말 하지 마. 엄마 나랑 평생 살아."

"단아아."

"엄마아아."

그렇게 거실에서 얼싸안고 펑펑 우는 우리 모녀에게, 아버지는 뭐 먹고 싶냐고, 먹고 싶은 거 다 시켜 준다고 말함으로써 사과를 대신했다. 어제 저녁 우리는 해물찜을 먹으면서, 모처럼 다 같이 모여 앉아 두런두런 이야기를 나누며 시간을 보냈다.

그리고 오늘 아침, 어제 새벽 2시 즈음에야 거실에서 나와 잠자리에 들어갔는데도 불구하고 몸이 그렇게 개운할 수가 없었다.

아, 개운해. 유천영의 말대로 현대인의 병의 원인 90퍼센트가 정신적인 데 있다는 말은 사실인 듯싶었다.

모처럼 햇빛도 환하게 밝았고, 다음 주부터 날이 풀린다는 기상 캐스터의 말대로 날이 좋아서 입고 나간 점퍼가 약간 두껍게 느껴질 정도였다.

반여령이 우리 늦었다고, 왜 그렇게 느긋하냐고 발을 동동 구르면서 말해도 나는 그저 웃으며 대답했다.

"이히히. 엄마랑 화해했지롱."

"아, 그래? 그런데 우리 지금 늦었어! 가는 길에 너 핸드폰도 찾아야 되잖아."

"그냥 이 정도면 딱 맞게 도착할 것 같은데? 알았어, 그럼 조금만 더 빨리 걷자."

나는 그렇게 말하고 반여령에게 손을 내밀었다. 반여령은 조금 머뭇거리는가 싶더니, 내 손을 붙잡고는 기분 좋은 듯 생글 웃었다.

서글서글한 눈매가 곱게 휘어지고, 때마침 불어온 봄바람에 새카만 머리카락이 흩날리는 모습을 보고 있자니 내 눈앞에 선녀가 내려온 것 같았다. 그 감상은 사람들도 다르지 않았는지, 저마다 옷자락을 여미고 바쁘게 걸음을 옮기던 직장인이며 학생들이 아파트 입구에 멈춰 서서 반여령을 멍하니 바라보고는 했다.

나는 반여령의 팔을 씩씩하게 잡아끌었고, 반여령은 내게 끌려오는가 싶더니 곧 내 속도를 추월하기 시작했다. 그렇게 우리는 팔짱을 낀 채로 엎치락뒤치락하며 교문에 골인했다.

　교실에 가방을 놓고 보니 수업 시작 3분 전을 알리는 예비
종이 울리고 있었다. 다행히도 담임 선생님은 별말 없이 그
냥 나를 흘긋 보고는 출석부를 들고 교실에서 나가 버렸다.
　내가 황급히 의자를 빼고 앉아 시간표를 확인하는데 옆
에서 이루다가 나를 부르는 소리가 났다.
　"단아, 있잖아."
　"어, 그, 나 잠시만!"
　첫 교시는 다름 아닌 영어였다. 영어 교과서를 내가 어디
에 뒀지? 책상 서랍을 정신없이 뒤지다 말고 나는 자리에
서 일어나며 바쁘게 대답했다. 책상 서랍을 아무리 뒤져도
없으니 사물함에 있겠거니 싶었다.
　내 사물함이 맨 아래 칸에 있어서, 웅크려 앉아서 사물함
을 마구 뒤지는데 뒤에서 나를 부르는 소리가 났다.
　"단아. 너 그제 저기 대형마트 앞 사거리에서……."
　"어, 어?!"
　교과서를 꺼내다 말고 사거리라는 단어가 나오는 순간
나는 흠칫 놀라 고개를 들었다. 열린 창으로 쏟아지는 새
하얀 햇살에 검푸른 머리카락이 흔들리고 있었다. 어깨 부
근에서 찰랑이는 단정한 머리카락, 김혜힐이었다.
　교과서를 품에 안은 채 휘청이며 일어난 나는, 그녀를 마

주 보고 눈을 깜빡였다. 그제라면…… 나와 은형이에게 일어났던 바로 그, 그 일 아닌가. 나는 나도 모르게 얼굴색이 창백해지는 것을 느꼈다.

김혜힐이 나에게 무슨 말을 하려던 순간, 시작종이 울림과 동시에 아이들이 자리로 돌아가 앉았다. 영어 교사는 다름 아닌 학년부장이라서, 나도 급히 자리로 돌아가 봐야 했다.

김혜힐은 이따가 말하자는 듯 내 자리를 턱짓으로 가리켰고, 나는 고개를 끄덕이고 황급히 책상 사이로 걸어 들어가 이루다의 옆자리에 안착했다.

하아, 내가 숨을 몰아쉬는데 선생님이 들어왔다. 내가 황급히 교과서를 펴는데 옆에서 이루다가 샤프를 톡톡 두드렸다. 나는 고개를 돌렸다.

교과서에는, 지금까지 외국에서 살았다고는 도저히 믿을 수 없는 솜씨로 이루다가 적어 놓은 글이 있었다.

-너 그제 대형마트 앞 사거리에서 죽을 뻔했다며?

나는 놀라서 숨을 들이켰다. 한편으로는 아, 그럼 그렇지, 하는 생각도 들었다.

우리 집에서 이곳 소현 고등학교까지는 불과 걸어서 10분도 걸리지 않았고, 아파트 단지란 대개 몰려 있기 마련이므로 그 부근에 사는 학생들이 많기도 많았다. 그 많던 횡단보도 앞 인파 중에 우리 학교 사람이 있을지도 모른다고는 생각했다.

하지만 이렇게 빨리 소문이 퍼질 줄이야, 심지어는 나를 정확히 집어서 말하는 것을 보니, 내 얼굴이며 은형이의 얼굴까지 알고 있는 것 같았다.

나는 샤프를 집어 들고 영어책 귀퉁이에 몇 자 적었다. 이미 다 알고 있는 것 같은 마당에 거짓말을 할 수는 없었다.

─솔직히…… 으응 그래

─그거 누가 밀어서 그렇게 된 거라며? 우리 학교 2학년이

나는 흠칫 놀라서 고개를 들었다. 이루다의 맑게 빛나는 푸른 눈이 나를 똑바로 응시하고 있었다.

생각보다도 소문에 포함된 정보가 많았다. 나는 2학년이라고 지레짐작만 했지 확신은 없었다. 나는 황급히 몇 자 갈겨 적었다.

─소문 내용이 구체적으로 어떤 거야?

─어. 애들이 오늘 아침에 너 기다렸어 너 괜찮은지 보려고. 너 왜 문자 답장 안했어?

─아 나 그 횡단보도에서 폰 액정 나가서. 오늘 아침에 받아 왔어.

─아, 그랬구나. 다들 걱정했어.

나는 그제야 새삼 시선이 쏠리는 것 같았던 이유를 깨달았다. 약간 늦게 들어와서 그런 식으로 보았다고 생각했는데, 이유는 따로 있었던 것이다.

이어 나를 힐긋거리던 이루다가 샤프를 움직여 빠르게

적어 내려갔다.

　－소문 내용이 어떤 거냐면. 너랑 1반의 권은형이 횡단보도 앞에서 패싸움에 휘말렸다. 은형이가 맞는 것을 보고 말리려던 너를 싸우던 애 중 한 명이 밀었다. 네가 횡단보도 앞으로 넘어졌는데 마침 덤프트럭이 달려왔다.

　픕, 내 입안에 물이라도 있었으면 필시 나는 그것을 뿜고 말았을 것이었다.

　왜 이렇게 정확해? 심지어 덤프트럭이라는 것까지 알려져 있었다. 나를 힐긋 본 이루다가 이어 적었다.

　－덤프트럭 아래로 네 모습이 사라졌다. 사람들이 다들 비명을 지르는데 잠시 뒤에 멈춘 덤프트럭 아래에서 네가 기어 나왔다. 덤프트럭이 바로 직전에 멈춘 것 같았다. 권은형이가 그 모습을 보고 심장 발작을 일으켰다.

　심장 발작 아니고, 과호흡 증세인데. 나는 이루다의 마디가 두드러지는 손이 움직여 글을 마저 적어 가는 것을 잠자코 지켜보았다.

　－다행히 근처에서 식사를 마치고 지나던 의사 무리가? 권은형이에게 응급조치? 를 잘 해 줬다. 잠시 뒤에 멀쩡해진 권은형이 너를 격하게 끌어안더니 네가 죽는 줄 알았다고, 무사해서 다행이라고 말했다. 네가 울면서 은형이한테 너도 무사해서 다행이라고 말했다. 사람들이 다들 감동해서 박수를 쳤다.

　격하게 끌어안은 거 아닌데. 그리고 박수 같은 것도 안

쳤다. 그냥 말없이 우리가 어깨동무를 하고 사라지는 모습을 지켜보고 있었을 뿐이었다. 이 대목만 들으면, 마치 은형이와 내가 운명의 장난 앞에서 간신히 살아난 연인처럼 보이지 않는가. 나는 얼굴을 일그러트렸다.

이루다는 '여기까지야.'라고 마침표를 찍은 후에 다시 눈을 들어 나를 빤히 보았다. 그녀의 환한 금색 머리카락이 이마 위로 짧게 흔들렸다.

나는 그녀의 푸른 눈을 보다가, 손을 들어 머리카락을 벅벅 긁었다. 아, 씨. 어쩌지. 흠칫 놀란 이루다가 입 모양으로 속삭였다.

'왜?'

나는 대답하기 전에 흘긋 눈을 들어 선생님을 보았다. 다행히도 선생님은 칠판에 필기를 하느라 바빴다. 아, 나는 눈을 일그러트리며 대답했다.

'은형이랑 나랑, 각자 애들한테 숨긴 게 하나씩 있거든……'

'뭔데?'

'은형이는 발작 일으킨 거 숨겼고, 나는 죽을 뻔한 거 숨겼고. 아, 어떡해. 망했다.'

내가 울상을 지으며 입술을 끔뻑이던 그때, 굵고 단호한 목소리가 우리에게 날아왔다.

"야, 니들."

헉, 나와 이루다는 흠칫 놀라 눈알을 굴렸다. 교단 위에 선 영어 선생님이 정확히 우리를 보고 있었다. 선생님이 복도를 향해 턱짓했다.

"연애질하려면 나가서 해라."

"죄송합니다."

"죄송이고 자시고 나가라."

헐, 내가 입을 벌리는 가운데 이루다가 조용히 의자를 끌며 일어났다. 이루다를 돌아보니 그녀는 어깨를 으쓱하며 뭘 어쩌겠냐는 듯한 얼굴이었다.

나는 모두의, 너네 정말 연애하냐는 듯한 시선이 뒤통수에 꽂히는 것을 느끼며 이루다를 따라 복도로 나갔다. 왜 소설에 나오는 선생님들은 꼭 걸리면 그냥 복도로 나가라고 하더라.

수업 시간이라서 복도에는 개미 새끼 한 마리 얼씬하지 않았다. 옆 반에서는 수학 선생님 특유의 느긋한 음성이 흘러나오고 있었다. 내가 그쪽을 향해 귀를 기울이는데, 창문 앞에 선 이루다가 나를 보고 말했다. 목소리는 약간 낮춘 채였다.

"그 소문, 어디까지가 사실이고 어디까지가 거짓이야?

"음, 그게."

나는 대답을 하다 말고 설핏 웃었다. 조금 망설이다가 나는 말을 이었다.

"솔직히 말해서, 은형이가 일으킨 건 심장 발작이 아니고 과호흡 증세였고, 또 뭐지, 은형이가 나를 끌어안은 게 아니라 그냥 힘이 풀려서 내 쪽으로 쓰러진 거였어. 또 사람들이 박수 같은 거도 안 쳤어. 그거 빼고 다 진짜. 아, 맞다. 하나 더, 은형이 한 대도 안 맞았어. 난 그냥 경찰에 신고하려다가 누가 내 핸드폰 뺏으려고 해서 넘어진 거야."

"그 과정에서 핸드폰이 망가졌고?"

"응. 안 뺏기려고 손에 꽉 쥐고 있었는데, 넘어질 때 바닥을 손으로 짚으면서 넘어져서…… 아, 맞다."

나는 뒤늦게 한 가지 사실을 깨닫고는 주머니에 손을 불쑥 넣었다.

아침에 통신사에서 받아 온 핸드폰을 아직도 켜지 않고 있었다. 폴더를 열어 보니 액정은 깨끗하게 수리되어 있었다. 전원 버튼을 꾹 누르는데 이루다가 물었다.

"망했다는 얘기는 뭐야? 뭘 숨겼다고?"

"아, 그게 있잖아."

나는 난감해서 헝클어진 머리카락을 쓸어 넘겼다. 여전히 창에 기대선 이루다는 얘기해 보라는 듯 차분한 얼굴이라, 나는 짧게 한숨을 내쉬고 말했다.

"그, 은형이가 덤프트럭에 관해서 좀 안 좋은 기억이 있거든. 그래서 은형이가 내가 죽는 줄 알고 호흡 곤란을 일으킨 거란 말야. 나는 은형이가 막 괜히 안 좋은 기억 더 생길까 봐, 그런 거 싫어서 죽을 뻔한 거 아니라고, 네가 잘못 본 거라고 거짓말을 했어."

"아하."

이루다는 납득했다는 듯 고개를 끄떡였다. 나는 울상을
짓고는 말을 이었다.

"그리고 은형이는 은형이대로, 그 호흡 곤란 일으켰다고
하면 애들이 걱정하는 게 싫은 거야. 그래서 아무한테도
그 얘기 안 한 것 같더라."

"음."

가볍게 고개를 끄덕인 이루다가 물었다.

"그러니까 둘이서 그 사실을 숨기고 있었는데 이미 전교
에 소문이 다 퍼졌으니까, 다른 애들이 그 사실을 알게 되
는 게 금방일 거라, 이 얘기지?"

"응. 그리고……."

"숨긴 거 알면 엄청 화낼 테고. 맞지?"

역시, 여타의 소설 여주인공들과는 궤를 달리하는 눈치
100단 이루다다운 통찰력이었다. 내가 고개를 연신 끄떡
이자 이루다는 흠, 하고는 입을 다물었다. 그녀의 입매는
단호하게 다물려 있는 것이, 무언가 깊이 생각할 거리가
있는 듯한 모양이었다.

나는 한숨을 내쉬다 말고 이루다의 손을 붙들었다. 나는
그녀의 손을 흔들며 물었다.

"아, 나 어떡하지. 뭐 좋은 방법 없을까?"

"음, 나도 생각하고 있는데 별로 좋은 방법이……."

"으아, 어떡해."

나는 울상을 지으며 연신 이루다의 손을 흔들었다. 그녀는 나를 내려다보며 조금 복잡한 얼굴을 하는가 싶더니, 갑자기 나를 끌어안았다.

졸지에 그녀의 품에 파묻힌 내가 눈을 크게 뜨는 사이, 그녀는 내 머리 위에 손을 얹더니 토닥이며 말했다.

"있어 봐. 지금 생각 중이니까."

"으, 응……."

이루다의 품에서는 놀랍게도 민트 향이 났다. 남장을 해서 그런가, 의외로 그 품이 단단했다. 당혹스러워서, 눈을 조금 깜빡이다가 나는 결국 이루다의 품에 안긴 채로 한동안 있는 것을 택했다. 어차피 복도이겠다, 지나가는 사람도 없었거니와 내 심신이 너무 지쳐 있었다.

흠, 남장을 해서 그런가. 이루다 의외로 정말 듬직하구나. 내가 머쓱해서 손을 꼬물거리며 그렇게 생각할 때였다.

갑자기 핸드폰을 넣어 놓은 주머니에서 진동이 울리기 시작했다. 지잉, 지잉, 그러다가 나중에는 거의 수십 개가 한꺼번에 울리는 듯 아예 진동이 멈추지를 않았다.

뭐, 뭐야? 내가 당황하는 가운데 이루다가 말했다.

"너 방금 핸드폰 켰지? 밀린 메시지들 왔나 봐."

"아."

"내가 보낸 것도 있을걸."

그렇게 말하며 이루다가 한쪽 눈을 찡그린 채 웃었다.

이루다의 품에서 떨어진 나는 주머니에 손을 넣어 핸드폰을 꺼냈다. 폴더를 열자 과연 부재중 메시지나 전화가 굉장했다.

부재중 메시지 103/400
부재중 전화 47건

메시지는 그렇다고 쳐도 전화가 47건이라니, 이건 또 뭐야. 나는 전화의 목록을 확인하려다 말고, 사대천왕이나 반여령이겠거니 하고 편하게 생각하고 메시지 함을 열었다.

시작은 은지호의 메시지로, 토요일에 보낸 것이었다.

보낸 사람 : 은지랄호
너 안오냐?? 원두 만들러 아프리카갓냐

은지호다운 문자였다. 이어 주인이의 걱정된다는 듯한 문자가 몇 개, 반여령은 문자를 보내는 대신 전화를 한 모양이었고, 그러고는 갑자기 날짜를 건너뛰어 오늘이 되었다.

이루다와 김혜힐을 비롯한 반 아이들이 보낸 문자가 스무 개가량 있었고, 갑자기 불과 10분 전, 수업이 시작하기 직전에 보낸 문자가 보였다.

보낸 사람 : 유처녕
덤프트럭

단 네 글자였다. 그런데도 불구하고 글자 위로 살기가 일렁이는 것 같았다. 헙, 숨을 들이쉰 나는 어느새 핸드폰을 쥐고 있는 손가락이 부들부들 떨리고 있음을 보았다.

다음 버튼을 클릭하자 그다음으로 보인 것은 은지호의 문자였다.

보낸 사람 : 은지랄호
야 애들 딥빡침ㅋㅋㅋㅋㅋㅋㅋㅋㅋㅋㅋㅋㅋㅋ니뭔데

이런 상황에서도 은지호가 웃을 수 있다는 것이 믿기질 않았다. 뭐야, 얘는 화 안 났나?

나는 그나마 조금 희망적이 되는 것을 느끼고는 안도의 한숨을 내쉬었다. 어쨌거나 달랠 사람이 한 명이라도 줄어드는 것은 나에게는 굉장히 다행인 일이었다.

다음 문자는 은형이의 것이었다. 나는 내 안면 근육이 딱딱하게 굳어지는 것을 느꼈다.

보낸 사람 : 권은형

왜 거짓말했어. 목숨이 위험하지 않기는 뭐가 위험하지 않아? 덤프트럭 아래에서 기어 나왔다며? 그럼 직전에 멈췄다는 건데. 아, 일단 쉬는 시간에 봐. 어디 가지 말고 반에 가만히 앉아 있어.

반에, 가만히, 앉아 있어. 그 문장을 속으로 읊조린 나는 헤 웃었다. 헤, 엿 됐다. 헤헤. 헤헤헤.

나는 아예 자포자기의 상태에 이르러서 버튼을 꾹 눌렀다.

보낸 사람 : 반여랭

이따.바.

과연, 반여령이 보낸 짧은 문자는 은형이의 장문의 문자에 못지않은 무서움을 자랑했다.

호러 문자 퍼레이드의 마지막을 장식한 것은 다름 아닌 주인이었다.

보낸 사람 : 아들

ㅎ

보낸 사람 : 아들

ㅎㅎㅎㅎ

　나는 아예 눈에서 눈물이 줄줄 흘러내리는 것을 느꼈다. 수업 시간이고 뭐고, 일단 도망부터 가고 봐야겠다 싶었다. 아니, 그러나 내가 당장 이 자리에서 사라진다면 수업이 끝나고 나서 영어 선생님께서 복도에 내가 없음을 확인하고는 나를 교무실로 불러들일지도 모른다.
　그럼 일단은, 은지호는 별로 화 안 난 것 같으니까, 이루다가 나를 빤히 보는 가운데 나는 손가락을 급하게 움직였다.

　받는 사람 : 은지랄호
　야 어떡거같음 애들 화내면 나 살 수 있을거같아??

　채 몇 초도 안 된 것 같은데 답장이 왔다. 덧붙여 말하자면 은지호는 우리 중에서 타자가 제일 빠르다.

　보낸 사람 : 은지랄호
　ㄴㄴ 너죽음ㅋㅋㅋㅋㅋㅋㅋㅋㅋㅋ당장 튀어

　나는 은지호의 친절한 충고에 항상 깊은 고마움을 느낀다. 정말이다. 감사하고 있다.
　잠시 눈썹을 찡그린 나는 곧 손가락을 움직여 답장을 보냈다. 그런데 말이다, 내가 궁금한 게 있는데.

받는 사람 : 은지랄호
근데 넌 화 안 났어??

이번에도 곧바로 답장이 왔다.

보낸 사람 : 은지랄호
ㄴㄴ 개빡

받는 사람 : 은지랄호
근데 왜이렇게 친절하게 조언해 줘 튀라고도 해 주고

보낸 사람 : 은지랄호
어디한번 전심전력으로 튀어보라고. 왜냐면 나한테 잡히면
너죽으니까

보낸 사람 : 은지랄호
ㅎㅎㅎㅎㅎㅎㅎㅎ마지막발악 잘 봐주겠음

　　나는 핸드폰 액정에 시선을 고정한 채로 한동안 말없이
서 있었다. 내 표정이 심상치 않았음을 보았는지, 옆에 서

있던 이루다가 나를 향해 고개를 기울였다. 그녀가 걱정스러운 듯한 얼굴로 물었다.

"단아, 괜찮아?"

"아, 아, 아아아니."

"⋯⋯?"

의아한 듯 눈을 크게 뜨는 이루다를 향해, 나는 턱이 달달 떨리는 것을 필사적으로 참으며 대답했다.

"나, 나 있잖아."

"응."

"나 지금 당장 도망가야 할 것 같은데, 혹시 학교에 은신처 같은 거 알고 있어?"

"은신처?"

눈을 가볍게 찡그린 이루다는 천장을 보며 무언가를 되짚는 듯싶었다. 이어 시선을 내린 그녀는 나와 눈을 마주치더니 말했다.

"몇 개 있어. 지금 가야 해?"

나는 고개를 내저었다.

"아니, 이따가 선생님 나왔을 때 너 없으면 혼나잖아. 그냥 말로 설명해 줘. 혼자 갈게."

"말로 설명하기 좀 애매한데."

눈을 가볍게 찡그린 이루다는 곧 날 보고 대답했다.

"같이 가자. 나도 그냥 같이 혼나지 뭐."

"아냐, 그러지 마!"

"그런 데는 다 외진 데야. 너 혼자 있는데 사람들 오면 어쩌려고 그래? 그냥 따라와. 쉬는 시간 끝날 때까지만 피해 있으면 되는 거지?"

"응."

나는 자신 없게 고개를 끄덕였다. 설마 그 녀석들이 다음 수업이 시작할 때까지 우리 교실에 죽치고 있을 정도로 막 나가지는 않겠지.

이루다는 내 대답에 만족했는지 나를 향해 손짓했다.

"따라와."

이루다를 따라 인적이 드문 계단을 내려가고 있는데, 다시 한 번 핸드폰에서 진동이 울렸다. 뭐야, 나는 무심코 핸드폰을 꺼냈다.

보낸 사람 : 아들
엄마ㅎ

보낸 사람 : 아들
어디강.ㅎㅎㅎㅎㅎ

순간 등골이 쭈뼛 서는 것 같았다. 계단을 내려가다 말고 슬그머니 고개를 돌리는데, 저 멀리 복도 끝에 선 두 인영이 보였다.

　너무 멀어서 그 모습이 희미하게 흩어지기는 했지만, 한 명은 머리가 긴 것을 보니 반여령일 것이 틀림없었다. 그리고 그 옆은 필시 우주인이리라. 저 둘은 차라리 나를 감시하려고 일부러 복도로 쫓겨난 것이 아닌가 싶었다.

　나는 문자에 답장을 하는 대신 이루다를 황급히 따라가며 외쳤다.

　"루다야!"

　"어?"

　"나, 나 손 좀."

　전에 이루다가 행동하는 것을 보니, 손을 잡는 것을 싫어하지는 않겠다 싶었다. 무서워서 도저히 버틸 수가 없었다. 곧 이루다는 떨떠름한 듯하면서도 손을 내밀었고, 나는 그 손을 붙든 채 후들거리는 다리가 꺾여 넘어지지 않도록 조심하면서 계단을 내려갔다.

　1학년 교사를 나와서 숨을 들이쉬던 나는, 새로운 문자가 한 개 더 와 있음을 발견했다. 문자의 내용은 이러했다.

　보낸 사람 : 아들
　엄망 내가 새아빠 들이면 어쩐다구.했어?ㅎㅎ

　아, 응, 죽인다고 했어.

나는 입속으로 대답했다.

*　*　*

복도 끝에서 두 사람의 모습이 사라지는 것을 반여령과 우주인은 눈을 가늘게 뜨고 지켜보고 있었다.

두 사람으로 말할 것 같으면 각각 학교에서 '반여령을 빼고는 청순을 논할 수 없다', '우주인을 빼고는 귀여움을 논할 수 없다'라는 둥 굉장히 긍정적인 평을 듣고 있었다. 그러나 과연 학생들이 두 사람의 이런 모습을 보고도 그런 말을 계속 할 수 있을지는 의문이었다.

반여령의 새카만, 함단이가 자주 은하수를 품은 것 같다고 말하던 반짝이는 눈은 빛 한 점 없이 차갑게 얼어 있었다.

그리고 우주인으로 말할 것 같으면, 입술은 여전히 귀엽게 웃고 있었으나 눈에는 한 치의 웃음기도 없었다. 황금빛 눈동자는 맹수처럼 흉포한 빛으로 번뜩이고 있었다.

잠시 후, 반여령이 입술을 움직여 물었다.

"방금 끌어안는 거 봤어?"

"응."

"내가 잘못 본 거야?"

"아니."

그리고 두 사람은 동시에 서로를 돌아보고는 빙긋 웃었

다. 많은 뜻이 담긴 미소였다. 반여령이 말했다.

"좋아, 일단 우리한테는 먼저 할 일이 있으니까. 그렇지?"

먼저 할 일이 있지만 않았으면 이루다를 당장 처리했을 것이라는 말을 하고 싶은 듯했다. 실제로도 의미가 크게 다르지는 않았다.

우주인은 방긋 웃으며 고개를 끄덕이고는 바쁘게 손가락을 움직였다.

받는 사람 : 산이형♡♡♡
형 잘 되고 있으? 다들 왔어?

아무리 애교가 많은 우주인이라고 하더라도, 열일곱 남자아이가 이름을 저장하는데 아무렇지도 않게 하트를 세 개나 붙일 수는 없는 법이었다.

저 하트들은 순전히 우산 본인이 저장한 것으로, 우주인의 사촌들은 자신의 이름 뒤에 붙은 하트가 많으면 많을수록 우주인에게서 더 많은 사랑을 받고 있는 것처럼 생각했다. 요컨대 경쟁이 치열했다는 얘기다.

현재 우주인의 핸드폰에서 하트가 제일 많이 붙어 있는 사람은 '우리나라'라는 이름의 사촌 누나로, 무려 여덟 개의 하트가 붙어 있었다.

우주인이 문자를 보낸 지 몇 초도 안 되어 답장이 돌아왔다.

보낸 사람 : 산이형♡♡♡

응 걱정ㄴㄴ해 형믿지??

받는 사람 : 산이형♡♡♡

당연하지…… 형 고마워

보낸 사람 : 산이형♡♡♡

아 누구온듯 이따 결과알랴줌

우주인은 문자를 확인하고는 폴더를 덮었다. 고개를 들
어 반여령을 보니, 그녀는 하얗게 굳은 얼굴로 이루다와
함단이가 사라진 계단 쪽을 뚫어져라 바라보고 있었다.

복도의 창문으로 쏟아지는 새하얀 햇살에 반여령의 얼굴
에 선명한 그림자가 드리웠다. 그대로 멈춰 선 채, 새카만
머리카락만을 나풀거리는 반여령의 옆얼굴은 흡사 정교하
게 빚어 놓은 조각처럼 보였다.

그 모습을 보던 우주인은 다시 한 번 계획을 되뇌었다.

하나, 두 번 다시 반여령을 비롯한 이들에게 손대지 못하
게 할 것.

둘, 후환이 없도록 할 것.

두 개의 조건을 모두 충족시키는 계획을 실행에 옮기려
면, 무엇보다도 우주인의 사촌 형 우산의 도움이 절대적으

로 필요했다. 그만큼 우산이 이 계획에서 맡고 있는 역할은 컸으나, 우주인은 우산이 실패할 것에 대해서는 전혀 염려하지 않았다.

* * *

그 시각, 우산은 선진 고등학교의 체육 비품실에서 불도 켜 놓지 않은 채 앉아 있었다. 그는 누군가를 기다리는 중이었다.

제일 먼저 창고로 들어온 것은 짙은 보라색 머리카락의 남자였다. 그는 놀랍게도 단발로 기른 머리카락을 뒤로 묶고 있었는데, 현실적으로 생각해서는 도저히 소화하기 힘든 그 꽁지머리를 남자는 놀랍도록 잘 소화하고 있었다.

이목구비는 뚜렷하고 남자답게 잘생긴 데다가 키는 언뜻 봐서는 190센티미터쯤 되어 보였다. 그가 입은 교복은 인근의 태평 고등학교의 것으로, 근방에서 그를 모르는 사람은 없었다.

공하루, 태평 고등학교 짱이자 전국 서열 2위. 반휘혈이 실종된 지금 시점에서는 전국 서열 1위나 다름없는 남자였다. 창고로 성큼 걸어 들어온 그는 빈 의자 네 개를 두고 앉아 있는 우산의 모습을 보고는 눈썹을 찡그렸다. 그가 물었다.

"아직 다 안 왔나?"

"엉. 앉아, 앉아."

우산은 태평하게 웃으며 제 옆자리를 가리켰다.

공하루는 잠시 심경이 복잡한 듯한 얼굴로 우산을 바라보았으나, 곧 말없이 그 옆에 앉았다.

상식적으로 생각해서 우산의 서열은 102위, 100위 안에도 들지 않는다. 그럼에도 불구하고 우산은 공하루를 대하면서 전혀 위축되는 기색이 없었는데, 그도 그럴 것이 우산이 서열전에서 전력을 다하지 않았다는 것은 모두가 알고 있는 사실이기 때문이었다.

두 사람이 앉은 채로 말없이 몇 분을 있었을까, 부와앙하는 커다란 소리와 함께 창고 문이 벌컥 열렸다. 이어 밖으로 헬멧을 던진 남자가 성큼성큼 걸어 들어왔다. 여자도 함께였다.

남자와 여자, 둘 다 수려한 외모가 돋보이는 데다가 그 얼굴이 굉장히 닮아 있어 얼핏 봐서는 남매라고 해도 믿을 듯싶었다. 실제로 그 둘은 이복 남매라서, 피가 반 정도는 섞여 있으니 완전히 틀린 말은 아니었다.

전국 서열 5위의 강한, 전국 서열 11위의 대리자. 둘 모두 타오르는 듯 붉은 머리카락에 고양이처럼 치켜 올라간 눈매, 마른 듯 강단 있는 몸을 하고 있었다. 대리자를 본 공하루가 손을 들면서 무뚝뚝하게 말했다.

"안녕, 모나리자."

"어디서 날 그 눈썹 없는 년이랑 비교해?"

짙은 붉은 눈썹을 성큼 치켜 올리며 그렇게 말한 대리자, 리자가 공하루의 옆에 앉았다. 의자가 순간 드르륵 끌릴 정도로 털털한 몸짓이었다. 이어 강한은, 무뚝뚝하게 고개를 한 번 까딱하고는 우산의 옆에 앉았다.

이것으로 빈 의자는 한 개뿐이었다. 다행히도 이들은 오래 기다리지 않아도 되었다.

마지막으로 등장한 것치고는 굉장히 평범한 등장이었다. 그는 그냥, 조심스럽게 창고 문을 두어 번 두드렸다.

각자 다리를 꼬고 앉아 있던 네 사람은 조심스럽게 서로 눈을 마주쳤다. 이어 대리자가 물었다.

"지금 설마, 노크한 거야?"

"여기가 화장실이냐?"

"김평범답네. 김평범, 들어와!"

공하루의 물음에 그렇게 대답한 우산이 문을 향해 소리 높여 외쳤다. 잠시 후 끼이익, 하는 쇳소리와 함께 창고의 문이 열렸다. 한 학교의 짱이라고는 도저히 볼 수 없는 조심스럽고도 평범한 등장이었다.

키는 180센티미터를 약간 넘은 듯한, 새카만 머리카락에 그럭저럭 준수한 얼굴의 남학생이었다. 심지어는 넥타이도 단정하게 매고 있는 데다가 교복 단추 하나 푸르지 않았다. 김평범, 평범한 얼굴에 평범한 복장의 그는 그래 봬도 전국 서열 17위라는 어마어마한 서열의 소유자였다.

그는 머쓱한 얼굴로 모두를 돌아보더니 손을 흔들며 인사했다.

"다들 오랜만이다. 늦어서 미안."

"아냐, 범아. 자, 얼른 내 옆에 앉아!"

반짝이는 눈으로 말한 리자가 냉큼 자신의 옆 의자를 두드렸다. 이성에 대해서는 별로 면역이 없는 평범은, 머쓱한 얼굴로 리자의 옆에 앉았다.

"너 남친도 있는 애가 작업 거냐?"

리자의 맞은편에서 낮은 목소리로 그렇게 속삭인 강한은, 곧 리자의 발에 정강이를 얻어맞고는 입을 다물었다.

이어 모두의 시선이 우산에게 쏠렸다. 그가 무슨 일로 자신들을 이렇게 불러 모았는지, 네 사람은 도저히 짐작을 할 수 없었다. 제일 먼저 침묵을 깬 것은 공하루였다.

보랏빛 머리카락을 한 번 쓸어 넘긴 그는 무뚝뚝한 얼굴로 말했다.

"용건만 간단히 말하고 끝내지. 얼른 가 봐야 해."

"왜, 무슨 일인데?"

그렇게 물은 것은 대리자였다. 공하루는 눈썹을 조금 찡그리더니, 곤란한 듯한 얼굴로 대답했다.

"내 여친 집이 좀 가난한 거 알지?"

"그거야 알지. 더불어 네 집이 엄청난 부잣집이라는 것도 잘 알고 있지."

"그래. 얼마 전에 여친 아버지가 쓰러지셔서, 급한 대로 수술비를 내가 냈는데…… 들켰나 봐. 지금 장난 아니게 전화가 오고 있어. 빨리 가 봐야 해."

"어머나."

리자는 약간 놀란 듯 손을 들어 입을 가렸다. 이어 입을 연 것은 리자에게 얻어맞은 이후로 잠자코 침묵을 지키고 있던 강한이었다. 그는 눈을 들어 우산을 보고 말했다.

"나도 얼른 가 봐야 한다."

"넌 또 왜?"

우산이 물었다. 강한은 인상을 쓰더니 주머니를 뒤져 핸드폰을 꺼내었다. 그가 말했다.

"오늘 오랜만에 다 같이 모이기로 했는데, 한비가 치마를 입는다고 기대하라고 해서. 어디서 다리를 보여 주냐고, 절대 입지 말라고 했더니 화난 것 같더라. 아무래도 입고 올 것 같다."

"한비라면, 그 안경 쓴 애 아냐? 네 눈에만 예뻐 보일 텐데, 뭐가 걱정이니?"

리자가 눈을 동그랗게 하며 그렇게 물었다. 그러자 가볍게 인상을 쓴 강한은 폴더를 열어 자신의 핸드폰 바탕 화면을 보여 주었다. 네 사람의 눈이 화면으로 쏠렸다.

잠시 후, 김평범이 나지막이 탄성을 터트렸다.

"야, 얘 성형했어?"

"회복 기간이 몇 달인데, 장난해?"

강한이 짜증 섞인 목소리로 되묻고, 이어 리자와 우산이 중얼거렸다.

"어머, 안경 벗으니까 인물이 아예 다른데? 어떻게 이렇게 달라?"

"무슨 마법의 안경이냐."

핸드폰 폴더를 휙 닫은 강한은 어깨를 으쓱하고는 말을 이었다.

"어쨌거나, 이렇게 예뻐져서 어떤 벌레가 꾈지 모르니까 빨리 가 봐야 한다."

"아, 나도 빨리 가 봐야 해."

"리자, 넌 또 왜?"

우산이 황당한 듯 물었다. 아니 무슨, 어떻게 네 사람 중에 세 사람이 하나같이 용건이 있단 말인가?

리자는 대답하지 않고 탐스러운 붉은 머리카락을 한 번 쓸어 넘겼다. 그 풍성하고 구불거리는 붉은 머리카락은 과연 아름다운 것이라서, 김평범과 우산이 조용히 탄성을 터트렸다.

활꼴로 휘어진 속눈썹을 두어 번 깜빡인 리자가 대답했다.

"흠, 여기에 오는 길에 문자가 왔는데, 내 남친이 소개팅

나갔다더라?"

"정말?"

"더 살기 싫은가 보다."

김평범과 공하루가 차례로 그렇게 말하는 가운데 리자는 다시 한 번 붉은 머리카락을 쓸어 넘겼다. 그녀의 얼굴에 상심한 기색은 조금도 없었다.

"그래서 이참에 현장 체포해서 헤어지려고. 나 정도 되는 여자가 사귀어 주면 고마운 줄을 알아야지, 어디서 바람이야?"

"그러게."

"꺅, 산아. 나 솔로 되면 너한테 작업 걸어도 돼?"

그렇게 물으며 한쪽 눈을 찡그리고 웃는 리자의 얼굴은 매력적이었으나, 우산은 대답하지 않고 그저 난처한 듯 웃었다. 리자는 친구 삼기에는 좋은 여자였으나, 애인 삼기에는 글쎄, 너무 무서웠다.

이어 마지막으로 입을 연 것은 김평범이었다.

"아, 나도 빨리 가 봐야 한다."

그 말에 모두의 시선이 김평범에게 쏟아졌다. 졸지에 시선을 받게 된 김평범은 등골에 식은땀이 흐르는 것을 느꼈다.

아니, 날 왜 그렇게 쳐다보는데? 다들 용건이 있을 때는 그렇구나, 하다가 왜 갑자기 나는 이렇게 쳐다보는데? 마지막에 말한 게 잘못인가?

제일 먼저 우산이 물었다.

"너도 여친 아버지가 편찮으시냐?"

"아, 아니."

다음으로 공하루가 물었다.

"여친이 안경을 벗으니까 끝내 주게 예쁘냐?"

"아니."

이어 물은 것은 강한이었다.

"너도 여친이 바람피웠냐?"

"아니!"

김평범은 어이가 없어서 버럭 외쳤다. 그리고 마지막으로 물은 것은 대리자였다. 그녀는 붉은 입술을 오물거리며 태연하게 폭탄 발언을 터트렸다.

"그럼 혹시, 여친이 아니고 남친이니?"

"야!! 그건 또 무슨 개소리야! 다 아니거든!!"

마침내 참을 수 없어진 김평범은 버럭 외치며 의자에서 일어났다.

평소에는 한없이 유순한 김평범이 폭발하자, 공하루와 우산, 강한은 하나같이 놀라는 듯한 얼굴이었다. 리자는 심드렁하게 속눈썹을 깜빡일 뿐이었다.

이 자식들이, 김평범은 분개해서 외쳤다.

"이것들아, 적어도 상대방한테 여친이 있나 없나 정도는 알고 나서 그런 걸 물어봐야 하는 거 아니냐?! 난 여친 없거든!"

"……."

"나는 우리 집 개 밥 주러 가 봐야 한단 말이다!! 그놈 비글인데, 3대 지랄견답게 밥 제때 안 주면 우리 집을 난장판으로 뒤집어 놓는데, 지금 가족들 다 여행 가서 내가 개 밥 주러 가야 한다고!! 개밥, 여친 말고 개밥 주러 간다! 알겠냐?!"

순식간에 다다다 말을 쏟아 낸 김평범은 어깨를 들썩이며 숨을 골랐다. 헉, 헉, 진짜, 나쁜 놈들. 그런데 말을 해 놓고 보니 무언가 분위기가 이상했다.

차라리 자신에게 뭐 그런 거 갖고 화내냐, 하고 뻔뻔하게 물어야 할 대리자는 연민 어린 눈으로 자신을 바라보고 있었다. 아니, 모두가 자신을 향해 동정 어린 눈길을 보내고 있었다.

뭐, 뭐야. 김평범은 당황해서 뒤로 물러났다. 이어 리자가 촉촉한 눈으로 그를 보며 말했다.

"그래, 평범아. 개한테 밥 주는 게 진짜 중요한 일이야. 맞아, 그거 진짜 중요하지."

"그럼, 중요하고말고."

강한이 고개를 끄덕이며 말했고, 이어 공하루가 덧붙였다.

"그래, 여친이 뭐가 중요하냐, 헤어지면 남인 여친보다는 한평생 충성스러운 개가 더 중요하지. 암."

"……."

할 말을 잃은 김평범은 잠시 그 자리에 서 있다가, 한숨을 푹 내쉬며 자리에 앉았다.

이어 한 다리를 들어 다른 다리에 걸쳐 놓은 그는, 삐딱하게 고개를 기울이며 우산을 보고 물었다.

"좋아. 어쨌거나, 그래서 난 여친보다 소중한 개 놈한테 밥 주러 가야 하니까 얼른 말해 봐. 용건이 뭐야?"

"아, 그게 말야."

우산이 싱긋 웃으며 입을 열었다.

"반휘혈의 실종에 관한 중요한 정보를 들고 왔다."

"뭐?"

리자가 놀라서 자리에서 튕기듯이 일어났다. 놀란 것은 리자뿐이 아니었다. 공하루도, 강한도, 김평범도 모두 굳은 얼굴로 우산을 보았다.

서열 1위가 정해진 것이 불과 한 달 전의 일이었다. 한 달 만에 실종이라니, 이것은 역대 서열 1위들의 실종 사건 중에서도 제일 시기가 이른 것이었다.

공하루가 굳은 얼굴로 우산을 채근했다.

"어떻게 된 거야, 반휘혈 지금 어디 있대?"

공하루로서는 애가 탈 만도 했다. 그도 그럴 것이, 이제 여름 방학이 되면 세계 서열전이 개최되는데, 그때까지 반휘혈이 나타나지 않는다면 자연스럽게 그 참가 자격은 공하루에게 돌아가기 때문이다.

공하루는 싸움을 좋아하지 않는 성품이었고, 전 세계의 일진들과 싸우기 위해 외국으로 나가고 싶은 마음은 결코 없었다.

우산은 서늘하게 웃으며 대답했다.

"반휘혈에게 쌍둥이 동생이 있는 거, 알고 있어?"

"뭐?"

"간단히 말하지. 반휘혈의 쌍둥이 동생은, 자신의 형이 전국 서열 1위라는 것을 숨기고 평범하게 학교생활을 하고 있었다. 그러다가 어느 날 지나가는 일진에게 시비가 걸렸는데, 반휘혈 동생답게 성격은 제법 강단이 있었던 모양이야. 그런데 성질은 있는데 싸움 실력이 받쳐 주지 않았다는 게 문제였지."

"……그 말은…….."

리자가 굳은 얼굴로 중얼거리자, 우산은 고개를 끄덕였다. 그가 말했다.

"처음에 한 녀석이랑 붙었을 때는 그래도 그럭저럭 싸운 모양이지. 그런데 며칠 후에 아예 패거리가 찾아와서 그 녀석을 팬 모양이야. 결론적으로 말해서, 그때 잘못 맞아서 지금 혼수상태로 입원해 있다."

"……."

"그 일로 반휘혈은 일진 생활에 환멸을 느낀 모양이더군. 그래, 얼마 전에 오성 고등학교 일진이 단체로 자진 은퇴했지? 반휘혈의 행적은 거기서 뚝 끊겼다. 지금은 아마 평범한 학생들 사이에 숨어서 지내고 있겠지. 자기 동생의 생활을 그대로 체험해 보겠다는 계획인 것 같더라."

"어떡해."

무거운 침묵이 내려앉은 가운데, 처음으로 입을 연 것은 리자였다.

그녀는 아예 눈에 눈물이 그렁한 채로 손을 들어 입을 가렸다. 평소에는 여자가 아니니, 어쩌니 소리를 듣고는 있어도 그녀는 여자였다. 필요할 때는 감성적으로 굴 줄도, 눈물을 흘릴 줄도 알았다.

착잡한 것은 나머지 세 사람도 마찬가지였다.

공하루가 굳은 얼굴로 말했다.

"평범한 학생은 건드리지 않는 관례를 지키지 않는 녀석들이 점점 늘어나고 있는 것 같군."

우산은 생글 웃더니 말했다.

"사실은, 얼마 전에 이와 비슷한 일이 있었어. 소현 고등학교에서."

"뭐?"

"서열과는 눈곱만치도 관련이 없는 여학생이 횡단보도에서 일진에게 밀려서 넘어졌다더라. 덤프트럭이 달려왔는데, 간신히 덤프트럭에게 깔리기 직전에 트럭이 멈췄대. 트럭 머리 아래에서 무릎으로 기어 나왔다지."

"어머, 어떡해, 어떡해."

리자가 연신 말하며 창백한 얼굴을 했다. 보통 트럭도 아니고 덤프트럭이라니, 게다가 치이는 것도 아니고 깔릴 뻔했다니. 다른 이들의 얼굴도 굳어졌다.

강한이 말했다.

"그래서, 네가 우리에게 바라는 건 이런 거겠지? 본보기를 보여 주자."

"바로 그거다."

"좋아, 교훈이 필요할 때가 되었지. 난 한다."

그렇게 말하며 강한이 의자 등받이에 몸을 기대었다. 곧바로 리자가 결연한 얼굴로 말해 왔다.

"나도."

"나도 한다."

공하루가 말했다. 강한은 말없이, 리자를 턱짓으로 가리킴으로써 리자와 자신은 항상 뜻을 같이함을 표했다. 이어 우산이 김평범을 돌아보니 그는 고개를 끄덕이며 말했다.

"야, 당연한 거 아냐? 그럼 난 간다."

그리고 의자를 빼고 자리에서 일어나는 김평범을 모두가 황당한 눈으로 돌아보았다. 아, 왜 또. 김평범은 인상을 찡그리더니 말했다.

"내가 만나 뵈어야 하는 분은 사람이 아니라 짐승이라서, 시간 감각이라는 게 정확하지가 않거든? 지금쯤 아빠가죽 구두를 걸레짝이 되도록 털고 있을지도 몰라."

"그, 그래. 잘 가."

리자가 떨떠름한 듯 그렇게 말했다. 고개를 끄덕인 김평범은 손을 흔들더니, 성큼성큼 걸어서 창고를 나가다 말고 뒤를 돌아보았다. 그가 외쳤다.

"그럼, 난 우리 비돌이 밥 주러 갈 테니까 너희는 연애질 쳐 잘해라."

그렇게 말한 김평범은, 모두가 황당해서 입을 벌리고 그를 보는 가운데 장렬하게 '쌍빠큐'를 날리고는 퇴장해 버렸다. 헐, 당황에서 서서히 풀려난 그들은 이내 서로를 돌아보며 혀를 찼다.

"솔로가 서럽기는 한가 봐."

대리자가 약간 질린 듯한 얼굴로 그렇게 말하자, 공하루가 곧바로 허리를 앞으로 구부리며 의아한 듯 눈을 찡그렸다. 그가 우산을 보고 물었다.

"야, 그런데 김평범 저 정도면 잘생긴 편 아니냐? 싸움도 잘하고. 근데 왜 여친이 없냐? 수도 없이 고백 받았을 텐데? 사실 눈 졸라 높아서 지가 다 찬 거 아니냐?"

그 말에 대답한 것은 우산이 아닌 강한이었다.

그는 평소와 같이 무뚝뚝한 어조로, 눈썹 하나 찡그리지 않고 대답했다.

"그건 아니다. 내가 쟤 술 처먹고 지랄하는 거 들었는데,

왜 여자들이 나한테 고백은커녕 눈만 마주치면 다 피하냐고 울더라. 나 그때 입은 옷 어깨 다 젖어서 찝찝해서 버렸다."

그 말에 잠자코 듣고 있던 대리자가 불쑥 말했다.

"아, 그리고 보니까 나 이상한 소문 들었는데?"

뭐야? 시선이 쏟아지자 대리자는 약간 당황한 듯, 떠듬거리며 말했다.

"아니 그게…… 저기 범이네 학교에 서도겸 있잖아. 미친개. 걔가 사실 중학교 때까지만 해도 날렸잖니? 무조건 학교 짱은 쟤다, 쟤는 전국 서열 5위 안에는 무조건 든다. 근데 범이 만나고부터 아예 조용하잖아."

"그래서?"

우산이 물었다.

"애들 말로는, 범이가 저 서열 유지하고 있는 이유가, 서도겸이 누가 범이한테 싸움 걸 기미가 보이면 자기 선에서 먼저 나서서 작살을 낸다더라."

"……."

"그리고 서도겸이 범이 좋다고 따라다니던 여자들 다 째려보고 그래서 여자들이 결국 다 포기했다더라."

"……?"

"……!"

"……!!"

각자 얼굴로 놀라움을 표현한 세 사람은, 곧 입을 다물고 침묵했다. 잠시 후, 얼굴이 창백하게 질린 우산이 중얼거리듯 말했다.

"그럼 김평범…… 곧 남친 생기겠네."

"그러네."

강한이 약간 창백하게 질린 얼굴로 그렇게 대답하는 가운데, 공하루가 심드렁한 투로 대답했다.

"우리 평범이, 그토록 염원하던 연애질 곧 하게 되겠네. 축하 편지 써야겠다."

그렇게 말하고 이들은 하나둘 자리에서 일어났다. 불과 10분도 안 되는 짧은 시간 동안 회의가 끝났다.

공하루가 뒤도 안 돌아보고 걸음을 옮기고, 강한과 대리자가 나란히 걷는 뒷모습을 보다가 우산은 불쑥 물었다.

"얘들아, 잠깐."

"……?"

셋이 모두 뒤를 돌아보았다. 우산은 생긋 웃더니 말했다.

"그 본보기라는 거 말이다. 그 살인 미수 사건을 일으킨 녀석이 서열이 높으면 높을수록 본보기의 강도가 세지겠지?"

"어느 조직이나 윗사람이 먼저 모범을 보여야 하는 법이지."

공하루가 심드렁한 투로 그렇게 대답했다. 긍정의 뜻을 돌려 말하는 그의 표현에 우산은 상쾌하게 웃고는 손을 흔들었다. 모두가 떠나고 혼자 남은 창고에서, 그는 핸드폰을 꺼내어 문자를 보냈다.

받는 사람 : 이쁘고깜찍하고사랑스러운내동생

준비 끝

   손가락을 움직여 전송 버튼을 꾹 누른 그는 입술 끝을 비틀어 미소를 띠었다.

제9조. 원래 남자랑 여자도 치고받고 싸우다가
사랑도 싹트고 그러는 거죠

  1교시를 마치고 쉬는 시간, 이루다가 나를 끌고 숨으러 들어간 곳은 1학년 교사와 2학년 교사 사이에 있는 쓰레기 소각장이었다.

  쓰레기 소각장 중에서도 구석진 곳에 내가 웅크리고 앉아 있는 동안, 이루다는 고개를 내밀고 주변을 몇 번 살피는가 싶더니 내게로 걸어왔다. 내 앞에서 무릎을 구부린 그녀가 말했다.

  "이제 곧 종 칠 것 같아. 그만 들어갈까?"

  나는 조금 머뭇거리다가, 무릎을 털고 자리에서 일어났다.

  1반부터 8반까지 가는 데만 2분이 넘게 걸릴 테고, 특히 은지호나 반여령, 은형이는 수업 준비에는 철저하니 수업 시작이 3분 남은 시점이면 교실에 들어가고도 남았을 것이다. 아니 그럼, 생각해 보니까 쉬는 시간 10분 동안 우리 반에 온다고 해도 사대천왕과 얘기할 수 있는 시간은 고작해야 5분 정도였다.

그 시간을 얘기하려고 우리 반에 온다고 했단 말야? 의아해져서, 혹시나 문자가 왔나 싶어 핸드폰을 살폈다. 희한하게도 다들 문자 하나 없었다. 이렇게 조용한 게 수십 통의 문자보다 더 불안했다.

이루다는 계단에 오르다 말고 자연스럽게 내게 손을 뻗더니 내 팔을 잡아 부축했다. 아까 소각장에 올 때도 기대다시피 걸음을 옮겨서, 아무래도 내가 잘 걷지 못한다고 생각한 듯싶었다.

실제로 다리에 힘이 잘 안 들어가서, 나는 이루다에게 거의 기대다시피 해서 우리 교실로 돌아왔다. 다행히도 그 색색의 머리통은 보이지 않았다.

안도의 한숨을 내쉬는데, 맞은편에서 책상 서랍을 뒤지고 있던 신서현과 눈이 마주쳤다. 그는 옅은 다갈색 눈동자를 두어 번 깜빡이더니 내게 물어 왔다.

"아, 너 교통사고 날 뻔했다며?"

"아, 진짜 다 알고 있구나."

"죽을 뻔했다는데 당연하지. 병원은 다녀왔어?"

신서현은 당연한 듯 내 말을 받아넘기고 다시 물었다. 에이, 무릎으로 기어 나오면서 다리나 팔이 조금 후들거리기는 했지만 결과적으로는 털끝 하나 상한 데가 없었다. 기껏해야 얼굴이나 손바닥이 약간 긁힌 정도였다. 그런데 내가 뭐 그런 걸 가지고 그러냐며 웃자, 신서현의 낯빛이 어두워지는 것이었다. 그가 입을 열려는 찰나였다.

교실 앞문을 홀쩍 열어젖히더니 실장, 윤정인이 성큼성큼 다가왔다.

그는 나를 보고 대뜸 외쳤다.

"아, 함단이! 너 괜찮아? 교통사고 날 뻔했다며!"

그의 목소리가 하도 커서, 고개를 숙이고 홀로 자습을 하던 애들조차 우리 쪽을 돌아볼 지경이었다. 이어 내 자리를 둘러싼 이들이 하나같이 물어 왔다.

"단아, 괜찮아?"

"어디 안 다쳤어?"

"병원은, 가 봤고?"

나는 당황해서 나도 모르게 손을 들어 얼굴을 가렸다. 이루다의, 이런 일로 당황하는 내가 이상하다는 듯한 시선이 느껴졌지만 신경 쓸 겨를이 없었다. 걱정해 줘서 고맙다는 말, 괜찮으니 너무 걱정하지 말라는 말, 이 상황에 적절한 말 수 가지가 떠올랐으나 그중에 어떤 것도 말할 수가 없었다.

왜냐하면, 나는 당황해서 달아오른 뺨을 더더욱 가렸다. 생각해 보라, 3년이었다. 장장 3년 동안 나는 반여령과, 사대천왕과 학교에서 몇 시간 이상 떨어져 본 적이 없었다.

그렇다고 내 친구가 사대천왕과 반여령을 제외하고는 아무도 없다는 슬픈 소리를 하려는 것은 아니다. 하지만 사람들의 관심이 쏟아지는 것은 그들을 향해서였고, 나는, 나는…….

이렇게 많은 시선을 받아 본 것은 오랜만이었다. 전에 반 앞에서 이들에게 투표하던 때처럼, 아무것도 아닌데도 괜히 심장이 쿵쾅거려서 입을 열 수가 없었다.

내가 한참이나 말이 없었는데도 아무도 타박하지 않았다. 애들은 저들끼리 서로 입을 열어 수군거리기 시작했다.

"야, 진짜 2학년 너무하지 않냐? 어떻게 사람을 죽이려고 해?"

"그거 살인 미수 아냐?"

"와, 진짜. 졸라 무섭네. 1학년에는 무슨 인물 없나?"

애들이 어두운 얼굴을 하고 웅성거리는 것을 보다가, 나는 조심스럽게 입을 열었다.

"아, 나 괜찮아. 막, 트럭이 바로 앞에서 멈추기는 했는데 나 진짜 다친 데 하나도 없었어. 완전 운 좋아 가지고."

내 말에 제일 먼저 대답한 것은 윤정인이었다. 그는 다른 남자들에게 뭐라 뭐라 말하다 말고 나를 향해 고개를 돌렸다.

"야, 아니야. 그거 내가 들었는데 무슨 후폭풍이 있다더라?"

"후폭풍은 뭐냐. 야, 그거 표현 좀 이상한데?"

"아, 후폭풍 아닌가? 그거 뭐라고 그러냐? 뒤에 막 이상한 증상 오는 거.”

“너 설마, 후유증 말하는 거야?”

설마 하는 얼굴로 신서현이 교정해 주자 곳곳에서 폭소가 터졌다. 후유증이 어떻게 후폭풍으로 바뀌냐! 아나, 윤정인, 개웃기네. 누군가 그렇게 말하면서 윤정인의 어깨를 툭 쳤다. 나는 그 모습을 바라보다가, 어느새 들어온 선생님이 교탁 앞에서 우리를 부르는 소리에 화들짝 놀라 고개를 돌렸다.

내 자리에 몰려 있던 이들이 우르르 흩어졌다. 나는 조금 이상한 기분이 되어 그것을 바라보고 있었다.

내가 머쓱해서 괜히 손을 매만지고 있는데, 옆에서 날 빤히 보고 있던 이루다가 물어 왔다.

“단아, 혹시 너 사람 시선 받는 거 안 좋아해?”

“어, 응?”

“아니, 네가 너무 당황하는 것 같아서. 내가 좀 잘못 봤나?”

그렇게 말하며 그녀는 약간 의아한 듯 금빛이 도는 눈썹을 찡그렸다. 조금 고민하다가, 나는 배시시 웃으며 볼을 긁적였다.

내가 대답하려 입을 열려는 찰나, 교탁 앞에 서 있던 국사 선생님의 시선이 정확히 우리한테 쏟아졌다. 이대로라면 2교시도 밖에서 떠들라고 쫓겨날 판이라, 나와 이루다는 그저 입을 다물고는 고개를 앞으로 향했다.

2교시 쉬는 시간, 이루다를 더 이상 고생시킬 수 없겠다 싶어 교실 뒤편에 숨어 있었다. 내가 사실대로 말하니까 반 친구들이 망도 봐 줬다.

김혜힐을 비롯해서 김 쌍둥이는 점잖은 생김새와는 달리 이런 것을 좋아하는 눈치였다. 내가 청소함과 벽 사이의 좁은 공간에 숨어서 지켜보니, 김 쌍둥이는 복도를 기웃거리는 내내 즐거운 기색이었다.

3교시 쉬는 시간에는 김 쌍둥이의 영입에 의해 신서현도 끼어들었다. 양궁 선수인 신서현은 눈이 매우 좋고, 기척에도 민감하게 반응한다는 것이 그 이유였다.

신서현은 마뜩찮은 얼굴을 하고 있다가, 실장 윤정인이 '지금 네가 읽는 책 범인 누구인지 알려 줄까? 기다려 봐, 내가……'까지 말했을 즈음에 책을 들어 윤정인의 등을 후려쳤다. 그러고는 나를 한 번 보았다가 옅은 한숨을 내쉬고는 충고했다.

"어느 일이나 그렇지만, 도망쳐서 해결되는 일은 없더라."

"역시…… 그럴까?"

나는 한숨을 내쉬었다. 그래, 나도 알고는 있었다. 하지만 걔네가 보낸 문자를 읽으면 도저히 용기가 생기지 않는 것을 어떡하란 말인가.

내 어두운 낯빛에서 근심을 읽었는지, 신서현은 조금 머뭇거리는가 싶더니 내 어깨를 위로하듯 두드렸다.

"그래도, 시간이 해결해 주는 부분도 어느 정도 있기는 하지."

그렇게 말하고 복도로 향하는 그의 등이 듬직했다.

그렇게 2교시 쉬는 시간과 3교시 쉬는 시간을 FBI를 방불케 하는 호위 속에 보내는 동안, 놀랍게도 1반에서는 어떠한 움직임도 없었다.

발이 굉장히 넓은 윤정인 네트워크에 의하면 사대천왕은 쉬는 시간마다 심각한 얼굴로 반여령의 자리에 모여 무어라 회의를 나누고 있다고 했다.

어쨌거나 점심시간이 될 때까지 사대천왕이 아무런 움직임이 없었다는 것은, 내게는 꽤 희망적인 소식이었다.

쉬는 시간 10분으로는 아무래도 충분치 않다는 것을 깨달은 것 같으니, 이대로라면 학교 끝나고 나서만 잘 도망치면 문제없겠는데? 4교시가 끝나 갈 즈음에, 나는 기분이 좋아져서 헤벌쭉 웃으면서 그렇게 생각하고 있었다.

그러나 4교시 종료를 알리는 종이 울리고, 점심시간이 시작되는 바로 그 시점에 기어이 사건은 일어나 버렸다.

평소와 같이 윤정인과 신서현, 김 쌍둥이와 함께 걸음을 옮기려는데 교실 앞문을 통과하던 윤정인이 주머니에서 핸드폰을 꺼내었다. 그러더니 갑자기 얼굴이 새하얗게 질렸다.

갑자기 멈춰 선 윤정인이 대뜸 교실 앞문으로 도로 달려

나갔다. 교실 앞문을 붙들고 주변을 황급히 둘러보는 것이 누군가를 찾는 듯한 모양새였다.

뭐야? 내가 의아해서 눈을 깜빡이며 그 모습을 보는데, 윤정인이 대뜸 외쳤다.

"이루다!! 야, 이루다!!"

"어?"

윤정인이 그토록 절박하게 찾던 것은 다른 누구도 아닌, 막 남학생 몇몇과 함께 뒷문을 나가던 이루다였다. 그녀가 푸른 눈을 깜빡이는 사이 성큼성큼 걸어온 윤정인이 이루다의 어깨를 낚아채었다.

이어 윤정인이 다급하게 내뱉은 말에 나는 얼굴에서 핏기가 빠져나가는 기분이었다.

"야, 이루다. 1반 녀석이 알려 줬는데, 지금 사대천왕이 서편 계단으로 내려갔는데 급식실이 아니라 8반 쪽으로 출발했대."

"그 말은……."

"하, 그래, 쉬는 시간이 짧으니까 아예 점심시간을 이용할 생각이었던 거지."

둘의 대화는 거의 첩보 영화를 방불케 했다. 그리고 긴장감으로 말하자면, 나는 거의 숨이 턱턱 틀어 막힐 지경이었다. 처키에게 쫓기는 다섯 살 여자아이도 나보다는 무섭지 않으리라.

내가 망연자실하게 서서 그들을 지켜보는데, 고개를 휙 돌린 이루다가 성큼성큼 걸어와 내 손목을 낚아챘다.

김 쌍둥이와 신서현이 멀거니 지켜보는 가운데 나를 잡아끌며 그녀는 말했다.

"단아."

"으, 응?"

"나 믿지?"

나는 미친 듯이 고개를 끄덕였다. 이 상황에서 내가 믿을 사람이 이루다 말고 누가 있으랴? 내 반응에 만족했는지, 힐긋 눈을 들어 내 등 뒤를 쏘아본 그녀는 빠르게 계단을 내려갔다.

나는 뒤를 돌아볼 여유조차 갖지 못했으나, 그럼에도 반여령과 사대천왕이 내 뒤의 복도를 가로질러 다가오고 있음을 알 수 있었다. 마침내 죽음의 레이스가 시작되었다.

수많은 인파를 가로질러 계단을 내려가다 말고 나는 주머니에 넣어 둔 핸드폰이 울리는 것을 느꼈다. 이 시점에 문자라면 보나 마나 뻔했다. 나는 도망치느라 정신이 없는 와중에도 간신히 폴더를 열어젖혔다.

과연 문자를 보는 순간, 내 얼굴은 딱딱하게 굳어지고 말았다.

보낸 사람 : 은지랄호

1초라도 안 보이면

1반 지남ㅎ

미친놈!! 핸드폰을 거칠게 접은 나는 그에게 속으로 욕을 퍼부었다. 지금 무슨, 그, 검은 마차가 왔다 놀이 하세요? 검은 마차가 교문에 도착했고, 1층을 지나고, 2층을 지나고, 3층을 지나서 화장실로 들어오세요?

내가 지금은 잘못을 해서 참는데, 나는 입술을 잘근잘근 씹으며 뛰는 데 열중했다. 당장 뒤돌아서 은지호를 한 대 후려 패고 싶더라도, 내가 갔다가는 은지호를 한 대 때려 보기도 전에 다른 이들에게 붙들릴 것이 뻔했다.

핸드폰이 연이어 징징 울려 댔다.

보낸 사람 : 은지랄호

2렇게 초조한데

2반지남ㅋ

보낸 사람 : 은지랄호

3초는 어떻게 기다려

3반지남ㅎ

마지막 문자에 가서는, 나는 하마터면 그대로 넘어질 뻔

했다. 이루다가 내 손을 단단히 붙들고 있지 않았으면 진
짜로 넘어졌을 것이다.

나는 핸드폰 액정을 노려보며 얼굴을 굳혔다.

보낸 사람 : 은지랄호
4망해 넌사망해
4반지남ㅋ

보낸 사람 : 은지랄호
아 오타낫네ㅈㅅ 사랑한다고ㅎ
사망ㄴㄴ

약을 팔아도 정도껏 팔아야지, 사망해를 두 번이나 써 놓
고서는 오타는 무슨 오타야!!

안 되겠다, 내가 뛰는 속도가 조금 느려지는 한이 있더라
도 문자를 보내야겠다 싶어서 나는 황급히 손가락을 움직
여 자판을 두드렸다.

받는 사람 : 은지랄호
야이ㅅㅣㅂㅣ·ㄹ노ㅁ

오타가 심했지만 상관없었다. 이미 수년간 욕으로 다져진

우리 사이에 은지호가 이 문자를 알아보지 못할 리가 없다.

문자 전송 버튼을 성큼 누르고는 다시 정신없이 뛰는데, 채 몇 초도 안 되어 답장이 왔다. 나는 폴더를 휙 열었다.

보낸 사람 : 은지랄호
단아. 내가 욕 쓰지 말라고 했어, 안 했어?

"……."

내가 할 말은 이것뿐이었다. 은형이다. 이 정갈한 띄어쓰기와 맞춤법을 보라, 틀림없다.

아, 은형이구나. 그렇구나. 고개를 주억거린 나는 말없이 한 손으로 핸드폰을 접어 주머니에 넣었다. 그리고 더욱 미친 듯이 뛰기 시작했다. 난 진짜 잡히면 죽었다.

세찬 바람이 귓등을 후려쳤다. 이루다의 환한 금색 머리카락은 눈앞에서 거세게 휘날리고 있었다.

웬만해서는 호흡이 흐트러지지 않던 이루다에게도 한계가 온 모양인지, 그녀는 숨을 거세게 들이쉬고 있었다. 그녀가 나를 보고 물었다.

"뒤, 뒤에, 뒤에 지금 오고 있어?"

"보, 보, 볼게!"

이루다가 힘들어서 말을 더듬을 지경이었으니, 나는 아

예 목소리를 낼 수조차 없는 수준이었다. 그러나 나는 간신히 힘을 쥐어짜 내어 그렇게 말하고는 뒤를 돌아보았다. 혁, 나는 숨을 들이쉬었다.

우리가 뛰고 있던 것은 다름 아닌 2학년 건물이었다. 황시우의 일도 있고, 나도 이곳으로 오고 싶었던 것은 아니었으나 이루다를 따라오다 보니 이렇게 되었다.

2학년 복도이니, 우리보다 급식 시간이 빠른 만큼 복도는 막 식사를 끝내고 돌아온 2학년들로 북적였다. 그러나 그중에 사대천왕의 희한한 머리카락이나, 반여령의 자줏빛이 도는 머리카락이 있었다면 내 눈에 들어오지 않을 리가 없었다. 이들이 가발이라도 뒤집어쓰지 않는 한은 그랬다.

내가 아무 말 없이 다만 걸음을 서서히 늦추자, 이루다도 뒤를 확인했다. 이어 그녀 역시 사대천왕을 따돌렸다는 것을 확신했는지, 천천히 걸음을 늦추었다.

후, 턱 밑을 훔쳐 흘러내린 땀을 닦아 낸 그녀는 나를 보고 웃었다.

"봐, 내가, 혁, 믿으라고, 했지?"

나는 고개를 끄덕였다. 내가 이루다를 인도자로 삼은 것은 정말, 나로서는 드물게 탁월한 선택이었다. 이루다는 몸을 움직이는 데 한 치의 망설임도 없었다.

그녀는 이제 겨우 입학한 지 삼 주가 지났을 뿐인데도, 학교 지리를 마치 제 손바닥 보듯 훤하게 꿰고 있는 듯했다. 우리가 지난 복도가 몇 개고, 샛길이 몇 개고, 모퉁이가 몇 개던가. 헤아릴 수도 없었다.

이마의 땀을 훔치고 나는 이루다를 보았다.

"고, 헉……."

고맙다고 말하려다 말고 나는 힘이 풀려서 벽에 기대었다.

복도를 배회하던 2학년 몇몇이 우리를 이상한 듯 보는 것 같아서, 나는 아직도 헐떡이는 목을 부여잡고는 이루다의 소매를 잡아끌었다. 일단 여기, 2학년 복도에서 벗어나자는 뜻이었다.

솔직히 이루다가 행한 능수능란한 도주 코스는 웬만한 머리의 소유자라면 쉽게 따라올 수 없는 것이기는 했다. 그러나 쫓는 상대가 우주인이라면 얘기가 달랐다.

카드 뒷면의 무늬가 닳은 것을 보고도 카드 한 벌, 조커를 제외하고도 52장이나 되는 카드를 구분해 낼 수 있는 우주인이었다. 그렇게나 머리가 좋은 그이니 우리가 도망친 경로를 추측해 내지 못하리란 법은 없었다.

아, 씨. 내가 머리카락을 벅벅 헝클어트리는데, 이루다가 나를 2학년 복도 끝으로 이끌었다. 이어 그녀가 문을 연 것은 놀랍게도, 비어 있는 교실이었다. 밖에서 봐서는 평범한 교실과 별다를 것이 없어서 비어 있을 것이라고는 생각하지 못했는데, 자세히 보니 책상 위에 필기구도 책도 없었다.

어떻게 빈 교실을 찾았지? 내가 신기해서 이루다를 보자, 그녀는 땀에 젖은 머리카락을 한 번 쓸어 올리고는 대답했다.

"원래 작년까지는 수학 특별반 교실이었는데, 2학년 교무실이 1층으로 내려가고 그 자리에 수학 특별반 교실이 들어갔거든. 그래서 이 교실은 비어 있어."

"어떻게 알았어?"

"흠, 어쩌다 보니까."

그렇게 말한 그녀는 장난스럽게 눈을 찡긋하며 웃었다.

두꺼운 분홍색 커튼이 창문 전체를 덮고 있다시피 해서, 교실은 옅은 어둠에 잠겨 있었다. 커튼 틈새로 쏟아진 금색 빛줄기에 먼지가 나풀거리며 내려앉고 있었다. 고요한 교실의 공기에 비로소 마음이 조금 놓였다.

헉, 나는 복도 쪽 창문 바로 아래 앉아 숨을 골랐다. 곧 내 옆으로 다가온 이루다가 내 옆에 앉아 한숨을 푸욱 내쉬었다.

한동안 둘 다 숨을 고르느라 말이 없었다. 그러다가 내가 핸드폰을 열어 문자를 확인하려는데, 이루다가 나를 불렀다. 나는 눈을 힐긋 들어 그녀를 보았다.

"단아."

"응?"

"음, 기분 상하지 않는다면 좋겠는데."

"응."

그녀는 말을 하려다 말고, 조금 머뭇거리는 듯 입술을 몇 번 깨물었다 풀었다를 반복했다. 그러다가 그녀가 푸른 눈을 들어 나를 보았다. 그녀가 말했다.

"내가 보기에는, 음, 너랑 그 친구들이…… 별로 정상적인 친구 관계는 아닌 것 같은데……."

"……."

"아니, 물론 가까이에서 본 일도 몇 번 없는 내가 이렇게 말하면 좀 이상하겠지만. 그냥 내가 느끼기에는 그랬어. 네가 아니라고 한다면 그냥 잘 몰라서 하는 헛소리라고 생각해."

그렇게 말하며 이루다는 약간 머쓱한 듯 손을 들어 제 이마 위의 곱슬거리는 머리카락을 만지작거렸다. 나는 그 모습을 그저 말없이 보고 있었다.

그냥, 무슨 말을 해야 할지 알 수가 없었다. 내가 그녀를 잠자코 바라보자, 이루다는 내가 그녀의 말을 기다리고 있다고 생각했는지 다시 입을 열었다.

"왜냐하면, 내가 그렇게 생각한 건……."

그녀는 말을 하다 말고 힐긋 눈을 들어 천장을 보았다.

"보통 친구라는 건 좋은 일이 있으면 같이 웃고, 힘든 일이 있을 때 울면서 전화할 수 있는 걸 친구라고 하잖아? 물론 내가 봤을 때 너랑 그 애들이 같이 있어서 즐거워 보이지 않던 적은 없었어. 어색해 보였던 적도 없었고. 함께한 시간이 많아서 이제 서로가 있는 게 더 자연스러운 게 내 눈에도 보였고. 그런데……."

그녀가 한동안 말이 없기에 나는 고개를 끄덕임으로써 그녀가 말을 잇기를 재촉했다. 그러자 이루다가 한숨과 함께 입을 열었다.

"넌 힘든 일은 절대로 말 안 하려고 드는 것 같더라. 그게, 물론 괜히 걱정 끼치지 않겠다는 마음일 수도 있겠지만 내가 보기에는 꼭 폐를 끼치기 싫어하는 것 같은 느낌? 그런 건 일반적인 친구 관계에서는 나타날 수 없는 거 아닌가 싶어서."

"폐를 끼치기 싫어한다…… 고."

그녀는 약간 당황하며 말을 이었다.

"그러니까, 내가 보기에는 지금 이런 네 태도는 꼭……. 그래, 일반적으로 말해서 친구한테 힘든 일을 말해서 친구가 자기를 걱정해 주는 걸 폐라고 생각하진 않잖아? 그런데 넌 그런 걸 유독 싫어하는 것 같단 말야."

나는 말없이 두어 번 눈을 깜빡였다. 그렇다, 무슨 일이든지, 기쁜 일이 있든 힘든 일이 있든 그것이 나에게 있어서 큰일이었다면 친구에게 말하는 것은 당연한 것이다.

기쁜 일이라면 축하받고 함께 기뻐하며 이야기하기를 바라서일 테고, 힘든 일이라면 친구에게 위로받고 싶은 것은 당연한 것이다. 사람은 누구나 자신의 이야기를 들어 주고, 곁에 있어 줄 사람을 필요로 한다. 당연하다.

하지만 내가 교통사고를 당할 뻔한 일을 이들에게 말하지 않은 것은, 이들이 내가 말하지 않은 것을 안다면 화를 낼 것이 분명한데도 그렇게 한 것은……

아씨, 나는 얼굴을 일그러뜨렸다. 이루다가 나를 걱정스러운 듯 바라보는 가운데 바깥 복도는 고등학교 특유의 분주한 공기로 들썩이고 있었다. 하, 나는 두 손을 들어 입을 가리고 정면을 바라보았다. 한동안 그러고 있었다.

이루다의 말대로였다. 나는 이들에게 걱정거리를 만들어 주고 싶지 않았다. 왜냐하면, 꼭 정말로 폐를 끼치는 것 같으니까. 나에게는 너무 과분한 친구들이니까, 친구를 해 준 것만으로도 고마운 일이니까, 그러니까 이들이 나로 인해 걱정하거나 상심하도록 하고 싶지 않았다.

내 심장을 정통으로 꿰뚫린 기분이었다. 나도 잘 모르던 내 마음을 다른 사람이 먼저 꿰뚫어 본다는 것은 사람을 비참하게도 하고, 그러면서도 기분이 상하거나 하지는 않았다.

분명히 비참한 기분이었는데 정말로 이루다가 미워지거나 하지는 않았다. 나를 멀거니 응시하는 이루다의 푸른 눈을 보면서 나는 생각했다.

이루다에게는 처음부터 내 밑바닥만을 보여 주었으니까. 그래서이리라, 내가 마음을 연 순간부터 이루다를 이토록 편하게 대하는 이유는. 이루다에게는 더 이상 추해질 것이 없기 때문이었다.

이미 이루다와 친구를 하지 않겠다고 마음먹던 그 순간에 나는 이미 이루다에게 내 밑바닥에 놓인 이기심을 보여 주었던 것이다.

조금 머뭇거리다가, 나는 웃어 버렸다. 내가 물었다.

"그렇지, 네가 보기에도 좀 이상하지."

"……."

"맞아, 만약 힘든 것도 다 털어놓는 게 친구 사이라면 나랑 쟤네는 친구가 아니야. 왜냐하면 나는 그런 거 말 안 하거든."

"왜? 들어 주지 않는 것도 아니잖아? 내가 보기에는, 지금 저 애들이 화낸다는 것 자체가 네 얘기를 다 들어 줄 각오가 되어 있다는 증거 아냐?"

"문제가 있는 건 쟤들이 아니라 나야."

그렇게 말한 나는 천천히 숨을 들이쉬며 두 손을 들어 얼굴을 가렸다. 아, 어떡하지. 진짜 비참했다. 나는 입을 열었다.

"나는, 나랑 쟤들이 친구라는 걸 아직도 믿을 수가 없어."

"……."

"내가 너무 자신감이 없는 거 맞는데, 그런데 아직도 어쩔 수가 없어. 3년이나 지났으니까, 잘 모르겠다. 괜찮아졌다고, 많이 나아졌다고 생각했는데, 그런데 또 이렇게 결정적인 일이 터지면 아무런 말도 못 하겠어. 걱정시키는 것도 진짜 재들 시간 낭비시키는 것 같고. 내가 무슨 심정인지 혹시 알겠어?"

이루다는 복잡한 얼굴로 나를 가만히 보기만 했다. 나는 그녀의 푸른 눈을 마주한 채 한동안 있었다. 그래, 따지고 보면 이런 이야기를 서슴없이 털어놓을 상대도 내게는 이루다를 제외하고는 없을 것이었다. 대체, 이런 한심한 이야기를 누구한테…….

내가 그렇게 생각했던 바로 그 순간이었다.

벌컥, 문이 열렸다. 나와 이루다 둘 다 서로를 마주 본 채로 눈을 크게 뜰 뿐, 일어날 생각조차 하지 못했다.

우리가 꼼짝도 못하고 굳어 있는 사이, 제일 먼저 교실로 걸어 들어온 것은 다름 아닌 은지호였다. 그 특유의 새하얀 머리카락이 옅은 빛줄기 아래서 금빛을 띠었다.

그는 우리를, 아니, 나를 보더니 입꼬리를 끌어 올렸다. 그가 웃으며 말했다.

"야, 함단아! 왜 이렇게 얼굴 보기가 힘드냐? 하, 하하."

"하, 하하."

나는 자리에서 일어나며 은지호가 들어온 뒷문이 아닌, 앞문 쪽을 살폈다. 그러나 주도면밀한 사대천왕이 대비를 하지 않았을 리 없었다.

대번에 앞문이 열리면서 이번에는 은형이가 들어왔는데,

평소라면 부드러운 미소를 띠고 있을 그의 얼굴이 딱딱하게 굳어 있었다. 그는 나를 보더니 책망하는 듯한 시선을 보냈다. 아, 맙소사. 나는 손을 들어 얼굴을 가렸다.

이어 반여령과 유천영과 그리고 우주인이 들어왔다. 우주인은 평소보다도 더욱 웃는 낯이었으나, 나는 그 미소를 보고는 식은땀이 흐르는 것을 느꼈다.

한동안 빈 교실에는 무거운 침묵이 흘렀다. 그러다가, 제일 먼저 입을 연 것은 나였다. 나는 묻지 않을 수 없었다.

"대체, 어떻게 찾은 거야? 우리가 도망 다닌 지가 40분인데."

그렇다, 나와 이루다는 한 시간이나 되는 점심시간 중에 장장 40분을 도망 다니는 데 소비했다. 한 번 놓친 이상 더는 쫓아오기 힘들 거라고 생각했는데, 대체 어떻게 찾았단 말인가?

내 물음에 은형이는 조금 머뭇거리다가, 뒤를 돌아 우주인과 시선을 마주쳤다. 그 모습이 꼭, 말해도 되느냐고 묻는 것 같았다. 고개를 끄덕인 우주인은 웃으며 선뜻 입을 열었다.

"응, 엄마. 사실은 점심시간이 시작할 즈음에 굉장히 불미스러운 일이 있었어."

"뭐?"

"교장 선생님은 4교시가 시작할 즈음에 몇몇 교사들을

데리고 시내 식당에 다녀오셨는데, 글쎄, 그 사이에 누군가 교장실을 뒤집고 나간 모양이야."

뭐? 나는 눈을 깜박였다. 그런 소리는 금시초문이었다. 하기는, 하도 정신없이 도망 다녔으니 나와 이루다가 안내 방송을 듣지 못한 것일 수도 있었다. 하지만 무언가 찝찝했다.

그런 일이 있었다는 것을 이들이 어찌 알고, 또 그것이 우리를 찾아낸 것과 무슨 상관이란 말인가? 그렇게 생각하기가 무섭게 주인이가 말을 이었다.

"응, 교장 선생님이 그걸 알게 된 건 한 착실한 학생의 제보 때문이었는데, 그걸 알려 준 사람이 1학년 1반의 실장, 성적우수 품행방정 은형이였지 아마? 은형이는 교장 선생님께 용건이 있어서 교장실로 왔다가, 한 학생이 교장실을 급하게 뛰쳐나가는 것을 목격했다고 했어."

"……."

"교장 선생님은 당장 CCTV를 확인해야겠다고 했고, 혹시 그 전에 용건이 있어서 다녀간 학생이 있을지도 모르니 은형이에게 같이 가서 CCTV를 확인해 줄 것을 부탁했어. 은형이는 물론 그러겠노라고 했지. 그리고 당시 은형이랑 같이 있던 나는 얼떨결에 CCTV를 보러 가게 된 거지."

그렇게 말하며 자신을 가리킨 우주인이 귀엽게 웃었는데, 나는 도저히 따라 웃을 수가 없었다. 아니, 지금, 그러니까…….

우주인이 상쾌하게 웃으며 말을 이었다.

"다행히도 CCTV를 보니 교장실에 다녀간 사람은 없더라고. 그래서 은형이는 당황해서 제가 잘못 본 모양이라고 사과를 했고, 교장 선생님은 아니라고, 걱정해 줘서 고맙다고 했지. 그리고 그런 훈훈한 대화가 이루어지는 사이에 나는……."

"CCTV를 통해서 단이와 내가 도망치는 경로를 다 확인했겠지."

이루다가 약간 질린 듯한 얼굴로 대답했다. 그녀가 붉은 입술을 열어 중얼거리는 소리가 내 귀에는 똑똑히 들렸다. 그녀는 '치밀하게 미친 놈'이라고 중얼거렸다. 주인이는 말없이, 그저 더욱 진하게 웃었을 뿐이다.

맙소사, 나는 중얼거렸다. 교내에 설치된 CCTV는 각 학년 복도이며 계단, 출입구에 설치된 것만 해도 다 합쳐서 스무 개가 넘을 터였다. 교장실 CCTV를 확인하는 그 짧은 시간에 다른 모든 CCTV를 확인해서 우리가 도망친 경로를 도출했다고?

나는 창백하게 질린 얼굴로 중얼거렸다.

"왜, 왜 그 좋은 머리를 이런 데 쓰고 그래……."

졸라 재능 낭비야…….

나는 확신할 수 있었다. 방금 우주인의 입에서 튀어나온 그 계획은 구상부터 실천까지 오로지 우주인의 머리에서 이루어진 것이리라. 아, 진짜, 왜 좋은 머리를 저런 데 써.

나는 울상이 되어 말했다.

"주인아."

"응, 엄마."

의외로 그는 내 부름에 얌전하게 고개를 끄덕였다. 그 모양이 평소랑 다를 바가 없어서 조금 마음이 놓였다. 내가 말했다.

"너 진짜, 엄마랑 약속해. 절대로 그 머리를 사람 해치는 데는 쓰지 않는다고. 응?"

나는 그렇게 말하며 간절한 눈으로 주인이를 보았다. 물론 나도 지금 목숨이 위험한 마당에 이렇게 말해서는 안 되겠지만, 하지만 저 머리를 사람을 해치는 데 쓴다면 얼마나 큰 일이 터질지 상상도 가지 않았다.

나는 그저 그의 미래가 걱정되어서 꺼낸 말이었는데, 이상하게도 주변의 반응이 매우 이상했다. 은지호와 유천영은 저 멀리서 갑자기 기침을 하기 시작했고, 반여령과 은형이는 얼굴이 하얗게 질렸다.

이상한 것은 우주인 역시 마찬가지였다. 그는 여전히 웃고 있는데, 입꼬리가 약간 떨리고 있었다.

뭐, 뭐야. 내가 의아해서 그렇게 물으려는 그때, 이루다가 갑자기 내 뒤에서 내 팔을 붙들었다. 그것으로 긴장 상태가 풀렸다. 우주인의 황금색 눈이 예리하게 타오르고, 은형이의 얼굴이 다시 굳어졌다.

이루다가 나를 향해 말했다.

"내가 말했잖아. 도와준다고. 난 한 번 말한 건 끝까지 지켜. 아직 더 도망칠 수 있어."

"아, 아니."

이루다가 나 때문에 점심시간에 40분이나 뜀박질을 하게 된 것만으로도 충분히 미안했다.

내 생각에는, 이루다는 아마 아까 내 얘기를 듣고는 내가 이런 상황을 곤란해 하리라고 생각한 것 같았다. 내가 괜찮다고, 어떻게든 풀어 보겠다고 말하려는데 누군가 이쪽으로 한 발짝 나섰다. 나는 고개를 돌렸고, 앞으로 나선 사람이 유천영임을 확인했다.

이루다가 긴장해서 노려보고, 뒤에서 반여령과 사대천왕이 지켜보는 가운데 그는 정확히 내게서 1미터쯤 떨어진 곳에서 멈춰 섰다.

팔을 뻗으면 닿을 듯한 거리에서, 그는 내게 손바닥을 위로 해서 손을 내밀었다.

나는 눈을 들어 그의 푸르스름한 눈동자를 바라보았다. 길게 뻗은 속눈썹 아래로, 평소와 같이 담담한 시선이 조금의 흔들림도 없이 나를 향했다. 그가 말했다.

"이리 와."

그 특유의 약간 낮고, 그러면서도 깊은 목소리가 서늘한 울림으로 흩어졌다.

침묵이 흘렀다. 내가 아무런 말도 없이, 눈을 한 번 깜빡이자 그는 다시 나를 불렀다.

"함단이. 이리 와."

"……."

유천영의 푸른 시선과, 내 시선이 허공에서 다시 한 번 맞부딪혔다. 우리 사이로는 먼지 조각이 금색 빛줄기 위로 나풀나풀 흩어지고 있었다.

옅은 빛 때문에 선명하게 그림자가 진 그의 얼굴을 보다가, 나는 하마터면 홀린 듯이 걸음을 옮길 뻔했다. 나를 단단하게 붙들고 있던 이루다의 손만 아니었더라면 분명 그랬을 것이었다.

나는 흠칫 놀라서 고개를 돌렸다. 눈이 마주치자, 이루다가 말했다.

"뭐든 간에, 결국 중요한 건 네 마음 아니야? 네가 불편하다면 무리할 필요는 없어."

나는 흠칫 놀라서 이루다를 바라보았다. 그녀의 푸른 눈이 나를 올곧게 응시하고 있었다.

유천영의 눈에도, 이루다의 눈에도 흔들림이란 없었다.

갑자기 이런 것으로 흔들리는 내가 우습게 느껴져서, 나는 입술을 깨물었다. 아니다, 이들에게 힘든 것을 털어놓지 못하는 것은 결국 내 자신감의 문제였다. 나는 말했다.

"아니야. 잘못된 건 나라고 했잖아."

누구라도 동의할 터였다. 잘못된 것은 나였다. 내가 그렇게 말하고는 한번 웃는데, 뒤에서 유천영의 목소리가 날아왔다.

이번에는 나를 향한 말이 아니었다. 나는 놀라서 눈을 크게 떴다.

"그 손 놔라."

금방이라도 얼어붙을 듯 싸늘한 목소리, 기분이 좋지 않음이 여실히 느껴지는, 나에게는 한 번도 쓴 적이 없었던 공격적인 말투. 나는 고개를 돌렸다. 유천영의 푸른 눈이 정확히 이루다를 응시하고 있었다.

둘의 시선이 허공에서 맞부딪혔다. 그러다가, 이루다가 갑자기 내 팔을 끌어당겼다. 뭐, 뭐야! 내가 당황해서 이루다 쪽으로 몇 걸음 내딛는데, 이번에는 반대편에서 뻗어온 손이 내 손을 붙들었다. 서늘한 체온, 돌아보지 않고도 알 수 있었다. 유천영이었다.

문제는 유천영이, 내가 이루다의 뒤에 있는 바로 그 순간에 나를 잡아당긴 데 있었다. 당연히 나는 유천영의 쪽으로 끌려가다 말고 내 앞에 있던 이루다와 부딪혔다.

그리고 나한테 밀려서 균형을 잃어버린 이루다가 유천영 쪽으로 휘청거리며 쓰러졌다. 그리고 그에 맞추어 버팀목을 잃은 나도 바닥에 넘어졌다. 당연히 내 손을 붙들고 있던 유천영도 휘청 기울었다.

그리고, 대참사가 일어났다. 뒤에서 구경하고 있던 반여령과 나머지 사대천왕들로부터 동시에 탄성이 쏟아졌다.

"헉."

"헙."

"처, 천영아."

반여령과 은지호와 은형이가 당황해서 차례로 말하는 가운데 바닥에 엉덩방아를 찧고 만 나는 인상을 찡그리며 허리를 문질렀다.

방금 내가 이루다랑 부딪힌 것까지는 알겠고 유천영이 나를 붙잡은 것도 알겠는데, 그다음부터는 뭐가 어떻게 되었는지 알 수가 없었다. 뒤를 돌아본 나는 눈앞에 펼쳐진 상황에 경악했다.

유천영이 망연한 얼굴로 제 입술을 문지르고 있었다. 그리고 이루다로 말할 것 같으면, 그녀는 아예 바닥에 OTL 자세를 하고 쓰러져서 말이 없었다.

잠시 후, 고개를 든 그녀가 물었다.

"씨발, 방금 부딪힌 거 입술이야?"

"뭐?"

이루다의 입술에서 욕이 튀어나오는 것을 처음 들었던 나는 흠칫 놀라고 말았다. 마냥 해맑은 것처럼 보이던 이루다가 처음으로 가면을 벗어던졌으니, 당황한 것은 유천영 역시 마찬가지인 듯싶었다.

유천영이 인상을 찡그리며 짧게 묻자, 이루다가 다시 물었다. 그녀는 저승사자가 친구 하자고 할 것 같은 얼굴을 하고 있었다.

　"야, 방금 내 입술에 부딪힌 게 네 입술이냐고."

　"……."

　"대답을 해, 대답을!!"

　말이 없이 창백한 얼굴로 입술을 매만지고 있던 유천영이 답답했는지, 이루다가 대뜸 윽박을 질렀다.

　유천영은 여전히 대답하지 않았다. 모두가 흥미진진한 얼굴로 지켜보는 가운데, 그는 입술을 매만지다 말고 갑자기 손을 들어 제 입을 틀어막았다. 그리고 그는 비척거리는 걸음으로 뒷문으로 향했는데, 도중에 은형이를 건드릴 듯 지나가며 나직이 말했다.

　"은형아."

　"으, 응?"

　유천영은 창백한 얼굴로 이루다를 힐긋 돌아보더니 말을 이었다.

　"나 화장실. 토할 것 같아서."

　"그, 그래."

　은형이가 그렇게 대답하자마자 유천영은 비척거리는 걸음으로 뒷문을 나서는 것이, 정말로 화장실로 가자마자 속을 게워 낼 것 같았다.

유천영이 어떠한 격한 반응도 없이 조용히 사라지고 나서, 교실에 남은 우리는 천천히 시선을 교환했다. 잠시 후, 이루다가 발을 구르며 분통을 터트렸다.

"씹, 저 새끼가!! 자기만 토하고 싶은 줄 아냐?! 야! 너!!"

"루, 루다야."

내가 당황해서 불렀지만 이루다는 못 들은 듯, 소매로 입술을 거칠게 한 번 문지르고는 쿵쾅거리며 유천영을 따라 뒷문을 나가 버렸다.

헐, 나는 당황해서 눈을 깜빡였다.

아무리 남장을 했기로서니, 남자 화장실에 저렇게 막 들어가도 되는 거야? 것도 다른 남자아이가 들어간 화장실에?

내가 당황해서 입을 끔뻑이며 그 모양을 보고 있는데, 은지호가 중얼거리는 소리가 들렸다.

"와, 대단하다. 사람이 부딪히면서 입술이랑 입술이 부딪힐 확률이 얼마나 된다고 그렇게 부딪히냐?"

주인이가 고개를 주억거리더니 물었다.

"그러게. 근데 천영이 좀, 약간 결벽증 비슷한 거 있지 않나?"

"맞아, 쟤 아무나랑 같이 컵 안 쓰잖아. 쟤 빈정거리려고 그런 게 아니라, 진심으로 말한 걸걸. 야, 은형아. 등 두드려 주러 안 가도 되냐?"

"괜찮을 거야. 천영이 오늘 늦잠 자서 아침 안 먹었거든.

먹은 것도 없는데 나올 게 뭐가 있겠어. 입이나 헹구고 나오겠지. 자, 그럼."

은형이는 은지호의 말에 그렇게 대꾸해 주더니 나를 돌아보았다. 아, 맞다. 방금 일어난 일련의 사태에 나는 순간, 이들이 나를 찾아온 이유도 잊고 그저 감탄하고 있었다. 와, 역시 남장 여자는 다르다. 어떻게 부딪혀도 입술 박치기를 하냐, 하고.

은형이의 초록빛이 감도는 눈이 선하게 휘어졌고, 나는 떨떠름하게 웃으며 뒤로 물러섰다. 은형이가 나에게 한 발자국 다가서며 말했다.

"단아."

"으, 응?"

"우리 좀 할 얘기가 있지?"

그에 맞추어 은형이의 옆으로 나선 반여령이 자줏빛이 도는 머리카락을 한 번 쓸어 넘겼다. 주인이는 생글 웃더니 한 발자국 내 쪽으로 다가왔다.

눈이 마주치자, 은지호는 내게 손을 흔들더니 입 모양으로 무어라 말했다. 뭐야? 나는 눈썹을 찡그리며 그쪽으로 고개를 내밀었다.

'내가 그랬냐. 너 사망한다고.'

아, 네. 혹시 너 장래 희망이 예언가세요? 박수를 쳐 주려는 것도 잠시, 나는 내 앞으로 다가오는 은형이와 반여령의 모습을 보고 얼굴이 하얗게 질리고 말았다. 아, 아. 제발.

* * *

함단이를 쫓는 데만 소비한 시간이 점심시간 1시간 중에 40분이었다. 이미 점심시간은 10분가량만 남겨 놓고 있었고, 2학년은 몇몇이 세면대 부근에서 양치질을 하고 있을 뿐 화장실에 있는 사람은 얼마 없었다.

헛구역질을 몇 번 했을 뿐, 먹은 것이 없었으니 게워 낼 것이 있을 리 없었다. 검푸른 눈썹을 찡그리며 입가를 몇 번 문지른 유천영은 손에 물을 받아 입을 헹궜다. 그러고도 찝찝함이 가시지 않았다.

본래 컵조차도 웬만해서는 같이 쓰려고 하지 않는 자신이었다. 세면대를 두 손으로 붙들고 있다가 그는 깊은 한숨을 내쉬었다.

옆에서 양치질을 하던 2학년이 흠칫해서 옆으로 물러났다. 그러거나 말거나, 유천영은 물에 젖은 손으로 머리카락을 쓸어 넘기면서 한숨을 내쉬었다.

첫…… 키스……. 드라마나 영화를 봐서, 자신과 이루다가 한 것은 키스는커녕 입맞춤 축에도 끼지 않는다는 것을 알고 있었지만, 그럼에도 불구하고 유천영은 첫 키스라는 세 단어를 떠올리고는 벽에 머리를 박아 버리고 싶은 심정이 되었다. 화장실 벽이 더럽지만 않았더라도 기꺼이 그렇게 했으리라.

물이 뚝뚝 떨어지는 손으로 얼굴을 한 번 문지르고는, 거울 속의 자신이 어떤 얼굴을 하고 있는지를 확인하는데 누군가가 화장실로 걸어 들어왔다. 흔히 볼 수 없는 당당한 걸음걸이, 가느다란 체구와 특유의 환한 금발, 이루다였다.

유천영이 눈썹을 찡그리거나 말거나, 사납게 소리쳤던 것과는 달리 이루다는 유천영에게 별로 신경을 쏟지 않는 것 같았다.

그는 금빛이 도는 속눈썹 아래로 푸른 눈을 흘긋 들어 그를 향해 시선을 한 번 던지더니, 걸음을 옮겨 세면대 앞에 마주 섰다. 그러더니 물이 콸콸 쏟아지도록 수도꼭지를 돌리고는 미친 듯이 제 입술을 씻기 시작했다.

유천영이 황당해서 바라보는 가운데, 입을 다섯 번이나 헹군 이루다는 고개를 퍼뜩 들더니 유천영을 정면으로 응시했다.

화장실의 좁은 창문으로 쏟아지는 빛에 이루다의 얼굴이 맑게 빛났다.

초승달 같은 눈썹, 오똑한 코에 붉은 입술의 이루다는 얼핏 보기에는 연약한 듯한 느낌이 있었다. 그러나 그 당당한 푸른 눈을 본다면 아무도 그에게 연약한 인상이라는 둥의 말을 할 수는 없으리라. 그렇게 생각한 유천영은 입을 열어 말했다.

"왜."

자신도 이루다를 관찰하고 있기는 했지만, 그의 자신을 관찰하는 듯한 시선이 기분 나빴다. 물론 다른 사람에게 자신이 관찰당한 것은 한두 번이 아니었지만, 이루다의 시선은 더욱 기분이 나빴다.

잠시 후, 이루다가 입꼬리를 비틀어 올렸다. 그가 픽 소리 내어 웃자 유천영은 조금 더 기분이 나빠졌다. 그가 말했다.

"왜 보냐고 물었어."

"아니, 잘생겼다 싶어서."

안 그래도 곱상하게 생긴 녀석이 웃으면서 그렇게 말하니 비꼬는 것인지, 칭찬하는 것인지 감이 잡히지 않았다.

유천영이 할 말이 없어 침묵하는 사이, 물을 틀어 한 번 더 입을 헹군 이루다가 중얼거리듯 말했다.

"흠, 그래서 단이가 그런가."

"뭐?"

유천영은 반사적으로 그렇게 묻고는 흠칫했다. 너무 공격적으로 물은 것이 아닌가 싶은 생각이 들었다. 하지만 저쪽도 자신을 별로 좋게 생각하지는 않는 것 같은 데다가, 언제 만났다고 함단이를 대뜸 성을 떼고 부르는 게 마음에 들지 않았다.

함부로 손을 잡는 것도 그랬다. 더욱 유천영을 놀라게 했던 것은, 함단이가 이루다의 손길을 거부하지 않고 거리낌 없이 받아들였다는 데 있었다. 아직도 자신이 손을 뻗어 잡으면 흠칫 놀라고는 하던 함단이었다. 그런데 어떻게 불과 한 달도 안 되는 시간에 그렇게 가까워질 수 있단 말인가?

3년의 시간이 단숨에 따라잡힌 듯한 기분이었다. 결코 유쾌하지 않았다.

유천영이 지그시 응시하는 가운데 이루다는 여유롭게 턱의 물기를 훔치고는 고개를 들었다. 눈이 마주치자, 생글 웃은 그가 말했다. 아까와 같이 애매한 말투였다.

"흠, 모르겠어?"

"대체 뭘."

"아니, 겨우 한 달도 같이 안 지낸 내가 알아차린 걸 설마 너희들이 눈치 못 챘나 싶어서. 설마 진짜야? 그렇게 눈치가 없나?"

"빙빙 돌려 말하지 말고, 뭘 말하는 거냐고 묻잖아."

심기가 불편해진 유천영이 조금 목소리를 높였다. 짚이는 것이라면 함단이가 1년 전 즈음에 이 세계에서 사라졌던 일뿐인데, 설마하니 그런 것을 벌써부터 이루다가 알고 있을 리는 없었다. 그렇다면 대체 뭘 말하는 건가?

유천영의 재촉하는 듯한 눈빛에, 이루다는 여전히 여유로운 낯짝으로 생글 웃었다.

"흠, 모르겠단 말이지. 단이가 교통사고 날 뻔한 걸 너희들한테 말하지 않은 이유 말이야. 정말 모르겠어?"

"……."

"아, 얼굴을 보니까 진짜 모르는 모양이네. 그것 참 이상하다, 3년이나 된 친구라며? 그런데 단이는 왜 너희한테 말을 안 해 줬고, 너희는 왜 그 이유를 짐작도 못하고, 그리고……."

세면대에 기대어 말을 하다 말고, 이루다가 입꼬리를 비틀어 올리며 웃었다.

"단이가 왜 그 이유를 나한테는 말한 걸까? 만난 지 한 달도 안 된 나한테."

"무슨 말을 하고 싶은 건데."

"단이랑 나는 서로 많은 것을 털어놓는 사이라는 거지. 나한테는 말했거든, 그 이유. 왜, 알고 싶어? 궁금해?"

그렇게 말하며 웃는 이루다의 얼굴은 보통 사람이 보기에는 예쁘다고 평가할 만한 것이었으나, 유천영은 그대로 주먹을 날리고 싶은 충동에 빠졌다.

실제로 장소가 화장실만 아니었어도 그렇게 했으리라. 화장실에서 싸우면 필연적으로 화장실 바닥에 구르게 될 텐데, 그러기가 매우매우 싫을 뿐더러 오늘은 촬영이 있는 날이었다. 얼굴을 다쳤다가는 무슨 얘기를 들을지 상상도 할 수 없었다.

유천영이 아무런 반응 없이, 그저 주먹을 꽉 쥐자 이루다는 다시 한 번 웃었다. 굳이 대답을 구하지도 않았는데 그가 다시 입을 열었다.

"자신이 없다더라."

"……?"

"자신이 없대. 자기가 정말 너희들한테 그런 걱정거리를 안겨도 되는지, 자기를 위해서 기꺼이 시간을 들여 걱정해 줄 정도로 자기가 너희들한테 소중한 존재인지 확신이 안 간다 이거지. 그래서 내가 궁금한 게 하나 생겼거든?"

유천영은 대답 없이 눈을 들어 이루다의 눈을 응시했다. 이루다는 생긋 웃더니 말했다.

"중학교 때는 거의 3년 동안 떨어지는 일이 한 번도 없이 같은 반이었다며? 아, 이건 단이가 말해 준 건 아니고, 내가 관심이 가서 조사를 좀 했는데. 유명하더라, 반여령이랑 함단이가 태어나서부터 친구였던 것도, 너희들이랑 3년 동안 거의 돌아가면서 같은 반이 되었던 것도."

"그래서."

"너희들의 곁에서 떨어진 단이는 어떤 모습을 하고 있는지 알고 있어? 거의 한 번도 떨어져 본 적이 없으니 본 적이 없을 거 아냐. 안 그래?"

유천영은 눈썹을 찡그렸다. 이루다가 무슨 말을 하고 싶은 것인지 알 수가 없었다. 이루다는 말을 이었다.

"내가 본 바로는, 단이는 이상할 정도로 남의 앞에 나서는 걸 부담스러워 하더라? 익숙하지 않은 것 같은 느낌, 무슨 말인지 알아? 개인적으로 부족한 점이 없는데도 그렇게 보인다는 거야. 또 자기가 한 일에 대해서 전혀 자랑스러운 얼굴을 하지 않아. 남이 보기에는 만족할 만한 성과인데도 그렇지. 그리고."

"……?"

"너희는 잘 모르는 모양인데, 단이가 자신감이 없어 하는 건 너희들에 한해서야. 무슨 말인지 알아? 덤프트럭 사고, 그거 나한테는 다 숨기는 거 없이 말했어. 너희들한테만 힘든 일을 말하는 걸 부담스러워한다고. 이상하잖아? 3년이나 친구였는데, 그것도 보통 친구도 아니고 아주 가까운 친구였는데 그렇게 부담스러워한다는 게."

"무슨 말이 하고 싶은 거야."

이루다는 웃었다.

"단이가 자신감이 없어지고 다른 사람 시선을 부담스러워하게 되고, 스스로 몰아붙이게 된 게 누구 때문인 것 같다고 생각해?"

"……."

"내가 생각해 봤는데, 답이 빤히 보이더란 말이지. 자신감이 없는 게 당연하지, 잘난 사람이 이렇게 주변에 많은데. 다른 사람 시선을 부담스러워하는 게 당연하잖아, 자기 주변의 사람들한테 시선이 다 쏠려서 자기가 시선을 받아 본 적이 한 번도 없는데. 스스로 몰아붙이는 것도, 어떻게든 나란히 걷고 싶어서 그런 거 아니겠어?"

유천영은 입술을 깨물었다. 이루다가 웃는 얼굴로 쐐기를 박았다.

"너희 때문이잖아."

유천영은 이루다를 빤히 바라보고 있다가, 느리게 시선을 떨어트렸다. 그러나 이루다는 유천영이 고개를 돌리도록 허락하지 않았다.

이루다가 유천영의 곁으로 한 발자국 다가갔다. 다시금 눈을 마주친 그가 눈을 휘며 웃었다. 유천영은 입술을 깨물었다.

"내가 그래서, 진짜 궁금해졌거든? 3년이나 같이 지냈어도 이 정도로 너희를 부담스럽게 생각하는데, 그런데 어떻게 친구가 된 걸까 하고. 단이 성격에 먼저 다가가지는 않았을 거 아냐?"

"······."

"단이가 한 번이라도 너희들한테 먼저 손을 뻗었던 적, 있어?"

유천영은 입술을 지그시 깨물다가, 다음 순간 눈을 찡그리며 이루다를 보았다.

이루다는 유천영의 위협적인 눈길에도 아랑곳하지 않고 만족스럽다는 듯 웃고 있었다. 유천영의 얼굴에서 대답을 읽은 것 같았다.

그래, 없었다. 한 번도 없었다.

함단이가 자신에게 먼저 손을 뻗었던 적이 있었던가? 없었다. 한 번도 없었다. 다가가려고 노력했던 것은 반여령과 자신들이었다.

눈을 들자 이루다의 얼굴이 보였다. 그의 얼굴 위에 떠올라 있는 것은 아까와는 다른 미소, 어린아이를 달래는 듯 달큰한 미소였다.

갑자기 이루다의 얼굴이 지척에 다가오는 바람에 유천영은 흠칫 놀랐다. 그러나 뒤로 물러서지는 않았다.

숨결이 섞일 듯 가까운 거리에서 이루다가 말했다.

"좋아, 아까 단이가 말하더라. 나쁜 건 자기라고. 그리고 내 생각에도 그렇거든? 이럴 경우에 나쁜 건 너희를 믿지 못하는 단이지, 너희가 아니란 말야. 너희는 필사적으로 노력했잖아? 손을 뻗는 게 잡는 것보다 힘든 건 당연한데도 끝없이 손을 내밀었잖아? 잘못한 건 너희가 아니지. 그런데도 그 손을 잡지 못한 건 단이고."

"……."

"내가 보기에는, 이 관계가 계속되어서 너희 둘 다한테 좋을 게 없거든. 단이는 단이대로 안 좋고, 너희는 너희대로 지치잖아? 생각해 봐, 1년도 아니고 3년이야. 3년 동안 노력해도 마음을 열게 하는 데 실패했는데, 몇 년 더 붙들고 있는다고 달라지는 게 있겠어?"

말을 듣다 말고, 유천영은 눈을 지그시 감았다. 그는 입술을 움직여 짓씹듯 물었다.

"그래서."

"이쯤에서 포기하는 건 어때?"

유천영은 여전히 눈을 감고 있었다. 이루다가 하는 말이 사실과 다른 것이 하나도 없어서, 머리가 아팠다. 그의 무섭도록 예리한 통찰력은 우주인을 닮아 있었다. 이루다의 달래듯 속삭이는 목소리가 귓가에서 이어졌다.

"내가 보기에는, 단이는 너희가 돌아서면 그냥 그대로 포기할 거란 말야. 지금까지 한 번도 단이가 손을 내민 적은 없으니까. 안 그래? 그렇게 된다면 너희 둘 다 편하게 생활할 수 있을걸. 단이는 단이대로 평범한 친구들한테 둘러싸여서 자신감을 되찾고, 너희는, 더 이상 밑 빠진 독에 물 붓기 식 관계를 이어 나가지 않아도 되잖아?"

"……."

"지치지 않아? 답답하지 않냐고. 그냥 포기하는 게 낫지 않겠어?"

유천영은 눈을 떴다. 이루다는 여전히 자신을 보면서 웃고 있었다. 그의 마지막 말이 귓가로 느리게 떨어졌다.

"3년을 들였으면 충분하지. 할 만큼 했잖아. 한 달 만에 내가 얻어 낸 마음을 3년 동안 못 얻어 냈으면 말 다 한 거 아냐?"

침묵이 흘렀다. 흘긋 옆을 돌아보니 몇몇 2학년은 도저히 무슨 대화를 하고 있는지 모르겠다는 듯한 얼굴이고, 그리고 이루다는 여전히 여유롭게 웃고 있었다.

유천영은 그의 눈 안에 깃든 확신의 빛을 보았다. 제가 원하는 대로 이루어질 거라고 확신하는 듯한 눈빛.

유천영은 천천히 숨을 내쉬었다. 이루다의 눈이 조금 더 반짝이는 것이 보였다.

유천영은 입을 열었다.

"충고 잘 들었다."

"⋯⋯."

"그런데, 빡친다."

"뭐?"

"네가 뭔데 나랑 그 녀석을 두고 이래라 저래라야. 씨발, 끼어들지 마."

유천영의 눈이 싸늘하게 타오르는 것을 본 이루다는 놀라서 숨을 삼켰다. 아니, 방금까지만 해도 싸늘해 보이기는 하지만 약간 엉성한 듯한 분위기를 풍기던 그였다.

이루다가 그토록 자신만만하게 유천영을 몰아붙인 이유도 거기에 있었다. 몇 마디만 하면 함단이를 포기하게 할 수 있으리라고 여겼다. 그런데 뭐, 욕을 했어?

이루다는 몰랐지만, 유천영이 욕을 하는 것은 거의 1년

만의 일이었다.

황당해서 눈을 깜빡이는 이루다를 두고, 유천영은 인상을 구긴 채 이루다의 뒤를 뚫어져라 노려보는 중이었다.

흠칫 놀란 이루다가 뒤를 돌아보았으나, 그 자리에는 아무도 없었다. 그때, 맞은편에서 유천영이 묻는 소리가 들렸다.

"아, 안 되겠다. 너 오른쪽 이빨이 약해, 왼쪽 이빨이 약해. 골라라."

"뭐?"

"두 번 안 묻는다."

고르면 뭐, 어쩌게? 그리고 다음 순간, 유천영의 푸른 눈에 번뜩이는 예리한 기운을 본 이루다는 다음으로 할 행동을 알아차렸다.

*　*　*

나는 손을 들었다. 꼭 이렇게 해야 해? 말을 하려다 말고 은형이를 바라보았지만, 단호하게 고개를 내젓는 것이 전혀 봐줄 기미가 안 보였다. 결국 한숨을 내쉰 나는 입을 열었다.

"선서. 함단이는 신변상의 위협을 당했을 때 즉시 그 사실을 근처 사대천왕이나 반여령이나, 하다못해 112에라도 신고하겠습니다. 2010년…… 오늘 며칠이야?"

"17일."

반여령이 대답했다. 아, 그래. 나는 머쓱한 얼굴로 말을 이었다.

"3월 17일. 함, 단, 이."

"와, 엄마, 이제 두 번밖에 안 남았어."

그렇게 말하며 상냥하게 웃는 우주인을 향해 나는 그저 힘없이 웃어 보였다. 별로 위안이 되지는 않았다. 내가 이런 쪽팔리는 내용의 선서를 두 번이나 더 해야 한다니, 무슨, '엄마를 잃어버렸을 때는 근처 직원에게 도움을 구합니다'를 되뇌는 유치원생이 된 기분이었다.

은지호가 옆에서 따갑게 노려보기에 알겠다고 대답하고는 한숨을 푹 내쉬는데 계단과 바로 이어진 화장실 쪽이 시끄럽다 싶었다.

뭐야? 내가 눈살을 찡그리며 그쪽을 보는데, 갑자기 은형이가 퍼뜩 고개를 돌렸다.

은지호가 물었다.

"왜?"

"아니, 내가…… 잘못 들었나?"

은형이가 인상을 찡그리고 미심쩍은 듯 그렇게 중얼거리기가 무섭게, 마찬가지로 번쩍 고개를 든 주인이가 말했다.

"잠깐, 나도 들은 것 같은데? 여령아, 안 들려?"

"뭐가? 아, 잠깐."

"뭔데?"

내가 귀가 안 좋나, 그도 아니면 사대천왕과 인터넷 소설 여주인공은 귀까지 밝단 말인가? 내가 어이가 없어서 그렇게 생각하는데 은형이가 창백한 얼굴로 중얼거렸다.

"맙소사, 잘못 들은 게 아니야."

"뭔데?"

"천영이 목소리야."

"그게 왜?"

유천영의 목소리가 들리는 것이 대체 어디가 이상하단 말인가, 내가 인상을 찡그리고 되묻기가 무섭게 주인이 대답했다. 그리고 나는 얼굴을 굳혔다.

"나, 천영이가 소리치는 거 처음 들어 봐."

"……."

"나도."

반여령이 그렇게 대답하고는 나를 힐긋 보았다.

고개를 들어 화장실 쪽을 바라보니 이미 화장실 앞은 구경하려 몰려든 듯한 2학년 생으로 가득 차 있었다.

이런, 나는 낭패라는 얼굴로 시계를 보았다. 수업이 시작하기까지 채 3분도 남지 않았다. 설상가상으로 2학년 학생들의 웅성거리는 목소리가 여기까지 들려왔다.

그들은 하나같이 놀랍다는 얼굴로 외치고 있었다.

"야, 1학년에 저렇게 잘 싸우는 녀석들이 있었나?"

"오, 노란 머리! 좋아, 공격 잘 들어갔어. 기술이 아주 좋은데."

"저 파란 머리도 장난 아니야. 저기에서 바로 일어나다니. 순발력이 왜 저렇게 좋아?"

"둘 다 사람은 맞아?"

진지한 얼굴로 대화를 듣고 있던 은지호가 고개를 한 번 갸웃하더니 은형이를 돌아보았다. 그가 물었다.

"지금 말을 들어 보면, 꼭 유천영이랑 이루다랑 싸우는 것 같다?"

"사실인 것 같은데."

은형이가 창백하게 질린 얼굴로 그렇게 대답했다.

은형이가 충격을 받은 것도 무리가 아닌 것이, 유천영은 주먹다짐을 하는 일이 극도로 드물었다. 게다가 그 장소가 다른 어디도 아닌 화장실이었다. 그토록 깔끔을 떠는 유천영이 화장실에서 싸움이라니?

문득 주인이가 중얼거렸다.

"그러고 보니까, 오늘 천영이 촬영 있다고 안 했어?"

"아, 맞다!"

반여령이 문득 떠오른 듯 맞장구를 치는 것을 시작으로, 하나같이 눈빛을 교환한 우리는 곧 우르르 달려갔다. 일단은 남자 화장실 앞이니, 나와 반여령이 약간 떨어져서 기다리는 사이 권은형과 은지호가 수월하게 인파를 뚫고 들어갔다.

권은형과 은지호의 화려한 머리카락을 보고 1학년의 유명 인사임을 짐작한 듯, 군중 사이에 일순 침묵이 찾아왔다. 나는 그 침묵을 뚫고 들려오는 유천영의 목소리를 똑똑히 들을 수 있었다.

"네가 뭔데 갑자기 끼어들어서 지랄이야. 씨발, 니가 뭘 아는데."

유천영이 욕을 했어. 나는 창백하게 질린 얼굴로 중얼거렸다. 옆을 돌아보니, 반여령과 주인이 역시 충격을 나 못지않게 받은 듯싶었다. 이어 이루다의 날카로운 목소리가 쩌렁쩌렁하게 내리꽂혔다.

"씹, 답답해서 충고했다. 답답해서!! 3년이나 지랄했는데 아직도 사이가 겨우 그 정도면 가망 없는 거 아냐?!"

"넌 우리 사이에 대해서 제대로 아는 게 없으니까 그렇게 보이는 거겠지. 네가 뭘 아는데."

"하, 존나 몰라도 다 빤히 보이거든?!"

"아니, 너 아는 거 하나도 없어. 함부로 말하지 마라. 너 함단이에 대해서도 다 안다는 듯이 말하지 마."

말을 하다 말고 유천영은 한 박자 쉬었다. 그사이에 누군가 끼어들었거나, 아니면 공격을 받았으리라고 어렵지 않게 짐작할 수 있었다.

다시 말이 이어졌다. 특유의 단조로운 목소리, 아까와는 달리 어느 정도 냉정을 찾은 듯싶었다.

"겉으로 보는 것처럼 그렇게 단순한 문제도 아니고, 욕심 낼 생각도 없어. 네가 충고하지 않아도 천천히 다가가고 있고, 기다릴 자신 있는데 왜 네가 그 지랄이냐고. 이거 놔."

"유천영. 너 지금 많이 흐트러졌다."

은형이의 차분한 목소리에 나는 흠칫 놀랐다. 유천영이 이렇듯 화를 내는 일은 처음 있는 것이라서, 나는 혹시라도 오늘 둘이 싸우는 모습을 처음으로 보게 되는 것 아닐까 생각했다.

곧 유천영의 말이 이어졌다. 아까보다는 차분해진 목소리였다.

"놓으라고 했어. 네 말대로 3년을 참은 것도 네가 아닌 난데, 네가 왜 난데없이 나타나서는 우리에 대해서 이렇다 저렇다…… 아, 놓으라고!"

"무슨 얘기를 하고 있었는지는 잘 모르겠는데, 네가 함부로 싸울 녀석 아니라는 거 알아. 아는데, 너 지금 너무 많이 흥분했다고. 여기 우리 화장실 아니고 2학년 화장실이고, 너 오늘 촬영 있고. 어때, 이제 좀 진정할 마음이 생겨?"

"……."

한동안 말이 없는가 싶더니, 곧 소음이 사라졌다. 이어 둥그렇게 모여 선 2학년 사이로 제일 먼저 모습을 드러낸 것은 이루다였다.

그녀는 막 은지호의 팔을 뿌리쳤는지, 씩씩거리며 숨을 들이쉬고 있었는데 몰골이 말이 아니었다. 심지어는 얼굴에도 푸르스름하게 멍이 들어 있었다. 더욱 놀라운 것은, 여자이면서 남자 화장실에서 주먹질을 했는데도 한 치의 흔들림도 없다는 점이었다.

그녀는 남자들 사이를 꿋꿋이 헤치고 이쪽을 향해 걸어오는가 싶더니, 반여령과 눈이 마주치자 인상을 찡그렸다. 이어서 그녀는 나를 향해 한 번 시선을 주었다가 그대로 계단을 올라가 버렸다.

아, 눈을 깜빡이던 나는 곧 지친 얼굴로 걸어오는 은지호를 발견했다. 내가 물었다.

"야, 뭐야, 유천영 왜 싸웠대?"

"모른다. 와, 내가 진짜 무슨 생각한지 알아? 내가 지금까지 유천영 화난 거 몇 번 봤다고 생각했는데, 그건 저거에 비하면 그냥 삐친 거였어."

"……."

"평소에 이성 줄 제일 잘 잡고 있던 놈이 이성 줄이 한 번 끊기니까 진짜 돌아올 생각을 안 한다. 와 나, 진짜 무섭네."

"그래서, 은형이는?"

"유천영 처음에는 뵈는 게 없는 것 같았는데, 몰라, 곧 나오겠지. 권은형이 성공하면."

안 성공하면 어떻게 되는 건데, 반여령이 옆에서 창백해진 얼굴로 중얼거렸다.

은지호는 어깨를 으쓱하고 내 옆에 와서 섰는데, 얼굴이 별로 초조하지는 않은 것이 은형이가 말리지 못할 거라고는 생각지 않는 듯싶었다. 문득 은지호가 입술을 쓸어내리며 낭패라는 듯 혼잣말을 했다.

"아, 유천영. 공인인 거 생각해서 얼굴 팔리지 말라고 학교 끝나고 나서도 오지 말라고 했더니, 무슨, 여기에서 싸우고 있냐."

"……."

나는 그 말을 듣다 말고 은지호를 빤히 바라보았다. 학교 끝나고면 방과 후? 방과 후에 뭘 하는데, 내 시선을 느꼈는지 은지호는 나를 돌아보았다. 그러더니 흠칫 놀라는 듯하다가, 곧바로 표정을 추스르고 태연하게 따져 물었다.

"왜. 뭐, 뭐뭐뭐."

"아, 맞다. 야, 너 진짜 그 숫자송 죽을래. 사망해? 너 진짜."

내가 옆구리를 퍽퍽 치자, 평소라면 엄살을 부릴 만한데도 왠지 은지호는 별말이 없었다. 그는 머뭇하다가 한쪽 눈썹 끝을 치켜올리며 개구지게 웃는 것이었다.

"야, 깜찍해서 죽는 줄 알았냐?"

"존나 무서웠거든? 야, 그거 알아? 검은 마차가 현관을 지나갑니다. 그 괴담. 마차가 계속 막 어디 어디 지나가서 마지막에 노래 부르는 사람 있는 곳에 오는 거."

"아, 나 그거 알아."

옆에서 반여령이 대꾸했다. 내가 눈썹을 찡그리고 은지호를 몇 대 더 때리는데, 갑자기 화장실 입구 쪽이 소란스러워졌다. 퍼뜩 고개를 돌린 나는 은형이가 유천영과 함께 걸어 나오고 있음을 보았다. 헉, 유천영의 얼굴을 본 나는, 나도 모르게 신음을 흘렸다.

그러지 않을 수가 없는 것이, 2층에서 뛰어내릴 때부터 짐작은 했지만 이루다는 과연 대단한 싸움 실력의 소유자였다. 이루다도 몰골이 제법 엉망이다 싶었는데, 유천영도 거의 비등하게 흐트러진 것 같았다. 둘 다 그냥, 때린 대로 얻어맞은 듯싶었다.

볼이 푸르스름하게 부어오른 그 모양을 보고 내가 입을 벌리는데, 은형이가 유천영을 이끌고 다가왔다. 그는 우리를 보고 말했다.

"수업 시작하겠다, 얼른 들어가. 나는 천영이 데리고 양호실 좀 갔다가 갈 테니까."

"야, 야, 잠깐."

은지호가 급하게 불러 세우자, 은형이가 뒤를 돌아보았다.

"왜."

"왜 싸웠냐?"

은지호는 그렇게 물으면서 은형이가 아닌, 은형이의 뒤에 말없이 서 있던 유천영을 향해 시선을 던졌다.

이쪽을 향하는 유천영의 푸르스름한 눈은 평소와 같이 잔잔하게 가라앉아 있었다. 그것에 마음이 놓였다. 나를 힐긋 바라본 유천영은 은지호를 보더니 입을 열었다.

"이루다가, 함단이랑 우리가 보낸 3년이라는 시간이 아무것도 아닌 것처럼 말해서."

"……."

"그래서 참으려다가…… 안 참아져서, 빡쳐서 한 대 팼다."

"그리고 보답으로 한 대가 날아왔고, 사이좋게 주고받기 시작했군."

은지호가 약간 창백해진 얼굴로 그렇게 대답했다. 나는 대답하지 않고 그저 침묵을 지키는 유천영을 보고, 침묵은 곧 긍정이라는 말을 떠올렸다. 그러니까 지금, 결론적으로는 싸운 이유가 나라고?

내가 유천영의 뒷모습을 바라보면서 복잡한 얼굴을 하는데, 그가 은형이를 따라 돌아서려다 말고 나를 돌아보았다.

눈이 마주친 내가 흠칫 놀라서 눈을 크게 뜨자, 유천영은 옅은 한숨을 내쉬더니 성큼 걸어 내 앞으로 다가왔다. 그가 말했다.

"우리가 점심도 안 먹고 40분 동안 널 찾아다닌 이유, 모르겠어?"

"으, 응?"

"걱정시켜도 돼. 난 네가 혼자 앓는다고 생각하면 답답해서 한숨이 나와, 알아?"

평소보다도 약간 빠르고, 감정이 실린 말투로 그렇게 말한 유천영은 내가 대답할 새도 없이 돌아서서 계단을 내려가 버렸다.

*　*　*

유천영은 눈썹을 찡그렸다. 막 소독약의 병뚜껑에 달린 붓이 유천영의 눈썹 위를 문지르고 지나간 참이었다.

유천영의 고통이 있는 대로 드러난 얼굴에도 아랑곳하지 않고, 권은형은 손을 움직여 마저 약을 문질렀다. 그리고 그는 소독약 뚜껑을 돌려 닫으며 웃었다. 평소와 다름없는 부드러운 미소였다.

그가 물었다.

"오늘 촬영은 어떡할 셈이야?"

"지금 전화해야지. 못할 것 같다고…… 3시간 전에는 연락해야 하니까."

"이유를 말해 보라고 하면 어떡할 건데?"

유천영은 욱신거리는 눈썹을 문지르다 말고 눈을 들어 권은형을 바라보았다.

햇살을 받아 유독 붉은빛이 도는 머리카락, 그 아래로 웃음기를 머금은 녹색 눈동자가 자신을 향하고 있었다. 그 눈을 찬찬히 들여다보다 말고 유천영은 옅게 한숨을 내쉬었다. 그는 대답했다.

"그렇게 반성하라는 것 같은 눈으로 봐도 반성 안 해."

"딱히 그런 눈으로 본 건 아닌데. 그냥, 네가 뒷일을 어디까지 생각하고 있었을까가 궁금했을 뿐이야."

그렇게 말하며 권은형은 다시 한 번 웃었다. 그러나 그의 눈빛이 뭐랄까, 전보다 더 엄격해져 있었다. 유천영은 천천히 한숨을 내쉬었다.

권은형의 이러한 태도가 새삼스러운 것은 아니었다. 유천영은 어려서부터 화를 눌러 참다가 아주 작은 계기로 폭발하는 경향이 있었고, 주변 사람들은 종종 그것에 당황스러워 하고는 했다. 그럴 때마다 뒷수습을 해 준 것은 권은형이었다.

하, 유천영은 한숨을 내쉬며 머리카락을 도로 내렸다. 그는 대답했다.

"내가 우주인이냐, 뒷일을 다 생각하게."

"글쎄. 뒷일을 생각해야 하는 게 머리 좋은 사람만의 덕목은 아니잖아?"

"그런 걸 생각하려고 했다가는, 일주일 뒤에야 때려 줄 수 있었을 거다."

"네가 좀 느리기는 하지."

웃으면서 그렇게 말한 권은형은 손을 뻗어 유천영의 머

리카락을 쓰다듬었다. 유천영은 푸르스름한 눈을 바닥으로 향하고 있다가, 조금 뒤에야 놀란 듯 권은형을 바라보았다. 권은형은 말없이 웃을 뿐이었다.

"왜 그런 얼굴이야?"

"아니. 이건 꼭…… 칭찬…….."

하는 것 같잖아. 유천영은 조용히 뒷말을 삼켰다.

지금까지, 유천영이 화를 내서 권은형이 잘 화냈다고 칭찬을 했던 적은 없었다.

그도 그럴 것이, 사실 그런 상황의 대부분은 조금 더 화를 가라앉히고 말로 풀어도 충분히 해결 가능한 상황이었기 때문이다. 그렇기에 화를 내고도 권은형에게서 질책이 아닌 칭찬을 받는 것은 처음이었다.

유천영이 놀란 듯 눈을 깜빡이자, 그것이 웃겼던 듯 권은형은 웃음을 터트렸다. 이어 부드럽게 웃은 그는 말했다.

"시간이 지나서, 네가 이렇게 진정하고도 반성하지 않는 게 기특해서 그래."

"반성하지 않는 게 왜."

"진정이 되고 나서도 반성하지 않는다는 건, 순간적인 감정에 사로잡혀서 화를 낸 게 아니라 정말로 화를 낼 만한 상황이었다는 거잖아?"

"……."

유천영은 기분이 조금 이상해져서 입을 다물었다.

권은형의 말은 논리적으로 타당했지만, 하지만, 이상하게도 자신이 이루다를 팬 직후로 권은형의 얼굴이 환했던 것 같은 기분이 들었다. 착각인가, 아니면 권은형도 이루다를 그만큼이나 마음에 들어 하지 않는 것일까.

이루다를 생각하고 보니 함단이의 얼굴이 떠올랐다. 자신이 입을 열어 몇 마디를 던지고 돌아서기 직전에 보았던 그, 의아한 듯 자신을 올려다보던 고동색 눈동자.

유천영은 궁금하던 것을 물었다.

"함단이는 어떻게 했어."

"아아, 그거?"

권은형은 한 번 웃고는 대답했다.

"그냥 선서시켰어. 다음에는 위험한 일을 당했을 때 절대로 혼자 입 다물고 있지 않겠다, 말하겠다, 이런 식으로."

"왜 말을 안 했는지는 안 물어봤어?"

"그냥, 뻔해서."

그렇게 대답하는 권은형의 눈이 약간 서늘했다. 유천영은 의아해서 물었다.

"뻔하다니, 뭐가."

"기쁨은 나눌수록 더해지고, 슬픔은 나눌수록 줄어든다지만…… 뭐랄까, 기왕 주려면 좋은 것만 주고 싶다는 그런 마음이겠지. 혼자 조금 마음고생 하더라도."

"……."

"그런 면에서는 너랑 단이랑 조금 닮은 거, 알아? 힘든 일 있어도 누가 추궁하기 전에는 입 꾹 다물고 있는 점 말이야."

그렇게 말하며 권은형이 약간 어이없다는 듯 웃어서, 유천영은 결국 기분이 상하고 말았다. 그는 입을 열어 쏘듯이 내뱉었다.

"안 닮았어."

"뭐?"

"내가 말하지 않는 건, 말해도 해결되지 않을 문제들뿐이야. 그런데 그 녀석은 그런 게 아니잖아. 그 녀석들 때문에 죽을 뻔했다고 말하면 우리가 해결을 못 해 주는 것도 아닌데 왜 그렇게 입 다물고……."

"……."

권은형은 약간 가라앉은 눈을 하고 유천영의 머리 위를 툭툭 두드렸다. 그것이 꼭, 네가 무슨 말을 하고 싶은지 이해했다고 말하는 것 같아서 유천영은 입을 다물어 버렸다.

유천영은 말을 길게 하는 것을 좋아하지 않았다. 무서웠다. 말은 그 가벼움과는 달리 생각지도 못한 무거운 사건을 몰아오는 경우가 있었다.

조금 머뭇거리다가, 유천영은 물었다.

"은형아."

"어?"

"모르는 게 약이라는 말."

"응."

고개를 끄덕이며 권은형은 그 특유의 안심시키는 듯한 미소를 지어 보였다.

모르는 게 약이라는 말, 넌 믿어? 말을 이으려다 말고, 유천영은 결국 고개를 내젓고 말았다. 그리고 그는 양호실 문 쪽을 턱짓으로 가리키며 말했다.

"아니, 아니다…… 형한테 전화해서 오늘 촬영 못할 것 같다고 말할게. 너도 교실 들어가 봐. 수업 들어."

"오랜만에 빠져 보니까, 이것도 좀 괜찮은 것 같은데."

"아직 학기 초잖아."

유천영의 말에 권은형은 알겠다고 말하고는 자리를 나섰다. 새하얀 양호실 문을 드르륵 밀어젖힌 그는 나가기 전에 고개를 까딱하더니, 다시 문을 닫았다.

문이 닫히는 것을 끝으로 복도에서는 발소리조차 들리지 않았다. 유천영은 천천히 손을 들어 머리카락을 쓸어 넘기려다 말고, 눈썹 위의 상처에 손이 닿아서 인상을 찡그렸다.

사실 모두가 지내 보면 알겠지만, 권은형은 규칙을 철저하게 준수하는 것에 비해서 그렇게 융통성이 없는 성격은 아니었다.

권은형은 답답하다 싶으면 간혹 공원이나 거리를 정처 없이 쏘다니기도 했다. 중학교 때 집을 나가는 권은형의 모습을 본 뒤로 유천영은 그의 밤나들이에 동참하고는 했다.

별로 대단한 일을 한 것도 아니었다. 공원 벤치에 기대어 앉아, 서늘한 호수 바람을 맞으며 하늘이 완전히 어두워지는 것을 고개를 젖히고 지켜보았다. 고작 그런 것뿐이었다.

그래, 권은형은 답답한 것을 싫어했다. 그럼에도 불구하고 그는 저렇게 학교 일정이나 자신의 주어진 일에 대해서는 완벽주의에 가까운 태도를 보였다. 유천영의 눈에 그것은 차라리 일종의 강박증처럼 보였다.

너무 일찍 어른이 되어 버리면 저렇게 되는 것일까. 천장을 보며 권은형에 대해 생각하다 말고, 유천영은 주머니에서 핸드폰을 꺼내었다.

폴더를 열고 통화 버튼을 눌렀는데, 신호음이 열 번이 가도록 전화를 받지 않았다. 포기할까 하다가, 별생각 없이 다시 한 번 전화를 걸었는데 이번에는 달칵 하고 수화기가 들리는 소리가 났다.

"삼촌, 나 오늘 촬영 못 갈 것 같아."

유천영은 두 손으로 핸드폰을 쥔 채로 대답을 기다렸다. 잠시 후, 하, 하는 허탈한 듯한 웃음으로 대답이 돌아왔다.

그래, 황당할 만도 하지, 유천영은 검지로 미간을 꾹 누르며 눈을 내리깔았다.

공교롭게도 방과 후에 잡혀 있던 촬영은 유천영의 친척, 유천영을 모델계로 끌어들인 장본인인 명성 높은 패션 포

토그래퍼, 유장우와의 것이었다. 덕분에 생면부지의 사람에게 사과의 말을 건네는 것보다는 부담이 덜했지만 그래도 미안하기는 했다.

더군다나 유장우는 유천영이 아는 사람 중에 제일 바쁜 사람으로, 출국 일정이 일주일 뒤로 잡혀 있었다.

한동안 유천영과 유장우, 둘 다 아무 말이 없었기에 침묵이 길어졌다. 그러다가 한참 만에 수화기 너머에서 한숨 섞인 말이 흘러나왔다.

[뭐야, 뭐. 말 멀쩡하게 하는 거 보니까 죽은 건 아닌 모양이고, 그럼 병이라도 걸렸냐?]

유장우는 천재 사진가로 이름이 높았는데, 유천영은 그를 보고 있자면 천재는 괴팍하다는 말이 어느 정도 사실임을 깨닫는 듯했다. 한참을 말없이 이마만 문지르던 유천영이 입을 열었다.

"얼굴이 엉망이라서."

[왜? 어제저녁에 라면 먹고 잤냐?]

"아니."

[그럼 왜? 너, 너 싸웠어? 설마? 서어어얼마?]

유천영 자신도, 설마하니 촬영이 있음에도 불구하고 자제하지 못할 거라고는 생각하지 못했다.

유천영이 말없이 입술을 꾹 다물고 있자 이어 어이없다는 듯한 웃음이 터졌다. 하, 이 녀석 아주, 질풍노도의 시기가 제대로네!

이미 그럴 나이는 지났는데요, 유천영은 대답하고 싶었으나 입을 다물고 있는 쪽이 낫겠다는 생각이 들었다.

유천영이 말이 없는 동안 유장우는 한참이나 유천영의 기행에 대해서 이것저것 잔소리를 늘어놓았다. 그러다가, 유천영이 머리가 지끈거릴 즈음이 되어서야 물었다.

[그래서, 좋아, 얼굴이 얼마나 상했는데? 화장으로 가려질 정도면 그냥 와라. 삼촌 바쁘다.]

"많이 상해서, 안 될 것 같은데."

[얼마 정도인데?]

음, 유천영은 고개를 들어 정면에 놓인 거울을 응시했다. 양호실 침대에 걸터앉은 자신이 멀뚱한 얼굴로 마주보고 있었는데, 그 모습이 꼭……. 유천영은 신중히 말을 골랐다.

"상한 마늘같이 생겼어."

[뭐?]

"상한 마늘 같다고. 퍼래서."

한참 만에 어이없다는 듯한 목소리로 대답이 돌아왔다.

[천영아, 너 가끔 표현이 진짜 죽도록 독창적인 거 알고 있니? 시를 한번 써 보는 건 어떠냐?]

"어떻게 써."

[삼촌이 보기에는 잘 쓸 것 같은데. 그래, 이유나 들어

보자. 왜 싸웠는데? 니가 촬영이 있는 걸 까먹지는 않았을 테고, 어? 그런데도 못 참고 싸울 정도면 대체 무슨 일이 있었는데?]

유장우의 말투는 이제 화를 낸다기보다는 진심으로 궁금해서 물어보는 것에 가까웠다.

하기는, 유천영뿐만이 아니라 유씨 가문의 대부분이 참을성 있고, 공과 사를 잘 구별했다. 한 가지 단점은 모두가 잠에 약하다는 것뿐이었다. 유천영은 양호실 천장을 물끄러미 올려다보며 생각에 잠겼다.

함단이의 새로운 친구라는 녀석이 이죽거리면서 함단이한테서 떨어지라고 말했다. 자신이 한 달 만에 얻어 낸 마음을 3년이라는 세월을 써 가면서도 얻지 못했다면 말 다한 거 아니냐고 말했다. 포기하라고, 말했다.

한참 만에 튀어나온 대답은 이것이었다.

"내일 찾아가서 때릴 수는 없어서."

[뭐?]

"어제는 촬영이 있었다. 자, 오늘은 촬영 없으니까 맞아라, 할 수가 없어서."

그건 너무 이상해 보일 것 같지 않은가.

심사숙고 끝에 진지하게 내놓은 대답이었는데 유장우의 반응은 싱거웠다. 혀를 몇 번 찬 그는 심드렁하게 대꾸했다.

[됐다, 말하기 싫으면 말하지 마라. 천영아, 여튼 많이

상했는지 조금 상했는지, 촬영 가능한지 불가능한지 판단
은 삼촌이 한다. 사진 찍어서 보내라.]

"누구 사진?"

[네 사진. 셀카 찍어서 보내.]

"그런 거 찍어 본 적 없는데."

유천영은 조금 당황해서 대꾸했다. 셀카라니, 제 얼굴을
뭐 간직하고 싶어서 사진에 담는단 말인가? 유천영은 그
정도로 자기애가 넘치는 사람이 아니었다. 그러나 돌아오
는 대답은 냉랭했다.

[야, 잔말 말고, 너 지금 싸운 것만 해도 삼촌한테 점수
팍팍 깎였다. 그냥 진짜, 아무 말 말고 5분 준다. 찍어서
보내라.]

"삼촌."

[셀카도 뭐냐, 그, 미술가들이 자화상 그리는 거 있지?
그것처럼 다 자의식의 반영이고, 자기 성찰의 한 방법이거
든? 그러니까 그, 너도 훌륭한 모델이 되려면 자기 사진도
몇 번 찍어 보고 그래야 한다. 이 기회에 좀 찍어 보고 그
래라. 삼촌이 지금 한 장 찍는데 5분이나 줬다, 어?]

이어지는 유장우의 말을 듣고 있던 유천영의 얼굴이 점
점 이상해졌다.

그렇게 치자면 허구한 날 셀카를 찍어서 미니홈피에 올
리는 이들은 이미 자아 성찰을 하도 해서 깨달음을 얻었겠

네요, 유천영은 그렇게 생각했지만 입 밖으로 내뱉지는 않았다.

그가 무어라 말하기도 전에 전화가 달칵 끊겨 버렸다. 당황해서 전화를 몇 번 걸었지만 도저히 받지 않는 것이, 제가 던진 물건들을 뒷수습하고 있는 것이 틀림없었다. 아니라면, 유천영의 당황을 읽고 제 사진을 보낼 때까지는 전화를 받지 않을 심산인 듯했다.

머리를 긁적이다가 한숨을 내쉰 유천영은 핸드폰을 만지작거렸다. 카메라 기능도 심지어는 잘 쓰지 않아서 찾기가 쉽지 않았다. 한참 만에 '게임/부가 기능' 란에서 카메라를 발견하고는 핸드폰을 들었다.

스스로 사진을 찍어 보기는 처음이라서 어색하기 짝이 없었다. 몇 번, 반여령과 함단이가 거의 끌어안다시피 하고 찍는 것을 본 것이 다였다.

이렇게 하면 되나? 유천영이 어색하기 짝이 없는 얼굴로, 카메라 렌즈를 제 쪽으로 하고 팔을 허공으로 길게 뻗었을 때였다.

드르륵.

인기척도 없이 문이 열렸다. 그리고 그 사이로 한 쌍의 푸른, 생기 있고 짙은 눈동자가 이쪽을 향했다. 유천영은 잠시 가만히 있다가, 스르르 입을 벌렸다. 이루다였다.

환한 금발을 털어 내며 다가온 이루다는 아무 말이 없었다. 그의 얼굴도 자신의 얼굴 못지않게 부어 있었다. 이루다는 그러다가, 알겠다는 듯 고개를 주억거리더니 문 쪽을 보고는 외쳤다.

"단아!! 유천영이 셀카를……."

"닥쳐."

유천영은 생각할 새도 없이 옆에 있던 베개를 들어 이루다의 뒤통수를 후려쳤다. 아까도 너무 두들겨 패서, 맨손으로 패기에는 조금 미안하다는 것이 그 이유였다.

그러나 이루다는 유천영의 배려가 별로 달갑지 않았던 모양이었다. 이루다는 당장 으르렁거리며 그 베개를 빼앗아 던져 버리고는 씩씩거리며 유천영을 바라보았다.

유천영은 저도 모르게 이루다의 어깨 너머로 시선을 던졌으나, 아직 함단이는 그 얼굴이 보이지 않았다.

좋아, 잘됐어. 침대에서 몸을 반쯤 일으키며 유천영은 손을 들어 피딱지가 내려앉은 입술을 훔쳤다. 손등 위로 사나운 시선을 내쏘자 이루다가 잠깐 움찔하는 듯했다. 그러나 그는 곧 기분 나쁘게도 특유의 비죽거리는 미소를 띠더니 다시 한 번 제 얼굴을 들이밀었다.

이 녀석은 전부터 왜 이렇게 얼굴을 들이미는 걸 좋아하는 거야, 유천영은 이루다의 반질반질한 낯짝을 보면서 생각했다.

코가 맞닿을 정도로 가까운 거리, 이 정도라면 이루다가 자신의 주먹을 쉽게 피할 수 있을 것 같지는 않았다. 그러나 함단이가 언제 들어올지 모른다는 것이 문제였다.

한 대 더 때릴까? 어쩌지? 유천영이 진지하게 고민하는 사이, 이루다는 눈을 휘며 얄밉게 웃어 보였다. 그가 말했다.

"왜, 싸우고 나서 거울을 보니까 네가 오늘따라 멋져 보이든? 뭐, 그래, 충분히 자주 있는 일이지."

"……."

"야, 내가 먼저 봐서 다행이지, 단이가 바로 들어왔으면 어떻게 하려고 그랬어?"

"한 대 더 맞고 싶어?"

더 이상 참을 수가 없어진 유천영이 한마디 했다. 이루다는 예상한 반응이라는 듯 어깨를 으쓱하고는 고개를 뒤로 뺐다.

"누가 들으면 일방적으로 나만 맞은 줄 알겠네. 너 전문적으로 훈련 받은 적 없지?"

"어."

"뭐, 훈련 받지 않은 거 치고는 쓸 만했다."

그렇게 말하더니 이루다가 갑자기 성큼 손을 내밀어 유천영의 팔을 쥐었다. 채 반응할 새도 없이 일어난 일이었다.

뭐야, 유천영이 그렇게 말하며 팔을 뿌리쳤을 때는 이미 이루다는 손에 쥔 팔을 두어 번 주물거린 뒤였다. 유천영이 당황하는 것도 아랑곳하지 않고 이루다가 고개를 갸웃하며 말했다.

"야, 너 진짜 체계적으로 격투기 같은 거 훈련 받은 흔적이 없다."

"그런 걸 네가 확인해서 뭐해."

날카롭게 쏘아붙인 유천영은 잠시 후 뭔가 이상하다는 것을 깨닫고는 고개를 퍼뜩 들었다. 마주친 이루다의 선명한 푸른 눈이 한 번 깜빡거렸다.

아니, 유천영은 생각했다. 보통 사람 팔 근육만 만져 보고도 규칙적으로 운동을 했는지, 안 했는지를 알던가?

물론 유천영은 얼마 전부터 모델로 활동하기 시작했고, 그 뒤로 몸 관리를 어느 정도는 하고 있었다. 격한 운동은 아니었고, 대개가 유산소 운동과 근육 운동이었다. 발을 휘두르거나 주먹을 쓰는 등의 격투기는 이루다의 말대로 배운 적이 없었다.

그런데 그렇다고 해서 사람이 팔만 만져 보고 이 근육이 싸울 때 쓰는 근육인지, 아닌지를 알 수가 있나?

유천영은 일순 혼란스러워졌다. 이루다는 여전히 앞에 서서 자신을 내려다보는 채였다. 삐뚜름한 미소가 걸린 입술이 움직여 흠, 하고 한숨 비슷한 소리를 뱉어 냈다. 그리고 이루다는 한 발짝 물러섰다.

그가 이죽이며 말했다.

"아, 내가 어떻게 알았는지가 궁금해? 내가, 흠, 몸 쓰는 걸 좋아하는 건 아닌데, 피치 못할 사정으로 어렸을 때부터 훈련을 좀 받았거든."

"어렸을 때부터 훈련을 받은 사람이라면 다 그렇게 알 수 있는 거냐."

"아니, 난 그저 그런 사람들이랑은 다르거든."

그렇게 말하는 이루다의 눈이 조금 더 가늘어졌다. 싸늘한 기운이 푸른 눈동자 위를 스친다고 생각한 바로 그 순간, 갑자기 천장이 확 뒤집혔다.

단숨에 솟구친 이루다가 유천영의 어깨를 짓누른 채로 그대로 뒤로 넘겼다. 푹, 양호실 침대에 몸이 파묻힘과 동시에 단단한 무언가가 바로 제 옆에 내리꽂혔다. 새카만 교복 바지, 이루다의 무릎이었다.

눈앞에 드리운 새카만 인영이 환한 불빛을 가렸다. 천장의 빛을 고스란히 받은 금발이 이마 바로 앞에서 너울거렸다.

순식간에 제압당했다.

유천영의 몸을 가볍게 넘어트린 이루다는 한 발은 바닥에 내려놓고, 다른 무릎은 침대에 걸친 채로 서 있었다. 두 팔은 유천영의 머리 양옆을 난폭하게 내리누르고 있었고, 얼굴은 유천영의 바로 앞으로 숙인 채였다.

금갈색 속눈썹이 팔랑이는가 싶더니 그 아래로 드러난 푸른 눈이 살풋 휘어졌다.

도저히 분위기를 종잡을 수 없었다. 어느 순간은 맹수처

럼 난폭한가 하면 어느 순간은 원하는 사탕을 제 손에 쥔
어린아이 같았다. 아니면, 마음에 들지 않던 꼬마의 인형
을 어른들이 보지 않는 틈을 타 찢어 버린 어린아이 같은
얼굴이다. 순수하고 잔혹한 얼굴.

　유천영이 그렇게 생각하는 사이, 유천영의 귓가에 입술
을 바짝 붙인 이루다가 속삭였다.

　"까불지 마. 너 따위는 한주먹거리도 아니니까."

　"그런 것치고는 아까 제법 시간을 끌던데."

　"네가 심하게 얻어터지면 단이가 슬퍼할 테니까. 내가
힘 조절하느라고 얼마나 고생한 줄 알아?"

　"……."

　유천영은 대화를 하다 말고, 잠시 푸른 눈을 들어 천장을
흘긋 보았다. 마음의 동요라고는 조금도 없는 얼굴로, 그
는 무심하게 물었다.

　"무슨 속셈인데."

　"속셈? 재미있는 단어 사용인데."

　"함단이한테 이렇게 집요하게 매달리는 이유가 뭔데."

　"매달려? 이런 걸 매달린다고 생각해?"

　그렇게 물은 이루다는 여전히 재미있는 얼굴로, 손가락
을 들어 자신의 입가를 한 번 훔쳤다.

　이어지는 유천영의 목소리는 여전히 냉랭했다.

　"아까 화장실에서, 말은 제법 논리적이었지만 애초에 동

원래 남자랑 여자도 치고받고 싸우다가 사랑도 싹트고 그러는 거죠 〈393〉

기부터가 잘못되었지. 결국 함단이한테서 떨어지라는 말이었으니까. 그렇게 해서 네가 얻는 게 뭔데."

"흐음."

"독차지라도 하겠다는 거냐."

"글쎄, 단이랑 너희가 붙어 있지 않는 게 서로에게 윈윈이라는 건 사실이잖아. 난 그냥, 단이가 마음고생하는 게 안타까워서 사실을 좀 말해 줄까 싶었던 것뿐이야. 그리고."

입술을 비틀어 웃은 이루다가 한층 낮아진 목소리로 속삭였다.

"남녀 사이에는 독차지하는 관계라는 게 성립할 수 있지 않아? 내 말 틀려? 왜 독차지하는 게 나쁜 일인 것처럼 말하는데? 단이가 공공재도 아니고."

그 말에 유천영의 얼굴이 일순 변했다. 그는 싸늘한 얼굴로 대답했다.

"너 그 말, 함단이를 좋아하기라도 하는 것처럼 들린다."

그에 이루다는 웃었다. 그러더니 대답했다. 상이라도 주듯이 더없이 친절한 목소리로.

"보기보다 눈치가 있네. 그런데 말이야, 매달리고 있는 건 너도 마찬가지 아냐? 3년 동안이나 마음을 열지 않는 녀석에게 끈질기게 매달린 게 누구인데?"

유천영의 뺨이 일순 창백해졌다. 그 순간, 드르륵 하는 소리와 함께 양호실 문이 열렸다.

유천영은 상체를 반쯤 일으킨 상태에서, 여전히 이루다와 몸을 맞붙이고 있는 채로 그대로 고개를 들어 문 쪽을 바라보았다.

갈색 머리카락의 여자아이가 막 양호실 문으로 몸을 들이밀며 무어라 말하고 있었다.

"나 밖에서 은형이랑 얘기하고 왔어. 너 오늘 촬영⋯⋯."

"⋯⋯."

"음."

함단이의 입술에서 당혹스러운 듯한 음성이 흘러나오고 나서야 유천영과 이루다는 자신들의 자세를 자각했다. 이루다가 유천영의 위에 올라타 있는 데다가, 심지어 이루다의 코끝은 거의 유천영의 코끝과 맞닿을 듯 가까웠다. 아니, 잠깐, 둘의 안색이 동시에 창백해졌다. 설마, 그렇게 생각함과 동시에 함단이가 애써 웃는 듯한 얼굴로 뒷걸음질 쳤다.

"나, 난 편견 같은 거 없거든."

무슨 편견? 그렇게 묻고 싶었는데 말이 나오지 않았다. 둘이 말조차 꺼낼 수 없을 정도로 얼어붙어서 함단이를 응시하는 가운데, 양호실 문이 열렸던 때와 같이 소리 없이 닫혔다.

아무 일도 없었다는 듯, 거짓말처럼 도로 닫혀 있는 양호실 문을 한참이나 응시하던 유천영은 나중에서야 간신히 정신을 차렸다. 그는 퍼뜩 놀라 외쳤다.

"함단이!! 어디 가!!"

유천영의 외침을 듣고서야 정신을 차린 듯 이루다가 곧바로 외쳤다.

"단아!! 단아, 그런 거 아냐!! 너 이상한 거 생각하는 모양인데, 그런 거 아냐!! 돌아와!!"

이루다는 선 채로 그렇게 외치다 말고 부랴부랴 양호실 밖으로 달려 나갔다. 침대에서 튕기듯이 몸을 일으킨 유천영도 곧바로 그 뒤를 바짝 따라잡았다. 양호실 문을 나서는 그들의 얼굴이 다급했다.

그리고 불과 몇 초도 되지 않아 그들은 각자 한 손에 함단이를 붙드는 데 성공했다.

* * *

나는 기가 죽어서 조금 우물쭈물하는 채로 두 손을 매만졌다. 내 앞에 선 유천영과 이루다는 저마다 잔뜩 굳은 얼굴이었다. 아니, 저 둘이 왜 저렇게 표정이 심각한지 설명 좀…….

내가 입속으로 중얼거리는 사이 의자 하나를 빼다가 나를 앉히고, 유천영은 이루다를 힐끗 응시하더니 침대에 걸터앉았다. 이루다가 물었다.

"난 의자 안 빼 줘?"

"바닥에 앉든가."

"흠, 됐어. 나도 침대에 앉지 뭐."

그렇게 말한 이루다는 성큼 유천영의 옆에 엉덩이를 붙였다. 유천영이 드물게 감정이 드러난, 짜증스럽다는 눈으로 이루다의 얼굴을 흘기는 바람에 나는 조금 놀랐다.

유천영에게서 이렇게 짧은 시간 안에 이 정도의 반응을 이끌어 낸 것은 아마 이루다가 처음일 것이다.

제 침대라도 되는 것처럼 편한 자세로 팔짱을 낀 이루다는 나를 보더니 입을 열었다.

"일단, 아까 나와 저 녀석의 자세가, 좀 이상했지?"

"오해하지 마."

이루다가 입을 열자마자 유천영이 평소답지 않게 다급한 얼굴로 말을 이었다. 이루다와 유천영은 잠시 서로가 마음에 안 든다는 듯 마주 보다가, 곧 고개를 돌려 나를 바라보았다. 그 둘은 왠지 필사적이었다.

이루다가 입을 열었다.

"진짜 그런 거 아니야. 그런 게 뭐냐면, 여튼 그런 거 아니야."

"그래, 아니야."

그렇게 거듭 강조하는 둘의 얼굴이 어찌나 진지하던지, 나는 어이가 없어져서 입을 벌렸다. 아니, 나를 뭐라고 생각하는 거야.

따져 보자, 아까 유천영과 이루다는 으르렁거리다 말고 열렬하게 입술 박치기를 하는 데 성공했다. 이것이야말로 이들이 인터넷 소설에서 맺어질 커플이라는 뜻이 아닌가?

인터넷 소설의 법칙 9조, 원래 소설에서는 어떻게든 처음에 뽀뽀한 사람이랑 이루어지기 마련이다. 처음에 뽀뽀한 녀석이 무조건 진짜 남주고, 나중에 나오는 녀석들은 다 서브 남주다.

서브 남주라 함은 왜 있잖은가. 여자 주인공이 '네 마음을 받아 줄 수 없어! 우리는 100년 동안 사랑할 거니까!' 하고 대답하면 금방이라도 눈물이 떨어질 듯한 아련한 얼굴을 하며 '그럼 100년 뒤에는 나한테 오면 안 돼요……?' 라며 다음 생의 로맨스를 꿈꾸는 그런 남자. 나는 훗날 유천영과 이루다의 모습을 상상해 보았다.

처음에는 그저 으르렁거리던 유천영과 이루다, 그러나 입맞춤을 계기로 그들 사이에는 이상한 분위기가 싹트기 시작하는데……!

유천영 : 넌 남자인데…… 그런데, 왜 이렇게 혼란스럽지?
이루다 : (두근두근)
유천영 : 너, 한 번만 안아 보자. 그럼 이 감정이 뭔지 좀 알 것 같다.

그리고 유천영은 상남자답게 이루다를 거칠게 껴안는다. 가슴께에서 차오르는 간질간질한 느낌에, 유천영은 비로소 이 감정이 사랑임을 확신하게 되는데.

　유천영 : 난 네가 남자라도 상관없어!

　이루다 : 사실 난 여자야.

　유천영 : 뭐? 너, 날 속였어? 내가 얼마나 고민했는데! 하지만 잘되었군.

　이루다 : ㅎㅎ

　유천영 : 결혼하자.

　이루다 : ㅇㅇ

　아, 상상한 내가 다 부끄러워진다. 나는 생각하다 말고 두 손을 들어 얼굴을 가렸다. 유천영과 이루다가 무슨 생각에서인지 황급히 내 손을 붙들었다. 유천영이 진지한 얼굴로 물었다.

　"너 지금 무슨 생각해."

　"이상한 거 아니라니까? 진짜?"

　"아, 알았어. 알았어. 그런 거 아니라는 거 잘 알겠어. 그냥 잠깐 다른 생각 했어."

　내 말에 비로소 이루다의 얼굴이 환해졌다. 그녀가 재차 물었다.

"정말이지?"

"그럼, 너희는 아무 사이도 아냐."

아직은……. 왜냐하면 지금은 치고받다 말고 서서히 이상한 기류가 피어오르는 단계거든. 나는 생각하며 고개를 끄덕였다.

이루다는 한숨을 푹 내쉬며 다시 침대에 풀썩 걸터앉았다.

내내 옆에서 팔짱을 끼고 있던 유천영이 물었다.

"밖에서 권은형 만났어?"

"응. 은형이가 나 오늘 너랑 가라던데? 애들 단체로 어디 가?"

"……."

"반여령한테서 문자 왔는데, 이거 좀 이상해."

나는 그렇게 말하고는 주머니를 뒤져 핸드폰을 꺼내었다. 바로 그때, 갑자기 유천영이 손을 뻗어 내 어깨를 쥐었다.

뭐야, 갑자기? 내가 놀라서 눈을 깜빡이는 동안 유천영이 이루다를 향해 고개를 돌리더니 말했다. 평소와 같이 더없이 건조하고 메마른 목소리였다.

"야."

"왜?"

책상 위를 훑어 반창고 몇 개를 챙기던 이루다가 이쪽을 돌아보았다. 그녀의 환한 금발이 눈이 부셨다. 유천영은 그러나, 조금의 흔들림도 없는 담담한 목소리로 고했다.

"너 나가라. 우리끼리 할 얘기 있다."

"흠, 그래?"

유천영의 얼굴을 배회하던 이루다의 푸른 눈동자가, 곧 내게로 닿았다. 어딘가 묘한 시선이었다. 부드러운 듯하면서도 칼을 품은 듯한.

시선이 조금 길게 머무른다 싶던 그때, 마침내 내 얼굴에서 시선을 뗀 그녀가 고개를 들었다. 그녀는 유천영을 보고 웃으며 말했다.

"생각해 봐. 매달린 게 누구였는지."

"……."

유천영의 얼굴이 심각해지는 데 반해서 이루다의 얼굴은 아주 홀가분한 듯했다. 그녀는 손을 들어 내 어깨를 툭 두드리고는 그대로 양호실을 나가 버렸다. 나는 이루다의 말을 곱씹으면서 유천영의 옆얼굴을 빤히 응시했다.

너 그새 이루다한테…… 매달리기까지 했니? 아무리 운명이라고는 하지만 너네 너무 빠른 거 아니니?

내 시선을 알아차린 듯 퍼뜩 내 얼굴을 마주한 유천영이 물었다.

"왜."

아니, 나는 고개를 돌리며 짧게 대답했다.

유천영은 침대에 풀썩 걸터앉고는 나를 보았다. 나는 맞은편의 의자에 앉았다.

우리는 한동안 침묵했다. 흠, 나는 가만히 바닥을 내려다보았다. 생각해 보니까 지금 내가 잘못한 것이 있는 상황이었다.

내가 교통사고 당할 뻔한 것을 숨겨서, 왜, '덤프트럭'이라는 단 네 글자의 살기가 팍팍 실린 문자가 유천영으로부터 오지 않았던가.

내가 머쓱해서 바닥만 내려다보는데 유천영이 말했다.

"모르는 게 약이라는 말, 나는 믿어."

"뭐?"

"몰라서 도움이 되는 사실도 세상에는 얼마든지 있는 법이니까, 그냥…… 우리에게 말해서 해결되지 않는 일이라면 말 안 해도 돼. 그냥 도와줄 수 있는 일이라면 말해. 내가 말하고 싶었던 건 그것뿐이니까."

"……."

나는 대답 없이 주먹을 꾹 쥐었다. 내 고민을 나눠 가지겠다고 말해 주는 그가, 이들이, 나는 너무 좋았다. 너무 좋은 만큼 잃어버리고 싶지 않고, 이들을 귀찮게 만들고 싶지 않았다. 그래서였다. 이들에게 아무 말도 하지 못했던 것은.

내가 짧게 한숨을 내쉬고는 웃는데, 맞은편에서 유천영의 목소리가 흘러나왔다. 나에게 말한다기보다는 홀로 중얼거리는 듯한 목소리.

"왜 하필 우리일까."

나는 흠칫 놀라 고개를 들었다. 어쩐지 유천영의 목소리에 서린 음울한 기운이 예사롭지 않았다. 유천영의 저런 목소리는 처음이었다.

유천영은 짧게 한숨을 내쉬고는 고개를 들어 나를 보았다. 화난 얼굴은 전혀 아니었다. 그렇다고 울 듯한 얼굴도 아니었고, 그냥 약간 슬픈 듯한 얼굴로 그는 나를 보고 있었다.

"왜 하필 이 세계에서 사라지는 사람이…… 다른 사람들도 아니고 우리일까. 생각해 본 적 있어?"

"……."

"우리는 왜 평범하게 한 세계에서 지내는 것조차 힘든 걸까. 왜 하필 우리인 걸까."

거기까지 말한 유천영은 느리게 한숨을 내쉬었다. 그의 청람색 속눈썹 아래로 푸른 눈은 한없이 낮게 가라앉아 있었다. 나는 입을 벌렸다가 다시 다물었다.

이 세계에서 사라지는 사람이 다른 사람도 아니고 너희인 이유, 사대천왕과 반여령인 이유, 나는 그것을 알고 있다.

그들은 소설 속의 인물이니까. 그들은 나의 현실에는 있어서는 안 되는 존재들이니까. 이런 말을 이들에게 꺼낼 수는 없었다. 내가 입술을 꾹 다물고 있던 그때, 유천영이 말했다.

"모르는 게 약이라는 말도 있으니까. 그냥 답답해서 말해 본 거야."

"……."

"우리는 왜 이렇게, 뭐가 힘드냐."

그렇게 말하고 유천영이 웃었을 때, 나는 도저히 따라 웃을 수 없었다.

＊　＊　＊

이루다가 떠나고, 함단이마저 떠난 양호실은 먹먹한 침묵에 잠겨들었다. 홀로 남은 유천영은 침대에 걸터앉아 무언가를 생각하는 듯하다가, 주머니에서 핸드폰을 꺼냈다.

폴더를 연 그는 자판을 꾹꾹 눌러 문자함에 들어갔다. 며칠 전에, 우주인과 한밤중에 주고받았던 문자.

보낸 사람 : 우주인

여령이가 사라졌을 때 엄마는 핸드폰을 봤다고 했지. 달라진 게 없었다고 했어. 이름은 그대로였고, 번호도 사라지지 않고 남아 있었다고 했어. 그런데 왜 곧바로 우리에게 다시 한 번 전화를 걸어서 확인하려고 한 걸까. 다른 사람에게는 그랬다는 말이 없잖아.

보낸 사람 : 우주인

제일 가까운 주변 사람이 우리라서? 그때 여령이가 단이네 집 거실에서 잤다는 건 부모님이 집에 안 계셨다는 말인데, 왜 부모님도 아니고 곧바로 우리를 떠올리고 전화를 건 걸까. 이 상하잖아.

보낸 사람 : 우주인
엄마는 알고 있는 거야. 반여령과 우리를 묶어 주는 어떤 공통점을.

유천영은 한동안 말없이 바닥을 내려다보고 앉아 있었다. 후, 짧게 한숨을 내쉰 그는 탁 소리 나게 폴더를 접어 주머니에 넣었다.

모르는 것이 약이라는 말을 그는 겪어서 이미 잘 알고 있었다. 그런데도 불안해서 견딜 수가 없었다.

결국 함단이에게서 답을 얻어 내는 데는 실패했군, 유천영은 눈을 내리깐 채 중얼거렸다. 하기는, 쉽게 대답이 돌아오리라고 생각은 안 했다. 입술 사이로 짧게 한숨이 터졌다.

어쩌면 함단이가 숨기고 있는 그 사실, 바로 거기에 모든 것이 숨어 있는 것이 아닐까. 세계가 뒤집히는 이유, 하필이면 그것이 우리인 이유, 모든 것이 그 안에 숨어 있는 것이 아닐까.

유천영은 짧게 한숨을 내쉬며 검푸른 머리카락을 쓸어올렸다. 바라는 것은 단 하나였다. 그냥, 세상이 더 이상 뒤집히지 않고 얌전히 있어 주는 것. 그것 하나였다.

〈끝나지 않은 '인소의 법칙'들! 3권에서도 계속됩니다.〉